ARDIENDO POR UN RUMANO

PRIESTHOOD - LIBRO 3

ROSIBEL SEQUERA

amazon.com/author/rosibelabysai
tiktok.com/@rosibelwattpad7
instagram.com/rosibelabysai
goodreads.com/rosibelsequera

Playlist

"Way down We Go" —KALEO
"Silhouette" —Aquilo
"I Found" —Amber Run
"Like Real People Do" —Hozier
"Control" —Halsey
"Baptized In Fear" —The Weeknd
"You Are The Reason" —Calum Scott
"Never Let Me Go" —Florence + The Machine
"I Get to Love You" —Ruelle
"Turning Page" —Sleeping At Last
"Firestone" —Kygo, Conrad Sewell

Esta historia es para las que creen en el destino... Una decisión puede cambiarlo todo. Tal vez tu próxima decisión te lleve a las manos de un ardiente mafioso rumano.

Índice

Prólogo   xi

1. Nadia   1
2. Nadia   9
3. Velkan   16
4. Nadia   23
5. Velkan   32
6. Nadia   41
7. Velkan   48
8. Nadia   54
9. Velkan   60
10. Nadia   70
11. Velkan   79
12. Nadia   87
13. Velkan   97
14. Nadia   107
15. Velkan   117
16. Nadia   130
17. Velkan   140
18. Nadia   151
19. Velkan   158
20. Velkan   172
21. Nadia   181
22. Nadia   187
23. Nadia   193
24. Velkan   199
25. Nadia   205
26. Velkan   212

Epílogo I   218
Epílogo II   228

Notas   241

Prólogo

Velkan

Dos años atrás

Desabrocho los puños de mi camisa de vestir y dejo caer la cabeza sobre el asiento. Fue un día largo. Hace unos meses recibí información de que los serbios se involucraron en el tráfico de personas y, desde entonces, he estado trabajando para desmantelar su negocio antes de que crezca demasiado. Pero, por más que elimino a los hombres de la organización y destruyo sus puntos de venta, siguen en pie.

El líder de los serbios es un fantasma. Nathaniel, el capo de la mafia canadiense y el mejor rastreador del mundo, lo ha estado persiguiendo, pero nunca ha obtenido algo lo bastante sólido como para encontrarlo. Creo que se siente tan frustrado como yo. Odia que alguien sea lo suficientemente listo como para esconderse de él.

—¿Se siente bien, *şef*[1]? —pregunta Vasile, mi escolta personal y jefe de seguridad, desde el asiento del conductor mientras recorremos las calles poco transitadas de Rumanía.

Suspiro.

—Es frustrante no poder matar a su líder. Solo piensa en las vidas de mujeres y niñas abusadas y vendidas en este momento. —Un nudo se forma en mi estómago cuando lo imagino—. He visto, más veces de las que me gustaría, el resultado de largos días de maltrato en las mujeres que hemos rescatado.

—Lo entiendo, *șef*, pero tiene que seguir enfocado en cazarlo. Sé que lo logrará; es el primer capo que se preocupa por algo más que el poder, y el mundo ya está comenzando a verlo. Es por eso que Dante De Santis lo quiso en el Priesthood[2].

Asiento, sabiendo que tiene razón, pero eso no hace que disminuyan las ganas de echarle las manos encima al líder serbio y descuartizarlo. He soñado un montón de veces con las distintas formas de matarlo y, cuando llegue ese día, rogará piedad, la misma que les negó a esas mujeres...

Un estruendo hace vibrar la SUV y mi cuerpo. Una maldición deja mis labios al ver que la camioneta que va delante de nosotros vuelca y estalla en llamas. Menos de un minuto después, la que va detrás sufre el mismo destino.

—Diablos —murmuro. Tomo la Hellcat que está a mi lado y reviso el cargador. Luego, deslizo hacia atrás el asiento a mi costado y saco dos ametralladoras—. ¿Algo que quieras del compartimento? —le pregunto a Vasile.

—No tendrás un lanzacohetes ahí dentro, ¿o sí?

Chasqueo la lengua.

—No, pero tengo granadas. —Tomo un par y se las doy—. ¿Análisis de la zona?

—Los chicos están en eso; enviaron dos drones —contesta, haciéndome llegar lo que mis hombres le están diciendo a través del intercomunicador. Hace años comencé a trabajar con esta tecnología. A diferencia de otros intercomunicadores que solo funcionan a cierta distancia, estos usan las torres telefónicas como soporte, lo que les permite comunicarse desde cualquier punto de la ciudad—. Nos cubrirán las espaldas.

—Quiero un informe de inmediato.

Han transcurrido tan solo un par de minutos cuando dice:

—Hay seis serbios en total, *șef*. Dos en un edificio a nuestra derecha y dos más en otro a la izquierda. Tienen lanzacohetes y rifles. Los otros dos hombres parecen esperar que bajemos del coche para atacar; están en el siguiente cruce.

Frunzo el ceño.

—¿Por qué simplemente no nos hacen pedazos? ¿No sería más fácil?

—Parece que a su fantasma no le gusta lo fácil.

Tal vez me quiere vivo para disfrutar matándome él mismo.

—Que eliminen a los hombres en los edificios con los drones. Nosotros iremos por los otros dos —ordeno.

—Entendido. —Le transmite la información a los chicos por el intercomunicador y en cuestión de segundos se escuchan dos explosiones—. ¡Ahora!

Bajo de la camioneta con la Hellcat y las dos ametralladoras. En cuanto asomo la cabeza, los disparos comienzan a llover. Con una sonrisa en el rostro y sabiendo que Vasile está cubriéndome las espaldas, disparo la ametralladora en la dirección desde la que nos atacan. El sonido es ensordecedor, pero llevo tantos años en este negocio que el arma se siente como una extensión de mi brazo.

A medida que me acerco al cruce, los disparos disminuyen. Se están quedando sin munición. Seguramente no esperaban que eliminaran a los demás hombres, lo que los dejó vulnerables.

Suelto las ametralladoras y, antes de que puedan pensar en su siguiente movimiento, cruzo y me encuentro de frente con un arma. No pienso; solo actúo: desarmo al hombre y lo golpeo con la culata de mi pistola. Cae al suelo, inconsciente, y le hago señas a

Vasile para que le amarre las manos y las piernas. Veré más tarde si me dice algo útil. Con la Hellcat en alto, inspecciono el área en busca del otro serbio.

—*Sranje*[3] —susurro. Está corriendo hacia una mujer menuda que cubre con su cuerpo a una anciana. Es entonces cuando veo que el serbio les apunta con un arma.

Sobre mi cadáver va a matar a dos mujeres inocentes.

Me hinco sobre una rodilla y, sin quitarle la mirada de encima, apunto hacia su cabeza. Espero a que pase una corriente de aire frío y entonces disparo. Si creyó que no iba a matarlo porque ya tenía a uno de los suyos para interrogarlo más tarde, estaba muy equivocado. Escaneo la expresión en blanco de la joven mujer que observa el cuerpo sin vida del hombre en el suelo.

Una ola de admiración y respeto me llena; no todos están dispuestos a morir por alguien más, pero ella parecía más que dispuesta a proteger a la anciana con su cuerpo.

Me pongo de pie y me acomodo el traje, asegurándome de que todo esté en su lugar.

—Súbelo al coche y vámonos a casa, Vasile —digo, pasando a su lado—. Y diles a los chicos que vengan a limpiar este desastre, antes de que un policía de los nuestros venga a husmear por este lado de la ciudad.

—De inmediato.

Esta será una noche larga.

El serbio grita de dolor cuando Lucian, uno de mis hombres, le arranca la uña del dedo pulgar. Acaba de terminar con la mano derecha y, dado que todavía se niega a decir una palabra sobre para quién trabaja, continuaremos hasta que muera desangrado o por el dolor. He perdido la cuenta de cuántos serbios he torturado y si hay algo que tienen en común, es que son leales, ya sea por miedo o respeto; es frustrante.

El tiempo corre, mujeres y niñas mueren y ellos se hacen más fuertes.

Observo desde las sombras con la ira hirviendo en mi interior, cuando Lucian termina con el resto de las uñas el serbio no ha pronunciado palabra y sé que he tenido suficiente.

—Hazte a un lado —ordeno y Lucian se mueve de inmediato. El serbio alza el rostro, tratando de lucir valiente, pero veo el miedo en su mirada—. Dejemos algo muy en claro —digo con absoluta frialdad—, el que no hables no postergará tu muerte, solo hará que esta sea más dolorosa. —Tomo la navaja del carro de instrumentos que se usa para guardar las herramientas de tortura —. ¿Me darás lo que quiero?

—*Marš u pičku materinu, prokleti Rumune!*

Sin apartar la mirada de la suya, lo apuñalo en la yugular con la navaja y lo observo desangrarse lentamente. El odio en sus ojos se transforma rápidamente en miedo, se lleva las manos al cuello tratando de detener la hemorragia, pero ya es demasiado tarde.

Le doy la espalda y me encuentra la tranquila mirada de Lucian, que luce tan imperturbable como siempre.

—Que limpien esto.

Salgo del sótano, sintiéndome intranquilo, pero no hay nada en mi expresión que indique más que indiferencia.

Mataré hasta el último serbio si es necesario, pero acabaré con el negocio de la trata de personas, así sea lo último que haga.[4]

Un año después

El camino a casa es rápido y Vasile y yo vamos en silencio. Los serbios han ido ganando territorio y, con cada día que pasa, la ira y la frustración se acumulan en mi interior. No importa a cuantas mujeres y niñas salve, ellos siempre encuentran la forma de secuestrar a más. Tengo hombres revisando cada cargamento que pasa por la frontera rumana-serbia. Esto ha frustrado un poco a los serbios, y sus ataques a mis clubes han aumentado con la única intención de eliminar a mis hombres.

A veces incluso dudo de que su líder exista, pero es imposible que una organización prospere sin alguien al mando. Nathaniel y yo hemos acordado infiltrar a dos de nuestros hombres en Serbia, así tal vez encontraremos a alguien que nos diga dónde está. Es un maldito asco cazar a alguien que nunca ha sido visto.

Cuando la verja de la mansión se abre y entramos, una parte de la tensión se disuelve en mi cuerpo. Es un alivio llegar a casa entero. Hace seis meses dejé mi ático para mudarme aquí; el espacio se había vuelto demasiado pequeño para criar a un niño.

—Gracias, Vasile. Eso es todo por hoy —digo cuando se detiene frente a las puertas de la mansión.

—Salude de mi parte a Ivantie, *şef*.

—¿Y a Diona no le envías tus saludos?

Mi jefe de seguridad no es lo suficientemente rápido para ocultar su mueca de disgusto, y no puedo culparlo. Vasile se da cuenta de que noté su expresión y el color de su rostro desaparece, pero no tiene de qué preocuparse, siento lo mismo por la mujer que vive bajo mi techo.

—Lo siento mucho, *şef*, pero usted es consciente del poco agrado que su mujer le genera a quienes trabajan para usted.

Yo mismo no puedo evitar hacer una mueca cuando la llama «mi mujer» y, por desgraciada, estaré atado a ella de por vida.

—Lo sé, Vasile. Lo sé.

Suspiro al salir del coche. Parece que mi trabajo ya no es lo bastante caótico. El diablo envió una plaga con la apariencia de mujer para hacer de mi vida un infierno. El único rayo de luz en todo este caos es Ivantie, mi hijo.

Saludo al personal rápidamente en cuanto entro a casa y me

dirijo al tercer piso, donde se encuentra la habitación de Ivantie. A medida que me acerco, frunzo el ceño, ya que un llanto desesperado proviene de su habitación.

Esa maldita mujer.

—¡Diona! ¡Ivan está llorando! —grito, pero no aparece por ningún lado.

Juro por Dios que, si salió de compras dejando a nuestro hijo solo, voy a matarla. Corro hacia la habitación y voy directo a la cuna. La ira y la traición forman un nudo en mi estómago al ver la nota al lado de Ivan. Tomo a mi hijo en mis brazos y comienzo a mecerlo.

—Ya está, campeón. Papi está aquí. Lo siento por dejarte con ella. Prometo nunca más dejarte solo.

El dolor se abre paso a través de la ira y la traición. ¿Cuánto tiempo llevaría llorando? ¿Y por qué nadie vino a verlo? El llanto comienza a detenerse a medida que transcurren los minutos, y cuando aparto la cabeza de Ivan de mi cuello, su escondite favorito, me encuentro con sus hermosos ojos grises. Acaricio su mejilla regordeta y tomo su pequeña mano.

Agarro la nota y me dejo caer en el suelo. Sin haberla leído, sé lo que encontraré escrito.

«Velkan, cuando leas esto, ya estaré lejos.
Creí que podía con el papel de madre y el de tu mujer, pero me equivoqué. Es demasiado compromiso y sabes que soy un alma libre. Espero que lo entiendas.
No me busques.
Diona»

Arrugo el papel y lo lanzo al otro lado de la habitación. Observo a mi hijo, que tiene la atención puesta en mi corbata, mientras sus pequeñas manos juegan con ella. ¿Cómo podría él ser demasiado compromiso? Es su hijo. Niego, sabiendo que si una madre no puede con eso, nadie más será digno de él. Seremos Ivan y yo contra el mundo.

Me pongo de pie y voy a mi habitación. Ambos necesitamos descansar un poco. No buscaré a Diona por habérmelo pedido, sino porque hace mucho tiempo desapareció el poco cariño que le tenía. Entonces, no la obligaré a estar aquí. Cuando la conocí, sabía que no era quien debía estar conmigo, pero quería divertirme un poco. Al enterarme de que iba a ser padre, me resigné a que tendría que casarme con una mujer que no amaba, y aunque le propuse matrimonio de inmediato, Diona me dejó en claro que no estaba lista para casarse y que necesitaba tiempo. Yo se lo concedí, y ahora entiendo por qué. Nunca planeó quedarse. No quería que mi hijo naciera fuera del matrimonio, pero ahora me alegra no haberme casado.

Me acuesto en la cama y dejo a Ivan sobre mi pecho. Más tarde llamaré a mi abogado y haré que le quite cualquier derecho legal que esa mujer tenga sobre mi hijo. Desde este día, ella para mí está muerta.

—Vamos a pasar mucho tiempo juntos, campeón —susurro, acariciando su cabeza—. Espero que te gusten las juntas de trabajo. Son largas y aburridas.

Ivan balbucea algo, lo que me hace reír entre dientes. Diona fue un error, siempre lo supe, pero este pequeño es lo único bueno que he hecho y jamás me arrepentiré.

UNO

Nadia

Tres años después

—¡Nadia, orden lista!

Reprimo las ganas de gritarle a Stefan que no es necesario que me grite. Mis oídos funcionan correctamente, por lo que puedo escuchar las cinco veces seguidas que toca la campana, avisándome de que el pedido está listo. Él es el cocinero y, además, mi jefe. Somos tres meseras en el pequeño restaurante de comida rápida y, aunque le he mencionado a Stefan que necesitamos un par de manos extras, parece no importarle que sea demasiado trabajo para nosotras. Debería de denunciarlo por explotación laboral; así borraría la estúpida sonrisa que tiene en su fea cara cada vez que nota la ira saliendo por mis poros cuando me grita.

Con una falsa sonrisa, tomo el pedido y lo llevo. Hay dos hombres de mediana edad sentados en la mesa, quienes me dedican una mirada lasciva cuando me ven acercarme. Mi estómago se revuelve, pero no permito que ninguno de ellos vea el asco que me producen.

Dejo los platos y me doy la vuelta, pero entonces una mano grande y pesada cae sobre mi trasero.

—Gracias, muñeca.

Aprieto los puños. Si lo golpeo o lo insulto, Stefan me despedirá, y no puedo darme el lujo de perder este empleo. Tomo dos largas respiraciones antes de darme la vuelta y, con mi mejor sonrisa, dirigirme a los hombres:

—Les agradecería mucho que no volvieran a hacer eso. —Ellos me observan con un brillo en los ojos.

Sin esperar respuesta, me voy a otra mesa a recoger los platos sucios. Me pica la mano por las ganas de darle un puñetazo a ese hombre. No es la primera vez que me sucede algo así, pero lo detesto. Y odio más todavía no poder hacer nada al respecto. Si le digo a Stefan, solo me responderá que es mi culpa por ser tan coqueta. No es cierto; simplemente soy amable. Creo que es la única manera de que regresen. Mientras más clientes vengan, mejor será la propina. Necesito cada centavo que gano. Por eso, aunque odie este lugar, hago doble turno: uno por la mañana y otro por la noche, así puedo pasar todas las tardes con mi abuela.

Mis padres fallecieron cuando era niña en un accidente de coche, por lo que ella asumió mi crianza. Siempre fuimos las dos. Cuando terminé el *liceu*[1], comencé a trabajar para ayudar con sus gastos médicos, ya que su pensión era insuficiente.

Hace ocho años le diagnosticaron esclerosis múltiple y, aunque al principio pudo continuar con su vida como si nada, con el paso del tiempo dejó de hacerlo. Es una enfermedad que no solo afecta a la persona a nivel muscular, sino también a nivel cognitivo. A veces, cuando tiene días buenos, puede dar un pequeño paseo por el jardín de casa; otros días ni siquiera puede comer por su cuenta. Creo que la parte más dolorosa de verla así es cuando no me recuerda. Odio esos días.

Hace cinco años, mientras trabajaba, se cayó por las escaleras.

Desde entonces, contraté a una enfermera para asegurarme de que no vuelva a lastimarse.

Cuando termina el turno nocturno, estoy agotada. Recojo toda mi propina y me voy a casa, ansiosa por ver a mi abuela. Tuvo una tarde bastante mala, así que espero que esté un poco mejor. Por el camino, compro su dulce favorito.

Vivo a solo quince minutos en transporte público, pero como no puedo darme el gusto de pagarlo, hago un recorrido a pie de treinta minutos. Todo lo que gano es para ella; es lo menos que puedo hacer después de que me criara.

Me quito la chaqueta cuando llego a casa y la dejo en la percha. Al vivir en Bucarest, la capital de Rumanía, en ocasiones las noches de verano son algo frías, por lo que siempre voy preparada.

Escucho la voz de Andreea, la enfermera, cuando cruzo la sala y me dirijo a la habitación de mi abuela. Antes, dormíamos en el piso de arriba, pero desde que se cayó de las escaleras, nos mudamos al primer piso.

—Aurora, tiene que comer. Se lo pido, señora. —La voz de Andreea me llega a través de la puerta, y sé que ella tampoco ha tenido una buena noche—. Su nieta llegará en cualquier momento y no estará feliz de saber que no ha comido.

No escucho la respuesta de mi abuela, pero estoy segura de que no es nada agradable.

Abro la puerta y, en esta ocasión, una verdadera sonrisa se dibuja en mis labios.

—Hola, Andreea. —Le doy un corto abrazo y luego pongo mi atención en la mujer que es como una madre para mí. A pesar de que no ha podido salir de la cama en todo el día, tiene la suficiente fuerza para mantener la cabeza erguida mientras mira la pared con terquedad—. *Mamaie*[2], ¿no vas a saludar a tu nieta?

—No, llévate a esta mujer de aquí.

Suspiro; al menos parece que tiene energía para pelear.

Le dedico una mirada de disculpa a Andreea, que, técnicamente, es de la familia. No está casada ni tiene hijos, por lo que pasamos las Navidades y los Año Nuevo juntas.

—*Mamaie*, no seas mala con Andreea. Sabes que está aquí por tu propio bienestar.

—Pues no quiero comer.

—¿Segura? —digo con una sonrisa que tira de mis labios. Alzo la bolsa marrón que tengo en mis manos y la sacudo ligeramente; parece reconocer el olor que desprende, ya que aparta la atención de la pared y me mira—. Si no comes, no habrá postre.

Me lanza una mirada severa que nos hace reír a Andreea y a mí. La enfermedad afecta su sistema nervioso central y, por eso, cambia su comportamiento. Desde hace unos meses actúa como una niña de cinco años: a veces vuelve a ser ella misma, pero en días como estos hay que recurrir al chantaje para que coma o le haga caso a Andreea. Ese síntoma no me preocupa tanto; siempre se me han dado bien los niños.

Mientras mi abuela come, me apresuro a darme una ducha para borrar los recuerdos del día y eliminar algo del cansancio. Me pongo la ropa de dormir y, de regreso a la habitación de mi abuela, mi teléfono suena con un mensaje. Frunzo el ceño. Los únicos que me escriben son Andreea o Stefan, quien lo hace cuando voy llegando tarde al trabajo.

Los latidos de mi corazón se aceleran al ver un mensaje de «Nannies & Mannies», la agencia de niñeras en la que estoy suscrita. Hace seis meses fue mi último trabajo con ellos, ya que la pareja que me había solicitado se fue del país. Desde entonces, no habían tenido nada para mí.

«Nannies & Mannies» es una agencia de lujo que solo los más ricos del país pueden pagar. Es un trabajo ideal, pero es casi imposible conseguirlo. Para ello, tendría que sacrificar los fines de semana. Quienes solicitan una niñera allí la necesitan disponible los siete días de la semana, y no voy a quitarle ese tiempo a mi abuela. Mi tiempo con ella es lo más importante para mí.

Así que ver que me han ofrecido un nuevo trabajo alivia un poco mi ansiedad. Tendría un sueldo decente trabajando como niñera, lo que significa que se acabaron los días en el restaurante y de ser acosada por los clientes. Dios, ya no tendré que escuchar los horribles gritos de Stefan.

Con una sonrisa renovada, voy hacia la habitación de mi abuela. Me alegra ver que terminó de comer, y le doy el postre prometido.

Andreea se va al poco rato, agotada. Sé que cuidarla no es fácil y le agradezco cada día que está aquí. Durante los dos meses que estuve sin trabajo, no pude pagarle, pero aun así vino. Cuando pude, le devolví todo lo que le debía; la considero como familia, pero también respeto su esfuerzo y su profesión.

En cuanto mi abuela termina de comer, se queda dormida y, aunque quería hablarle un poco, la dejo descansar. Sé que con cada día su cuerpo se debilita un poco más. La doctora que viene a verla todos los meses me ha dicho un montón de veces que debería enviarla a una residencia. Eso sería más económico, aunque no podría vivir sabiendo que está encerrada en un lugar así.

Ella es todo lo que tengo, y viceversa. El día que fallezca, no sé cómo saldré adelante.

Me sirvo las sobras de la cena luego de limpiar la cocina y poner una lavadora. Ceno en silencio, mientras la nostalgia y el dolor me inundan. Por las noches, cuando estoy sola, dejo que la preocupación y el miedo se abran paso en mi pecho. A veces siento que soy una niña pequeña que aún no ha terminado de crecer. A veces, cuando no sé cómo pagar todas las facturas, desearía tener a mis padres aquí, pero lo único que tengo de ellos es esta casa, por lo que estoy agradecida. No sé dónde viviríamos si no me la hubieran dejado.

Luego de cenar, saco la ropa de la lavadora y la tiendo. Antes de irme a dormir, reviso que mi abuela esté bien y que el monitor de bebés esté encendido, así, si se despierta y necesita algo, podré escucharla a través del monitor que está en mi habitación.

Me dejo caer en la cama como un costal de papas, con el cansancio convirtiendo mis huesos en metal. Estoy demasiado agotada. Tomo mi teléfono y abro el mensaje de la agencia de niñeras; en él hay un enlace con todos los detalles que necesito saber sobre la persona que solicita mis servicios y el niño que voy a cuidar.

La pantalla me muestra el nombre de mi nuevo cliente: Velkan Rusu tiene treinta y ocho años, es empresario y reside en una mansión de Băneasa.

Deslizo el dedo para ver la información del niño. Su nombre es Ivantie Rusu y tiene cuatro años. El contrato de servicios detalla las exigencias del padre, quien busca a alguien disponible cinco días a la semana, las veinticuatro horas. Mis tareas incluyen llevarlo y recogerlo de la escuela, jugar con él y prepararle la comida. Al final de la lista, una regla principal resalta más que las demás: bajo ninguna circunstancia debía dejarlo solo.

El documento termina con una llamativa nota de la propia agencia: «Eres la quinta niñera que el señor Rusu busca en nuestra empresa. Parece que ninguna ha cumplido con sus requisitos», leo. La nota me hace fruncir el ceño; ¿qué habrá pasado con las demás niñeras? ¿Tal vez es un abusivo que intenta agredirlas? Mi ceño se frunce aún más; he escuchado rumores sobre el apellido Rusu, pero ninguno menciona que sean violadores o maltratadores. Tal vez solo es muy exigente con lo que quiere.

Regreso mi atención a donde dice que necesita que esté disponible las veinticuatro horas. Tendría que mudarme allá para poder estarlo, lo que significaría que no podría ver a mi abuela hasta el fin de semana.

Hojeo el archivo en busca de la propuesta salarial. Mis ojos se abren como platos al ver que son treinta mil leu rumanos[3], equivalentes a seis mil dólares americanos. ¡Mierda!, con esto no solo podría pagarle a Andreea sin problemas, sino darle a mi abuela un mejor tratamiento médico, ya que el que ha estado llevando los últimos meses parece haber perdido su efectividad. Al final de la propuesta salarial hay una pequeña nota que indica que el pago será quincenal, no mensual, como suele hacerse.

Esos serían doce mil dólares al mes.

Mierda. Mierda. Mierda.

Stefan solo me paga diez mil leus rumanos al mes, que son un poco más de dos mil dólares.

Me pongo de pie y comienzo a caminar por la habitación. Los rumores que he escuchado sobre él dicen que podría ser un capo de la mafia y el mayor traficante de explosivos de Europa. Aceptar este trabajo podría terminar muy mal... pero, demonios, es muchísimo dinero.

Me quedo mirando la pared de mi habitación. Necesito ese dinero. En ningún otro lugar podría ganar tanto; mi otra opción es seguir trabajando para Stefan y soportar sus gritos hasta que me llegue otra oferta que, sin duda, no será tan buena como esta.

Aunque las dos posibilidades reales son que me despidan en mi primer día o que todo salga bien. Maldición, son demasiados posibles escenarios, pero si sigo dándole vueltas al asunto, tal vez el señor Rusu encuentre alguien más a quien hacerle una oferta.

Con los nervios a flor de piel, le envío un mensaje a la agencia, aceptando la propuesta. Existe la posibilidad de que termine muerta si las cosas salen mal, pero me aseguraré de enviar parte del dinero a una cuenta de ahorros y que Andreea tenga acceso a ella. Así, si muero, tendrá como pagar los gastos médicos de mi abuela.

Alzo una plegaria al cielo.

Dios, solo no permitas que termine muerta en una zanja o algo peor.

DOS

Nadia

Observo el mensaje por quinta vez en los treinta minutos que me tomó llegar a «Rusu Asociados S. A.».

Desconocido: *Buenos días, señorita Vasilescu. Soy la secretaria del señor Rusu. Me pidió que la invitara a nuestra oficina hoy por la tarde para firmar los acuerdos finales de su contrato. Por favor, confírmeme si tiene disponibilidad. Si no puede asistir, hágamelo saber para avisarle al señor Rusu y buscar otra fecha. Que tenga un buen día.*

Era claro que si rechazaba la reunión, el señor Rusu buscaría a alguien más. No diría nada bueno que rechazara nuestro primer encuentro por falta de tiempo, especialmente cuando él dejó muy en claro que necesitaba a alguien disponible las veinticuatro horas del día. Le pedí a Andreea que cuidara a mi abuela por la tarde, ya que me quedé con ella toda la mañana. Aunque todavía no he renunciado a mi trabajo en el restaurante, lo haré en cuanto tenga asegurado el puesto de niñera.

El edificio frente a mí es imponente, y aunque la idea de

conocer personalmente a Velkan Rusu me intimida un poco, no permito que eso me detenga. Entro con paso seguro al edificio y de inmediato me recibe una hermosa mujer con una amable sonrisa.

—¿Señorita Vasilescu? —Asiento—. Sígame, por favor.

Me lleva a un ascensor y presiona el botón del último piso del edificio. Una suave música llena el incómodo silencio, o tal vez soy yo quien lo siente así, ya que con cada piso que subimos, mis nervios aumentan. Para tener una idea de a lo que iba a enfrentarme, investigué un poco sobre el señor Rusu, con la esperanza de encontrar algunas imágenes suyas, pero los únicos frutos de mi ardua búsqueda fueron cientos de informes sobre cómo Rusu Asociados S. A. ha revolucionado la minería, haciéndola más sostenible y productiva. Así que lo único que sé sobre el hombre que se convertirá en mi jefe es que podría ser un criminal y que tiene un hijo de cuatro años.

Cuando las puertas del ascensor se abren, tomo una profunda inhalación y sigo a la mujer que supongo es su secretaria. Me guía por unas altas puertas de madera y se hace a un lado cuando las abre.

—El señor Rusu la está esperando, señorita.

—Gracias. —Le dedico una amable sonrisa y entro a la oficina.

Aunque el lugar es bonito, le hace falta algo de color. Hay muchos tonos grises y negros para mi gusto.

—Bienvenida, señorita Vasilescu.

Mi cuerpo reacciona ante la voz oscura y profunda. Cada célula nerviosa y cada vello que me cubre se enciende como nunca antes. Como si cada sílaba que ha pronunciado llamara a lo más profundo de mí. Giro en dirección hacia donde ha provenido la voz y... ¡diablos! Hay un hombre hermoso sentado en un sofá con las piernas cruzadas, mirándome fijo. Viste un impecable traje negro; lleva el cabello peinado hacia atrás, que parece llegarle a la nuca, y una perfecta barba decora su rostro. Pero lo que me deja pasmada no es nada de eso, sino el gris de sus ojos; son claros e intensos, y hay en ellos una dureza que me roba el aliento.

Recupero la compostura y le dedico mi mejor sonrisa.

—Gracias, señor Rusu. Tiene una oficina muy agradable.

No sé si mi comentario le hace gracia, pero la comisura de los labios se eleva ligeramente.

—Gracias, señorita Vasilescu. Por favor, tome asiento.

Hago lo que me pide casi de inmediato, y aunque detesto en gran medida seguir órdenes, sé que no tengo más opciones. No tan buenas como esta.

—Iré directo al grano, señorita —continúa—. ¿Le avisaron que usted es la quinta niñera que solicité en la agencia?

Asiento.

—Verá, me es muy difícil confiarle la seguridad de mi hijo a cualquiera, pero me he visto obligado a hacerlo, ya que no puedo tenerlo todo el tiempo cerca de mí por cuestiones de trabajo. Así que, al igual que a las otras señoritas, la pondré una semana a prueba. Si logra convencerme, el puesto será suyo indefinidamente. ¿Cree que pueda hacerlo?

Intento ignorar el tono condescendiente con el que me habla, pero me resulta imposible. Así que, con fingida amabilidad, le digo:

—Por supuesto que puedo hacerlo, señor Rusu. Supongo que revisó el expediente que la agencia le proporcionó, ¿verdad?

No le doy tiempo a responder y continúo:

—Soy una de las mejores niñeras que la agencia tiene. Mi trabajo es impecable, y no es por alardear, pero los niños me adoran. Así que no tendré problemas para superar la semana de prueba.

No soy una persona arrogante, pero observar la ligera sorpresa que se refleja en su rostro me llena de satisfacción. Tome eso, señor Rusu. No voy a dejar que me haga dudar de mis capacidades.

—Espero que sea así, señorita. Ahora, ¿supongo que leyó mis requisitos para darle el puesto?

Al igual que yo, no me permite responder.

—Por lo que sabrá que necesito que esté disponible las veinticuatro horas del día, los cinco días de la semana. No le es ningún problema mudarse a mi casa, ¿o sí?

—No, no es ningún problema —miento.

Tendré que preguntarle a Andreea si puede mudarse a casa para cuidar a mi abuela durante toda la semana. Espero que pueda hacerlo; odiaría tener que dejarla con una completa desconocida todas las tardes.

—Perfecto. ¿Sabe cocinar? —Asiento—. ¿Conducir? —Asiento de nuevo. —¿Ha cometido algún crimen del que deba tener conocimiento?

—No tengo ni una multa por exceso de velocidad, señor Rusu. Puede investigarme si lo desea. Entiendo, por todo lo que me ha dicho, que se preocupa mucho por el bienestar de su hijo, y ahora que su bienestar también será mi prioridad, me gustaría hacerle unas preguntas. ¿Puedo?

—Adelante.

—¿Su hijo tiene alguna alergia? —Niega—. Bien. ¿Hay alguna comida en especial que le guste?

—Pasta con albóndigas.

Asiento.

—¿Hay una hora específica para comer dulces?

Asiente antes de contestar.

—Le gusta mucho comer algo dulce por la tarde, y en la noche después de cenar.

—¿Cuál es la rutina que normalmente lleva?

—Lo levanto a las seis y lo preparo para llevarlo al jardín

maternal. Entra a las ocho y sale a las once de la mañana. Luego lo llevo a casa, le doy de comer y paso un par de horas jugando con él hasta que llegue su hora de la siesta. Lo levanto a eso de las cinco para que se bañe y le preparo la cena. Se duerme entre las nueve y las diez de la noche. —Frunce el ceño en mi dirección—. ¿No tomarás nota de nada de lo que estoy diciendo? No me gusta repetir las cosas.

—No se preocupe, señor Rusu. Tengo una excelente memoria.

Asiente. Se pone de pie y lo sigo rápidamente. Me saca alrededor de una cabeza y media, por lo que tengo que alzar la vista para mirarlo a los ojos.

—Le enviaré un mensaje con la dirección exacta de mi casa. El lunes por la mañana encontrará un coche frente a su casa para su uso exclusivo. Quiero verla al mediodía para presentarle a mi hijo. A partir de ahí, continuará usted sola.

—Me parece bien, señor Rusu. —Me tiende la mano y se la estrecho. Esta mano es mucho más grande que la mía, lo que me hace sentir increíblemente pequeña—. Le aseguro que no tendrá que buscar una niñera en mucho tiempo.

De nuevo, creo que mis palabras le causan gracia, porque la comisura de los labios tiembla levemente. Parece que lograr que este hombre sonría es imposible.

—Es un gusto hacer negocios con usted. La veo el lunes.

Suelto su mano, tomo mis cosas y me encamino a la puerta de la oficina.

—Hasta luego, señor Rusu.

Cierro la puerta detrás de mí, le dedico a la secretaria un gesto cortés y presiono el botón del ascensor. En todo el camino de bajada, repaso mi conversación con el señor Rusu. Salió mejor de lo que esperaba, y aunque el hombre es intimidante, siento que me defendí bien. Le demostraré por qué soy tan buena en mi trabajo. Haré que no quiera buscar una nueva niñera, porque estará encantado conmigo.

Además, creo que no tendré que verlo demasiado, ya que parece estar muy ocupado por el trabajo. Eso es bastante bueno, porque, a pesar de que puedo mantener la compostura frente a él, no puedo evitar sentirme nerviosa ante su presencia. Irradia una mezcla de peligro y belleza que resulta imposible de ignorar.

De regreso a casa, caigo en la cuenta de que no caminaré más, ya que tendré un coche a mi disposición. Hace años, mi abuela me enseñó a conducir, pero cuando nuestra situación económica se volvió difícil, tuvimos que vender el que teníamos.

Le envío a Stefan un mensaje con mi renuncia, y ni siquiera me molesto en leer sus respuestas indignadas y llenas de ira. Incluso si el señor Rusu no me contrata, encontraré la manera de salir adelante. Siempre lo hago. No volveré a ese lugar donde me maltrataban y manoseaban.

Por primera vez en mucho tiempo, me siento ligera como una pluma. Todos nuestros problemas económicos desaparecerán en poco tiempo, y mi abuela podrá tener un mejor tratamiento médico. Incluso, tal vez, pueda comprarle una cama ortopédica para que descanse mejor.

Cuando llego a casa, me detengo a observar mi hogar por un segundo, la casa en la que he vivido toda mi vida. A partir de la próxima semana, solo podré visitarla los fines de semana. Observo el pequeño jardín y la calle desierta. Pero entonces, un movimiento llama mi atención. Hay un hombre sentado en una camioneta negra, observándome fijamente mientras fuma un cigarrillo.

Las palabras del señor Rusu llegan a mi mente: «El lunes por la mañana encontrará un coche frente a su casa». Nunca le dije dónde vivía, y esa información no está disponible en mi expediente, ya que la agencia mantiene la privacidad de nuestras vidas.

Entro rápidamente a casa y me aseguro de cerrar la puerta con seguro.

Hay dos cosas que me quedan claras ahora: el señor Rusu me investigó mucho antes de que yo le ofreciera la idea de hacerlo, y los rumores sobre que es un capo de la mafia podrían ser más que ciertos.

Ya no hay vuelta atrás. El lunes por la tarde entraré voluntariamente a las fauces del lobo. Si es que no lo he hecho ya.

TRES

Velkan

La encontré.

Las palabras resuenan en mi mente una y otra vez.

Después de que la agencia de niñeras me presentara el expediente de la señorita Vasilescu, me di cuenta de que cumplía con todo lo que buscaba. Además, tenía una tasa de éxito del noventa y nueve por ciento con los niños. Antes de decirle a la agencia que estaba interesado en ella, le pedí a Vasile que la investigara.

Hace seis años, vi a un serbio corriendo hacia una mujer que protegía a una anciana con su propio cuerpo. Ahora, después de haberla buscado durante tanto tiempo, resulta que será la nueva niñera de mi hijo. La probabilidad de que esto sucediera era, sin duda, mínima.

Ver su rostro en una fotografía después de seis años me sorprendió, pero tenerla en persona y hablar con ella me dejó sin aliento. No soy alguien que se sorprenda o se quede sin palabras con frecuencia, por lo que el impacto que esta mujer tiene en mí me inquieta. Y ahora, estará viviendo bajo mi techo por tiempo indefinido.

Después de ese ataque, hace seis años, le pedí a Nathaniel que la buscara, pero esa noche los serbios desactivaron las cámaras de seguridad, por lo que no teníamos ninguna grabación para localizarla. Mantuve a uno de mis hombres durante meses en ese sector de la ciudad, con la esperanza de que viera a una mujer que coincidiera con la descripción que le había dado, pero nunca apareció. Dejé de buscarla luego de un tiempo, aunque nunca dejé de pensar en ella.

Cuando Vasile la investigó, descubrí que la anciana que protegía esa noche era su abuela y que estaba muy enferma. Por eso le hice una oferta que no podría rechazar. Así dejaría de trabajar en ese horrible restaurante y estaría en condiciones de darle a su abuela lo que quisiera, mientras que yo la tendría cerca por un tiempo.

Quería saber más sobre ella, pero sobre todo, quería que le agradara a Ivan. Hasta ahora, no he encontrado a nadie que realmente le agrade y, teniendo en cuenta que la situación con los serbios está cada vez más delicada, no puedo tenerlo siempre conmigo, pero tampoco quiero dejarlo con alguien que no le guste. Si esa llega a ser la situación con Nadia, tendré que dejarla ir. Mi hijo es mi prioridad y no permitiré que una situación como la de Diona vuelva a repetirse.

Después de ella, mi círculo social desapareció. Si la madre de mi propio hijo me traicionó, ¿qué puedo esperar de las demás personas? Nada. Las únicas personas con las que tengo un vínculo cercano son mis padres, que se encuentran viajando por el mundo, y los demás miembros del Priesthood, que en ocasiones encuentro irritantes.

Hace un par de horas, Nadia se fue de mi oficina, pero aún puedo evocar el olor de su perfume y la suavidad de su tacto en mi mano. Nunca me sentí así por una mujer, tan descolocado e impresionado; ni siquiera Diona lograba mantener mi atención durante más de unos minutos. Pero hay algo en Nadia que me tiene girando a su alrededor. Aún persiste la incómoda sensación en mi pecho cada vez que dejo entrar a alguien en mi vida personal, cuando dejo que se acerque a mi hijo.

Todos mis instintos me exigen que levante un muro y la mantenga lejos; debo recordar el motivo por el cual la estoy contratando. Pero también está esa nueva parte de mí, que salió a la luz en cuanto su mirada me desafió y su tentadora boca me respondió tan osadamente, pidiéndome en silencio que confíe en ella, que deje que se acerque a Ivan y que forme un lazo con él.

Observo la fotografía en su expediente una vez más. Solo el tiempo dirá qué haré con ella. Por ahora, tendrá que ganarse a Ivan.

Le di a mi hijo todo el fin de semana para que se acostumbrara a la idea de que hoy conocería a Nadia. A pesar de que solo tiene cuatro años, habla con bastante fluidez y comprende casi todo lo que le digo. Es muy maduro y valiente para su corta edad, lo que aún me sorprende de vez en cuando.

Observo que el coche de Nadia se estaciona frente a nosotros, mientras la esperamos frente al jardín maternal. Me acuclillo y miro a mi hijo, que ya me observa con sus enormes ojos grises, herencia mía. Lo único que tiene de su madre es la nariz y el cabello rubio.

—¿Estás listo, campeón? Si no te gusta o quieres irte, solo dime.

—Sí, papá.

Sin soltar su mano, me pongo de pie y observo a Nadia caminar hacia nosotros. Lleva un suéter blanco, *jeans* azul claro y botas negras. Tiene el cabello recogido en una coleta, lo que me permite apreciar su rostro y realza el verde de sus ojos.

Mierda, es hermosa.

Me dedica una sonrisa y luego sus ojos van directos a Ivan. Observo el rostro de mi hijo para detectar cualquier señal de incomodidad. Nadia se acuclilla frente a él y le tiende la mano.

—Soy Nadia Vasilescu, un gusto conocerte.

Como tantas veces hemos practicado, le da un apretón a la mano de Nadia.

—Un gusto, señora. Soy Ivantie Rusu.

Ivan observa la reacción de Nadia con detenimiento, y cuando la sonrisa de ella se ensancha, una pequeña sonrisa aparece en los labios de mi hijo. Eso es bueno.

—Es un gran apretón de manos el que tienes. ¿Cómo prefieres que te llame? ¿Señor Rusu, Ivantie, Ivan, o tienes algún apodo?

Ivan me dedica una mirada buscando apoyo, así que asiento y le doy un pequeño apretón en la mano. Le he explicado las normas de etiqueta, por lo que sabe que puede pedirle que lo llame como guste. Sin embargo, esta es la primera vez que alguien le hace esa pregunta. Las demás niñeras buscaban entablar más una conversación conmigo que con él, y se dirigían a él por su nombre sin consultarle antes. Así que esto es nuevo para Ivan. Aunque quiero ayudarlo, tengo que dejar que lo haga solo.

—Ivan es para mi papá —dice con seriedad, lo que me hace sonreír. Hemos sido él y yo durante cuatro años, por lo que es un poco celoso conmigo.

—¿Entonces te parece bien Ivantie?

—Sí. ¿Y tú cómo quieres que te llame?

—Nadia.

Mi hijo asiente y le dirige una mirada bastante juzgadora para un niño de su edad.

—Tu nombre es raro. —Da un paso hacia ella y le toca la mejilla—. Eres bonita.

Nadia y yo intercambiamos miradas. Vaya, sin duda es la primera vez que lo escucho decir esas palabras. ¿Dónde las habrá aprendido?

—Gracias, Ivantie. Eres todo un caballero.

Se pone de pie y ahora es mi turno de estrecharle la mano.

—Buenas tardes para usted, señor Rusu. Espero que haya tenido un buen fin de semana.

Hay un brillo peculiar en su mirada, que le da a sus ojos el aspecto de dos gemas.

—Espero que usted también, señorita Vasilescu. ¿Está lista para la semana de prueba?

Asiente.

—Lo estoy. —Le dedica una mirada a Ivan—. ¿Estás listo para irnos?

—Sí. ¿Papá?

Nadia me dedica un ceño fruncido.

—Hubo un cambio de planes. Pasaré la semana de prueba con ustedes, así estaré al tanto de cada cosa que hagan.

Entrecierra los ojos y acorta la distancia entre nosotros.

—Sigue sin creer que soy buena en mi trabajo, ¿verdad? —susurra, para que Ivan no escuche.

—Estoy seguro de que se asegurará de no darme la razón.

Mis palabras dan en el clavo y la molestan. No es que dude de sus capacidades, por algo la elegí, pero quiero que dé lo mejor de sí por mi hijo, y solo provocándola lo hará.

—Moriré antes de darle la razón, señor Rusu.

No puedo evitar que sus palabras me causen gracia, y de lo que ella no es consciente es que podría hacer que estas se hicieran realidad si así lo quisiera.

—Espero que no tengamos que llegar a tales extremos, señorita Vasilescu. —Retrocedo un paso y regreso mi atención a Ivan, que nos ha estado observando en silencio—. Vamos, campeón. Síguenos en tu coche, Nadia.

Ella le hace un gesto con la mano a Ivan, despidiéndose, y mi hijo se lo devuelve. Demora varios segundos en regresar la mirada al frente mientras caminamos.

Durante el trayecto a casa, observo a Ivan por el espejo retrovisor, sentado en su silla para bebé, en completo silencio. Frente a nosotros va un SUV negro; hay cinco de mis hombres en el vehículo, entre ellos Vasile, y detrás del de Nadia va otra camioneta con cinco hombres más. Cuando salgo con Ivan, no corro ningún riesgo.

—¿Qué te pareció Nadia, hijo?

—Es linda. —Río entre dientes—. ¿Vas a dejarme con ella?

—Solo si ella te agrada, campeón. Si no, seguiremos buscando.

—¿Por qué no puedo ir contigo, papá? Me portaré bien, lo prometo.

Un nudo se aprieta en mi estómago. Odio poner a mi hijo en esta situación, pero si lo pierdo, mi mundo se caería a pedazos.

—Es peligroso, hijo. Sabes que nunca permitiré que te hagan daño; por eso no podrás ir conmigo al trabajo por un tiempo.

Me encuentro con su mirada en el espejo retrovisor y puedo ver cómo mis palabras lo lastiman. Maldición, odio esta mierda. Mi ira hacia los serbios aumenta hasta el punto de que mis nudillos se vuelven blancos. Si no estuvieran jodiendo, podría pasar todo el tiempo que quisiera con mi hijo sin temer por su vida.

—Parece amable. ¿Va a jugar conmigo?

Asiento.

—Estoy seguro de que lo hará, campeón.

Está decidida a quedarse con este trabajo, así que hará lo que sea para ganarse a mi hijo. Espero que lo logre, porque en una semana tengo un ataque planeado a una casa de trata y espero, para entonces, poder irme sin dejar a Ivan solo por la noche. A veces tiene pesadillas que lo despiertan, y suele buscarme. Me odiaría muchísimo si esa noche tuviera una y yo no me encontrara ahí para consolarlo.

—¿A ti te gusta, papá?

La pregunta me deja descolocado. Estamos llegando a casa, pero no estoy lo bastante cerca como para evadir la pregunta. Así que decido jugar sucio.

—Parece amable, así que sí.

Mi hijo, que es literalmente una copia mía, me dedica una mirada escrutadora, muy similar a la que le doy cuando me oculta algo. No dice nada más, pero sé que no me ha creído. A veces asusta lo perceptivo que puede ser un niño.

Pero la pregunta persiste. ¿Me gusta? No lo sé. Es hermosa, osada y valiente. La única forma en que me guste será si se gana a mi hijo; si lo hace, pondré el mundo a sus pies. Desde que supo que su madre se fue, no ha sido amable con las mujeres. Sé que le duele ver a otros niños con sus madres, pero también sé que estamos mejor sin ella.

Algún día espero casarme, y solo quiero que la mujer que elija para pasar el resto de mi vida pueda darle lo que yo nunca he podido: el amor de una madre.

CUATRO
Nadia

Las ganas de golpear mi cabeza contra algo persisten durante todo el camino hacia la casa del señor Rusu. Antes de salir, le prometí a mi abuela que haría mi mayor esfuerzo por conservar este trabajo, pero, en menos de cinco minutos, la cagué.

Sacudo la cabeza, molesta conmigo misma, mientras recorro el camino de entrada de la enorme mansión en la que viviré a partir de ahora. De todas las cosas que pude decir para asegurarle al temible Velkan Rusu que haría un buen trabajo cuidando de su hijo, tuve que decir: «Moriré antes de darle la razón». Maldición... estoy segura de que el único motivo por el que el hombre no me mató fue que su hijo estaba presente.

Detengo el coche frente a la propiedad y observo a mi alrededor. Hay hombres apostados por todas partes y, por si fuera poco, todos están armados.

Mierda, los rumores de que es un capo de la mafia tenían que ser ciertos.

El señor Rusu baja del SUV, abre la puerta trasera y, minutos

23

después, saca al pequeño Ivantie en brazos. Ambos miran en mi dirección y sé que esperan que baje.

Con una profunda inhalación, tomo mi bolso y bajo del coche. Ya es demasiado tarde para huir, y nunca he sido una cobarde.

Los ojos de los Rusu me observan con detenimiento mientras me acerco. La imagen del señor Rusu con su hijo en brazos es un golpe directo a mis ovarios. El hombre, de por sí, es dolorosamente atractivo; agrégale verlo en «modo papá» y se convierte en la receta perfecta para hacer suspirar a una mujer.

—Linda mansión —susurro, sintiéndome algo nerviosa por estar tanto tiempo bajo su intensa mirada. Mis ojos se deslizan por la mansión minimalista de tres pisos y mi atención cae de nuevo sobre los guardias—. Supongo que el negocio de los explosivos es peligroso —digo, señalando a los hombres armados.

La comisura de su boca se contrae ligeramente.

—Veo que hiciste tu tarea.

Asiento, observando todo a mi alrededor. Hay árboles y flores por dondequiera que mire. La propiedad es enorme.

—No me voy a vivir a la casa de un desconocido sin saber antes en qué está metido.

—Mmm... ya veo. —Comienza a alejarse, e Ivantie me observa fijamente con esos ojos grises que son una copia de los de su padre —. Sígueme, te mostraré el lugar.

No queriendo quedarme sola, rodeada de un montón de hombres armados, lo sigo sin pensarlo dos veces. Saludo con la mano a Ivantie, lo que me gana una pequeña sonrisa antes de que concentre su atención en la casa.

Cuando entramos, no puedo evitar sorprenderme ante la hermosa decoración. Las paredes son blancas y hay fotografías de Ivantie en todas ellas. Pasamos el recibidor y entramos en una gigantesca sala. Hay sofás de cuero negro y una pantalla plana en la que podría pasarme horas viendo mis series. Una sonrisa se extiende por mi rostro al observar los juguetes de Ivantie esparcidos por toda la sala, lo que le da un toque de calidez al lugar.

—Me disculpo por el desorden. Alguien estaba muy cansado anoche como para recoger sus juguetes. —Una sonrisa traviesa se dibuja en el rostro de Ivantie, lo que me hace reír entre dientes. La atención del señor Rusu cae sobre mí y rápidamente le dedico una seria expresión—. Aquí es donde Ivan pasa la mayor parte del tiempo. Si puedes, haz que cada noche recoja los juguetes; comprenderé si no logras que lo haga. Aún estamos trabajando en eso. —Entrecierra los ojos en dirección a su hijo y este comienza a reírse.

De nuevo, no puedo evitar sonreír. Ivantie parece ser un niño encantador y bastante risueño. El señor Rusu ha hecho un buen trabajo criándolo.

—Está bien, lo tendré en cuenta.

—Vamos. —Retoma el camino y, durante el trayecto que nos lleva a la cocina, le hago caras a Ivantie que lo hacen reír y aplaudir. El señor Rusu me dedica varias miradas de incredulidad, pero mantengo mi rostro inexpresivo cuando me mira y, una vez que aparta la mirada, retomo mi misión de hacerlo reír—. Antes tenía una cocinera, pero tuvimos algunos problemas y la despedí. Desde entonces, el único que cocina soy yo. Ivan come cualquier cosa; aún trabajamos con los vegetales, pero no deberías tener problemas para alimentarlo.

Asiento, tomando nota mental de todo.

—¿Puedo saber qué problemas tuvo con la cocinera?

Una expresión sanguinaria tensa su rostro, lo que me hace tragar saliva y me recuerda que estoy de pie frente a un capo de la mafia.

Sienta a Ivantie sobre la encimera y le tapa los oídos.

—Intentó envenenar a mi hijo.

El color abandona mi rostro.

—Cristo —murmuro, observando el rostro angelical de

Ivantie mientras nos observa a su padre y a mí. ¿Quién querría matarlo? Es la reencarnación de la inocencia—. Esa mujer debe de ser un monstruo para querer lastimarlo.

—Lo era. —Quita las manos de las orejas de Ivantie y vuelve a tomarlo en brazos—. La casa es de tres pisos, hay diez habitaciones y una sala de cine. En la parte trasera está la piscina. —Asiento, aunque mi atención sigue en lo que dijo antes. ¿Insinuó que mató a la cocinera?—. Sígueme. Te enseñaré tu habitación y la de Ivan.

Subimos dos tramos de escaleras; en el segundo piso solo hay más habitaciones, por lo que no me las muestra. En el tercero, solo hay tres habitaciones, que son el doble de tamaño que la mía en casa.

El señor Rusu señala una habitación y luego abre la puerta. Al igual que el resto de la casa, tiene las paredes blancas. La cama está cubierta por un hermoso juego de sábanas azul claro. Hay un tocador y dos puertas más; una debe ser el baño y la otra el clóset.

—Puedes decorar la habitación como gustes. —Me dedica una extraña mirada y agrega—: Luego de la semana de prueba. Odiaría tener que mandar a remodelarla para la próxima aspirante al puesto.

Entrecierro los ojos en su dirección, pero no digo nada. Estoy segura de que solo lo dice para molestarme. Pasa a otra habitación y de inmediato sé que es la de Ivantie. Las paredes son de color azul y hay una cama que parece demasiado grande para un niño de cuatro años. También hay un cesto repleto de juguetes y una estantería llena de cuentos para niños.

Ivantie se mueve en los brazos de su padre y este lo baja. El niño corre hacia su cama y toma un osito de peluche. Luego regresa hacia nosotros y se detiene frente a mí; me acuclillo para poder mirarlo a los ojos.

—Él es Poto, Nadia.

Sonrío, tomo el brazo del oso y lo sacudo con suavidad.

—Un gusto conocerte, Poto. Soy la nueva niñera de Ivantie y espero que nos llevemos bien.

Una hermosa sonrisa se extiende por el rostro de Ivantie.

—Dice que le agradas. Nunca lo habían saludado antes.

De verdad, la agencia tiene que revisar a quiénes envía como niñeras. Si un niño de cuatro años te presenta a su oso de peluche, lo saludas sin más. No es tan difícil.

—Estoy segura de que los tres pasaremos un tiempo increíble.

—Vamos, campeón, es hora de preparar tu almuerzo.

—¡Sí! —El grito de Ivantie me hace reír entre dientes, luego pasa corriendo a nuestro lado para bajar por las escaleras. Temerosa de que se caiga, me pongo de pie rápidamente y lo sigo; a mi espalda escucho las fuertes pisadas del señor Rusu. Para mi sorpresa, Ivantie baja las escaleras con bastante destreza, y parece que no corre peligro.

—Los primeros dos años estas escaleras fueron un infierno. Se cayó un par de veces por ellas, pero nunca fue nada grave. Ahora, después de unos cuantos raspones, sabe que no debe correr —dice el señor Rusu, deteniéndose a mi lado mientras vemos a Ivantie bajar.

—Le aplicó el método de enseñanza infalible —digo, dedicándole una pequeña sonrisa, pero él no me la devuelve.

Me escruta con la mirada hasta que comienzo a sentirme inquieta. El hombre es intenso.

—Supongo que deduces que mi hijo es lo más importante en mi vida. —Asiento, es más que claro—. También estoy seguro de que has escuchado que no solo me dedico a crear explosivos. —Trago saliva. Da un paso hacia mí y resisto las ganas de retroceder. Su mirada es fría y oscura. Casi mortal—. Entonces, supongo que está de más decir que si intentas lastimar a mi hijo, te mataré. ¿Fui lo suficientemente claro?

Mi boca se seca y los latidos de mi corazón se aceleran. Ya no veo al hombre apuesto que adora a su hijo. No, ahora tengo frente a mí al mafioso que todos temen y aseguran que es la encarnación del infierno.

—Lo es, señor Rusu —susurro, con el miedo haciendo papilla mis nervios.

El momento se prolonga y la tensión aumenta. Por un momento pienso que va a matarme por mi anterior comentario imprudente, pero entonces, Ivantie grita:

—¡Papá, tengo hambre!

Con una última mirada en mi dirección, baja por las escaleras. Observo sus anchos hombros alejarse y sé, sin duda alguna, que si intenta matarme no tendré oportunidad. Pienso en retrospectiva y, al final, todas mis decisiones me llevan a este momento. No había más opciones.

Hazlo por la abuela. Tú puedes.

Tomo una profunda inhalación y desciendo por las escaleras. Encuentro a ambos Rusu en la cocina.

—¿Qué te gustaría comer? —le pregunto a Ivantie, dándole mi mejor sonrisa.

Me hace señas para que me acerque y lo hago.

—¿Sabes hacer mici? —susurra.

Me enderezo y asiento. El *mititei* o mici consiste en salchichas sin piel, como albóndigas alargadas, sazonadas con ajo y especias. Es uno de los primeros platos que mi abuela me enseñó a cocinar, ya que es bastante sencillo.

—¿Qué le pediste, campeón?

Ivantie se lleva un dedo a los labios y pide silencio.

—Es una sorpresa, papá.

Una sonrisa recorre los labios del señor Rusu, esto lo hace parecer menos amenazante y más apuesto. Dios, ¿cómo es que este hombre no está casado? El pensamiento me hace notar que en ningún momento ha mencionado a la madre de Ivantie. ¿Estará muerta? Espero que no; sé lo que es perder a tus padres a una edad temprana. Aunque las palabras quieren salir, no pregunto. Debe haber alguna razón para que no la mencione.

—Está bien, hijo. —Acaricia su cabeza con ternura, lo que inunda mi pecho de una calidez desconocida. El papel de padre le sale tan natural. He trabajado para parejas que apenas miran a sus hijos, y saber que ese no es el caso de Ivantie, me alegra. Todos los niños deberían crecer rodeados de atención y amor—. Estaré en mi despacho. Cuando esté en casa, no es necesario que cocines para mí. Tu trabajo es únicamente cuidar de Ivan.

Mi ceño se frunce.

—¿Entonces qué comerá?

—No te preocupes por eso —dice, dándome la espalda y caminando hacia lo que supongo que es su oficina.

Mi ceño se frunce aún más. Soy consciente de que Ivantie es mi única responsabilidad aquí, pero no dejaré que mi jefe pase hambre. Por otro lado, no me cuesta nada cocinar para una persona más.

—No sé qué dices tú, Ivantie, pero tu padre probará mi mici. Me queda increíble.

—¿Sí? —Ver cómo su rostro se ilumina de felicidad enternece mi corazón. Qué niño más encantador—. Papá no sabe hacerlo.

—Entonces le enseñaré. Así, cuando me vaya, podrás comerlo siempre que quieras.

Aplaude y no puedo evitar reírme entre dientes. Busco todos los ingredientes y me pongo manos a la obra. Mientras le quito la piel a las salchichas, pregunto:

—¿Qué te gusta jugar?

—¡Legos! Papá me compró uno gigante.

—¿En serio? Eso suena increíble. ¿Te gustaría que lo armáramos juntos? —Asiente repetidamente—. Entonces, eso será lo siguiente después de comer.

Busco la sartén, el aceite de oliva y enciendo la estufa. Con

Ivantie sentado al otro lado de la encimera, no tengo que preocuparme de que se queme.

—¿Cómo es tu escuela? ¿Te gusta ir? —pregunto, queriendo saber más de él. Así sabré todo lo que puedo hacer para ganármelo, aunque creo que voy por buen camino. Parece que saber cocinar mici me ha dado puntos extra.

—No me gusta ir. Siempre tengo mucho sueño. —Me río mientras echo las especias a las salchichas. Una vez que estén en la sartén, comenzaré a hacer la pasta para complementar—. ¡No te rías!

—Lo siento, lo siento —digo, tratando de reprimir mi risa—. Es que me recuerdas mucho a cuando era pequeña. Tampoco me gustaba ir a la escuela. Mi abuela tenía que batallar conmigo todas las mañanas.

Mis palabras parecen despertar su curiosidad.

—¿Y tus papás? ¿No te despertaban? Mi papá siempre lo hace.

Un manto de tristeza cubre mi corazón. Me hubiera gustado saber cómo se sentiría eso.

—Ellos se fueron hace mucho tiempo.

—¿Están de viaje? Mis abuelos están recorriendo el mundo. Siempre me envían regalos.

Sonrío.

—Sí, están en un viaje muy largo y no podrán regresar.

La tristeza en su rostro iguala la que hay en mi corazón.

—¿Estás sola?

Niego.

—Tengo a mi abuela, así como tú tienes a tu papá. ¿Y sabes qué hago cuando extraño mucho a mis padres? —Me observa expectante y sonrío—. Miro las estrellas; sé que me cuidan desde dondequiera que estén.

—¿Crees que mi mamá también esté en las estrellas? Papá dice que se fue hace mucho tiempo.

No he visto ni una sola foto de la mujer en la casa. Si el señor

Rusu la hubiera amado, habría al menos una foto suya, ¿no? Otra realidad se asienta: ¿y si los dejó? Observo el rostro de Ivantie; tiene la mirada brillosa, casi esperanzada. Cristo, eso sería una mierda.

—Sí, tal vez se encuentre en las estrellas.

Si el señor Rusu no le ha dicho nada sobre que tal vez lo abandonó, no seré yo quien acabe con esa ilusión. Pero cuando crezca, la verdad será algo inevitable que tendrá que enfrentar.

Y ningún hijo debería enfrentarse a la realidad de que su madre lo ha dejado por voluntad propia.

CINCO
Velkan

Escucho la conversación entre mi hijo y la señorita Vasilescu a través de la cámara que tengo en la cocina. Dejarla sola con él es la única forma que tengo de saber cómo lo tratará de verdad en mi ausencia, y ver que, en realidad, hace sentir cómodo a Ivan me permite relajarme un poco. Aún tiene que superar la semana de prueba, pero si continúa así, no tendré que seguir buscando niñera.

La pregunta de Ivan sobre su madre me hace sentir mal, no por ella, sino por mi hijo. Diona fue egoísta al irse; no pensó en nada más que en sí misma, sin considerar cómo su ausencia afectaría a Ivan mientras crecía. Hace un año comenzaron las preguntas sobre ella y aún sigo sin saber cómo decirle que su madre se fue y nunca volverá. A veces, preferiría que la mujer estuviera muerta.

¿Cómo le dices a un niño de cuatro años que su madre lo abandonó porque no estaba lista para un compromiso así? Solo pensarlo es una mierda. Aún me quedan un par de años para encontrar una buena razón; por ahora, evadir sus preguntas con respuestas vagas funciona.

Aparto la atención y me concentro en Nadia. Sus padres fallecieron cuando era niña, por lo que está bastante familiarizada con la pérdida y tal vez podría ayudarme en su momento con Ivan.

Un ceño fruncido surca mi frente.

¿Estoy pensando en mantenerla conmigo por más de un año?

Sí, admito que parece buena en su trabajo, pero siempre hemos sido Ivan y yo, y cuando solucione el problema con los serbios, no la necesitaré más. Mi ceño se pronuncia aún más. No me gusta que, inconscientemente, la haya involucrado en mis planes a largo plazo.

Sacudo la cabeza para alejar de mi mente esos pensamientos.

Una sonrisa se dibuja en los labios de Nadia, lo que le da un aspecto angelical y juvenil. Hay en ella una calma envidiable. Desde que soy capo, ya no sé qué es la calma y, a veces, cuando las noches son oscuras y solo presagian muerte, me gustaría tener algo de eso en mi vida.

La observo cocinar durante la siguiente hora mientras habla y hace reír a Ivan. Hay una dinámica relajada entre ambos que, a su vez, tiene un efecto calmante en mi alma. Mientras están juntos, aprovecho para adelantar algo de trabajo. Además de fabricar explosivos que revolucionan la minería para reducir su impacto ambiental, también trafico con ellos. Después de que Vladimir y Ethan se involucraron en el tráfico de armas hace un año, la demanda de explosivos aumentó, especialmente por su parte. Llegamos al acuerdo de que incluirían mis explosivos en sus ventas. Así habría más ganancias y yo podría evitar la parte de tener que hablar con los compradores. Es la parte de mi trabajo que menos disfruto, pero Ethan, al ser el más sociable, lo disfruta sin duda. Tiene un gran talento para la persuasión.

Reviso la lista de pedidos de este mes y enarco una ceja. Marco el número de Ethan, que responde al último tono.

—¿Qué? —responde con un gruñido.

—¿Puedo saber a quién planean volar en miles de pedazos tú y Vladimir? Pidieron el doble del mes pasado.

—Te volaré a ti en pedazos por arruinar el momento con mi mujer —gruñe. Es entonces cuando escucho el susurro de las sábanas y la voz de una mujer que le pide que se tranquilice. Ethan deja escapar un suspiro—. Prometo que no me tardaré mucho, cariño. —Transcurren unos minutos en silencio hasta que dice, con un tono áspero muy distinto al que había usado con su esposa —: ¿Hay un problema con el pedido, Velkan?

No me inmuto ante la tácita amenaza de sus palabras. A diferencia de muchos, no le temo a la locura de Ethan.

—No, pero lo habrá, dependiendo de lo que harán con tantos explosivos. ¿Quién es el comprador?

—Nathaniel.

Enarco una ceja.

—¿Desde cuándo compra explosivos? Su único interés, hasta donde sé, es el armamento pesado.

—Parece que alguien lo hizo enojar, así que lo volará en pedazos. —Suspiro, maldito loco—. ¿Algo más, Velkan? Porque cada minuto que me quitas con mi esposa solo aumenta mis ganas de matarte.

—Eso es todo, pero mantendré un ojo en Nathaniel. Ya tengo suficiente con los serbios; no necesito atraer atención indeseada a mi empresa.

—Bien —dice y termina la llamada.

Marco el número de Vasile y este responde de inmediato.

—¿Şef?

—Investiga quién hizo enojar a Nathaniel. Está comprando explosivos a través de Ethan y Vladimir. Debe haber una razón por la que no habló conmigo directamente.

—Entendido, şef.

Cuelgo y me quedo unos minutos meditando sobre la situación. Nathaniel es reservado, por no decir que un ermitaño. Muy pocas cosas lo hacen molestarse, y no he notado un comportamiento extraño por su parte en nuestras llamadas. Así que, lo que sea que esté pasando en Canadá, debe ser reciente.

Si la situación lo amerita, tal vez deba hacerle una visita.

Un suave toque en la puerta atrae mi atención.

—¿Señor Rusu? El almuerzo está listo. —La voz de Nadia me llega a través de la puerta y no puedo evitar sonreír.

Es terca y decidida.

Bien, puedo trabajar con eso.

Me pongo de pie y abro la puerta. Nos separan solo un par de centímetros, por lo que puedo distinguir motas doradas en sus ojos marrones y ver cómo sus pestañas se baten en un movimiento hipnotizante. Una bocanada de aire impregna mis sentidos con su aroma. Vainilla. Es igual de dulce que su personalidad.

—Te dije que no tenías que cocinar para mí. —El susurro de mi voz hace que sus pestañas vuelvan a batirse, como si le costara sostenerme la mirada.

—Sobró un poco, así que, en lo que a mí respecta, no he cocinado para usted, señor Rusu.

De nuevo, escucharla decir «señor Rusu» tiene un efecto inesperado en mí, lo que me hace retroceder de inmediato.

—Después de ti —digo, señalando el camino.

Me toma una fracción de autocontrol no acercarme a ella para percibir de nuevo su aroma. Acercarme de esa forma sería incorrecto, y no iba a estropearle esto a mi hijo. A ella le agradaba, y viceversa, y este no era un buen momento para involucrarme con una mujer.

Encuentro a Ivan feliz, sentado en la mesa comiendo mici; ya se ha acabado casi todo el plato. Su rostro se ilumina cuando me ve.

—¡Papá! ¿Puedo comer más?

Asiento.

—Por supuesto que sí, campeón —respondo, dispuesto a

darle mi porción para mantener esa felicidad en su rostro. No hay nada que no haría por mi hijo.

—Eso no será necesario —dice Nadia, deteniendo mi mano que empujaba el plato en dirección a Ivan—. Quedó un poco más, señor Rusu, así que usted puede comer tranquilamente.

Arqueo una ceja en su dirección.

¿Planea envenenarme o simplemente está diciendo la verdad? No la vi hacer un movimiento extraño mientras la observaba por las cámaras, pero eso no evita que mi desconfianza continúe creciendo. Mientras Nadia sirve la comida de Ivan, le envío un mensaje a Vasile:

Yo: *Si no te escribo en la siguiente media hora, irrumpe en la casa y mata a todo aquello que sea una amenaza para Ivan.*

Mi jefe de seguridad responde de inmediato.

Vasile: *¿Sucede algo, señor?*

Yo: *Solo estoy siendo precavido. Treinta minutos, Vasile.*

No espero a que responda y guardo el teléfono. Nadia pone el plato frente a Ivan, quien, sin perder tiempo, asalta la comida y luego toma asiento a mi lado.

—Espero que le guste. —Nadia me dedica una tímida mirada y, por unos breves segundos, toda desconfianza desaparece, pero de inmediato recuerdo que Diona en algún momento me miró de esa forma.

Con la guardia en alto, listo para sacar el arma detrás de mi espalda, tomo un bocado. Una explosión de sabores inunda mi paladar y no puedo evitar admitir que este mici es casi tan bueno como el de mi madre. Espero un par de minutos por si me ha drogado y la sustancia comienza a hacer efecto, pero a medida que sigo comiendo, en lo único en lo que puedo pensar es en mi siguiente bocado. Termino más rápido de lo que me gustaría. Para este punto, casi toda la desconfianza ha desaparecido y solo quiero repetir, al igual que Ivan.

—¿Qué tal? ¿Le gustó?

Hay una energía nerviosa que emana de Nadia, lo que me parece algo lindo y divertido. Queriendo torturarla un poco más, demoro más de lo necesario en responder.

—Está bien.

El color abandona su rostro.

—¿Solo bien? ¿Qué le hizo falta? ¿Sal? ¿Salsa? ¿Cocción?

La diversión baila en mi interior al ver su mortificación. Estoy por responder, pero mi versión en miniatura se me adelanta:

—A mí me gustó, Nadia.

Parte de la angustia en su rostro desaparece. Le dedica una pequeña sonrisa a Ivan y luego me mira.

—Le aseguro que le prepararé una cena inolvidable, en la que lo único en lo que podrá pensar será en lo que cocinaré al día siguiente.

Cuando se pone de pie, recoge los platos y se va a la cocina. Sabiendo que no puede verme, dejo que la sonrisa que he estado reprimiendo crezca.

—¿Papá, s í te gustó?

Asiento.

—Pero es un secreto. No se lo digas a nadie.

—Te lo prometo, papá.

Estira la mano y envuelvo mi dedo meñique alrededor del suyo. Me pongo de pie y le guiño un ojo.

—Recuerda. Los estoy observando.

Me dirijo de nuevo a mi oficina y me siento frente a los monitores. El teléfono suena; en la pantalla aparece el nombre de Vasile.

—Estoy bien —digo al contestar—. No morí envenenado ni me drogaron.

—Me alegra oírlo, señor, pero sigo algo confundido. ¿Por qué me envió ese mensaje?

—Por un momento creí que la señorita Vasilescu intentaba envenenarme, pero parece que me equivoqué.

—¿Parece? —El tono tenso y preocupado de mi jefe de seguridad me obliga a tranquilizarlo de inmediato.

—No creo que le haya puesto nada extraño a la comida. En realidad, parecía mortificada cuando le dije que su mici estaba solo bien.

—¿Y? ¿Lo estaba?

—Casi tan bueno como el de mi madre. Tú ya lo has probado.

—Tuvo suerte esta vez, señor. Al menos, no corre el riesgo de morir de una intoxicación alimentaria como las otras aspirantes.

Suspiro. Por un instante, pensé que aquella vez sí ocurriría. Algunas señoritas tienden a mentir en sus currículums.

—Lo sé. Avísame si descubres algo sobre Nathaniel.

—Sí, șef.

Regreso la atención a los monitores y los vigilo durante toda la tarde. Ivan le enseña la última colección de Legos que le compré y Nadia lo ayuda a armarlos. Ambos se divierten y me permito disfrutar de la sensación que me genera verlos juntos.

Se lo concedo a la señorita Vasilescu: es buena en su trabajo.

Alterno la atención entre los monitores y el trabajo, y antes de que me dé cuenta, Nadia está llevando a Ivan a su siesta. La observo arroparlo. Mi hijo le pregunta si se irá, pero ella le asegura que lo verá en un rato. La escena me provoca una sensación extraña en el pecho.

Luego la observo preparar la cena con destreza. Tararea una canción, pero se ve interrumpida por el sonido de su teléfono. Como Ivan está durmiendo, no considero necesario decirle que no lo use mientras trabaje, pero si la veo usándolo en presencia de mi hijo, tendremos problemas.

—Hola, Andreea. ¿Cómo estás? —responde, poniendo el teléfono en altavoz.

Hallo el nombre entre la información que recolectó Vasile. Se trata de la enfermera que cuida a la abuela de Nadia.

—Muy bien. ¿Cómo te va en tu nuevo trabajo? —De inmediato, una sonrisa ilumina el rostro de Nadia.

—El niño es encantador. Será fácil cuidar de él.

—Eso es bueno. ¿Qué hay de tus jefes? ¿Son como los anteriores?

La curiosidad burbujea en mi interior ante la pregunta de su amiga. Ahora yo también quiero saber la respuesta.

—Solo está el papá, y no, es sin duda muy diferente a los anteriores. Es atento, consentidor y cariñoso. Estoy segura de que encontraría la forma de bajarle la luna a su hijo si se la pidiera. Parece ser un buen padre.

—Es difícil encontrar de esos hoy en día.

El rostro de Nadia se llena de tristeza, lo que me hace removerme en mi silla.

—Cuando lo veo con su hijo, no puedo evitar preguntarme si así fue mi papá conmigo. Con el paso de los años, el recuerdo de ambos se va borrando.

—Nadia...

—Estoy bien, es solo que en ocasiones me pega la nostalgia. ¿Cómo está mi abuela? ¿Qué tal estuvo su día?

—Fue un buen día. Logró salir de la cama y dar un pequeño paseo por el jardín. Cuando se cansó, la senté en la silla de ruedas, para que no tuviera que entrar de nuevo. Le hace bien estar afuera.

La tristeza se acentúa en sus facciones. Es incómodo verla en un momento tan vulnerable cuando cree que nadie la observa, pero no puedo dejar de escuchar.

—Me hubiera gustado estar allí.

—La verás el fin de semana, no te preocupes. También preguntó por ti; le dije que te vería pronto.

—Dale un buen abrazo por mí —dice Nadia con una pequeña sonrisa.

—Sabes lo que pasará si lo hago. A la única persona que tolera es a ti.

Ambas mujeres se ríen y una tensión que no sabía que se había apoderado de mi cuerpo desaparece.

—Está bien. Solo cuídala, por favor. Cuando tenga el primer pago, iremos a comprarle una nueva cama. Así, cuando tenga días malos, no será tan incómodo para ella estar en la cama todo el día.

—Está bien. Estoy segura de que la hará muy feliz.

—Eso espero —susurra, revolviendo algo en una olla—. Tengo que irme, Andreea. Te escribiré antes de dormir, ¿sí?

—Está bien, recuerda cuidar de ti también.

—Lo haré. Lo haré.

Corta la llamada y me quedo observando a Nadia mientras termina la cena. Hay una tensión en su cuerpo que me hace preguntarme desde hace cuánto tiempo está cargando sola con todo esto. Hay ojeras bajo sus ojos que delatan las pocas horas que descansa. Parece que ella es la que cuida de todos y no hay nadie que cuide de ella.

Hay una parte de mí que siente la necesidad de protegerla, y tal vez no sea tan malo si lo hago. Esa noche, hace seis años, evité que la muerte se la llevara, pero ahora Nadia está de nuevo frente a mí, y con la misma determinación de entonces.

El destino la puso una vez en mi camino. El que la haya puesto una segunda vez es una clara señal de que ambos nos necesitamos.

SEIS

Nadia

Observo con detenimiento al señor Rusu mientras cena. Andreea siempre ha halagado mi talento para cocinar, pero saber que mi mici no le gustó tanto como había esperado me decepciona un poco. Tengo que ganarme al hombre, y creí que mi comida sería el camino perfecto para eso.

—A quien tienes que vigilar cuando come es a mi hijo, no a mí.

El calor inunda mi rostro y rápidamente aparto la mirada. Le echo un rápido vistazo a Ivantie, que parece estar absorto en el plato de comida. Al parecer, el único que se resiste a mis encantos culinarios es el señor Rusu.

Cenamos en silencio y la escena se siente algo surrealista. A esta hora debería estar saliendo del restaurante y dirigiéndome a casa, pero en su lugar estoy sentada en el comedor de uno de los hombres más ricos y poderosos del país. Qué rápido pueden cambiar las cosas. Mis pensamientos viajan a mi abuela; me reconforta que haya tenido un buen día y que preguntara por mí.

La extraño, pero este trabajo es la solución a todos nuestros problemas.

Terminamos de comer, recojo los platos y los llevo a la cocina. Estoy por dejarlos en el lavavajillas cuando unas grandes manos me detienen. El contacto de su piel contra la mía envía una descarga por todo mi cuerpo. Creí que la primera vez que la sentí había sido una creación de mi cabeza, pero ahora estoy segura de que no fue así.

Alzo la mirada y me encuentro con el gris de sus ojos. Hay algo en ellos que me mantiene cautiva y eriza todos los vellos de mi cuerpo. Tal vez sea el peligro o la anticipación de algo que está por suceder. Sea lo que sea, me mantiene alerta.

—¿Sí, señor Rusu?

Los músculos de su mandíbula se aprietan, lo que le da un aspecto más duro e intimidante. De verdad, ese hombre debería de sonreír de vez en cuando, porque la constante mirada asesina en sus ojos no me ayuda a adaptarme.

—Yo me encargo de los platos, puedes ir con Ivan.

—¿Está seguro?

Asiente.

—No digo las cosas solo porque sí, Nadia.

Un hormigueo recorre mi cuerpo. Es la primera vez que lo escucho decir mi nombre y siento como si todo en mi interior cobrara vida, lo que es preocupante sin duda.

Aun así, digo con sarcasmo:

—Gracias por tomarte la molestia de preguntar si podías usar mi nombre de pila.

Nos miramos a los ojos por lo que parece una eternidad, pero no veo señal de molestia es su rostro por mi evidente falta de respeto. Y no es que me moleste que diga mi nombre, todo lo contrario, y creo que a eso se debió mi respuesta tan a la defensiva.

Parece que transcurre una eternidad hasta que dice:

— ¿El bolso es todo lo que trajiste para la semana?

—No. Hay una maleta en el coche.

—Bien. Haré que la lleven a tu habitación.

Incapaz de pronunciar palabra, asiento, y me escapo rápidamente al comedor, donde Ivantie me está esperando, sentado en su silla. Maldición, de verdad es intenso ese hombre.

—¿Listo para un baño? —le pregunto a Ivantie al mismo tiempo que le tiendo la mano.

Lo ayudo a bajarse de la silla y subimos al tercer piso. Me siento algo fuera de lugar con toda la situación; por lo general, mis anteriores jefes se encargaban de la rutina nocturna de su hijo, por lo que nunca había tenido que hacerme cargo. Pero ahora la situación es completamente diferente. El señor Rusu solo estará por esta semana, así que no sé cuántas veces tendré que hacerme cargo de las noches de Ivantie.

Me acuclillo frente al niño, que me observa con ojos expectantes. Al igual que su padre, tiene una mirada intensa.

—Bueno, creo que me tendrás que guiar un poco. ¿Cómo sueles ducharte?

—Papá llena la bañera un poco y se sienta en la puerta.

Frunzo el ceño.

—¿Así que te bañas solo?

Asiente.

—Papá dice que ya estoy grande.

Sonrío.

—Es cierto, ya eres todo un hombrecito. —Me pongo de pie y busco entre los cajones el pijama y la ropa interior; cuando la encuentro, tomo la toalla—. ¿Estás listo? —Me lo afirma con la cabeza—. Bien. Llenaré la bañera y luego te dejaré solo para que te desvistas. Estaré al otro lado de la puerta por si me necesitas, ¿sí?

Vuelve a confirmármelo con un gesto. Parece que no es muy hablador por la noche.

Voy al baño y preparo todo. Solo lleno la bañera a la mitad; a pesar de que Ivantie tiene cuatro años, es alto para su edad, por lo

43

que no corre peligro de ahogarse. Dejo la toalla y el jabón al alcance de su mano, así como el champú, el pijama y la ropa interior.

—Todo listo —digo al salir del baño.

—Gracias, Nadia —contesta Ivantie al pasar junto a mí y entrar.

Me siento en el suelo, a un lado de la puerta, y dejo escapar un suspiro. Creo que tuve bastante suerte con Ivantie. Es un pequeño ángel. He trabajado con pequeños diablillos, niños que, sin duda, hicieron de mi vida un completo caos durante meses. Ivantie se las arregla bastante bien por sí solo; creo que una de las razones por las que el señor Rusu buscaba una niñera era que su hijo necesitaba una amiga.

Y eso está bien, porque yo también necesito un amigo.

Después del baño, Ivantie se cepilla los dientes y se acuesta en la cama, listo para que le lea un cuento.

—¿Quieres que te lea yo o tu padre?

—Papá.

—Está bien. Iré a buscarlo.

Me doy la vuelta y mi frente choca contra una pared. No, una pared de músculos. Mis sentidos se ven aturdidos por una colonia varonil que pone a mis hormonas en acción. Dios. Alzo el rostro y me encuentro con la mirada del señor Rusu, que no es para nada intimidante.

Retrocedo un paso y carraspeo audiblemente. ¿Es mi idea o esta habitación se siente demasiado pequeña para mi gusto?

—Señor Rusu, iba a ir a buscarlo.

La comisura de su boca se contrae de forma ligera.

—Eso pude ver. Por esta semana, seré yo quien le lea.

Asiento y paso por su lado, dando por terminada la noche.

—Nadia.

Su voz acaricia todas las letras de mi nombre, y eso me desestabiliza por completo. Creo que fue mala idea pedirle que me llamara por mi nombre de pila.

—¿Sí?

—Lo hizo bien hoy. Que tenga buena noche.

—Igual para usted, señor Rusu. Buenas noches, Ivantie.

—Buenas noches, Nadia. —El susurro adormilado de Ivantie llega a mis oídos y sonrío.

Puedo sobrevivir a la intensidad del señor Rusu, siempre y cuando mantenga cierta distancia con él. Cada vez que está demasiado cerca, siento como si cada una de mis terminaciones nerviosas estuviera en llamas, y no estoy segura de querer jugar con fuego.

Después de darme una ducha, voy al patio trasero a tomar algo de aire.

Todo salió mejor de lo que esperaba y me siento algo aliviada por ello. Solo tengo que acoplarme a la rutina de Ivantie y mantenerlo entretenido.

Me dejo caer en una de las tumbonas y me quedo mirando fijamente la piscina. Estoy a un día menos de superar la semana de prueba y quedarme con el trabajo. Aunque todo salió bien hoy, no significa que mañana vaya a ser así. Hay un millón de cosas que podrían salir mal. Con el más mínimo descuido, podría perder el trabajo o lastimar a Ivantie, y nunca me perdonaría si algo le pasara.

Dejo caer la cabeza entre mis manos mientras evalúo todos los escenarios en los que las cosas podrían irse en picada. Desde que tengo memoria, siempre he simulado en mi mente el resultado de las cosas. Tal vez no sea lo más sano, pero me ayuda a sentir que tengo el control de todo. Si soy precavida, quizá pueda evitar que Ivantie se haga daño. El señor Rusu es protector: un cabello mal puesto en la cabeza de su hijo y estoy segura de que cumpliría su amenaza.

Diablos, de verdad me metí en la boca del lobo.

—Puedes hacerlo, Nadia. Solo no permitas que algo le pase al niño y estarás bien —digo en voz alta.

—Estoy de acuerdo con eso.

Un grito me abandona al escuchar la voz del señor Rusu.

—¡Maldición! Tiene que dejar de hacer eso.

—¿Así le hablas a tu jefe?

Mis ojos se abren como platos y me pongo de pie muy rápido. No hay ni un rastro de emoción en su rostro, y eso me preocupa de inmediato.

—Lo siento mucho, señor Rusu. Es solo que me dio un susto de muerte. Por favor, procure hacer algún sonido cuando se acerque.

—Lo tendré en cuenta. Por favor, sentémonos. —En contra de mi instinto de supervivencia, que me pide que no me siente a solas con este hombre en medio de la noche, lo hago—. Quería saber cómo te sentiste durante el día. ¿Estás cómoda?

La pregunta me toma desprevenida.

—Lo estoy, señor Rusu. Tiene una casa muy bonita y su hijo es increíble. Estoy segura de que nos llevaremos muy bien.

—También lo estoy. Y, dime, Velkan. Creo que podemos dejar un poco las formalidades.

—Está bien. ¿Está usted conforme con mi forma de trabajar?

—Si continúas como lo hiciste hoy, no tendremos problemas. Pero no olvides nuestra anterior conversación, Nadia. Mi hijo es lo más valioso para mí.

—Le prometo que mientras Ivantie esté conmigo, no le sucederá nada.

Asiente, pareciendo satisfecho con mi respuesta.

—Cada vez que salgas de la mansión, un grupo de hombres te acompañará. Tengo enemigos que no dudarán en usarte para acercarse a mí.

Los latidos de mi corazón se disparan. ¿Además de tener que preocuparme porque él me mate, también tengo que cuidarme de sus enemigos?

Una idea más aterradora cruza mi mente: mi abuela.

—Sé que como tal no tengo el trabajo, ¿pero podría enviar a alguien a mi casa? Sus enemigos podrían usar a mi familia para llegar a usted.

—Es lo justo. Considéralo hecho.

—Gracias, Velkan.

—¿Algo más? —Niego; no quiero tentar mi suerte—. En ese caso, hasta mañana.

Susurro un «buenas noches» y lo veo alejarse. La anchura de su espalda me hipnotiza por unos eternos minutos. Está en muy buena forma y es casi imposible no admirarlo. Todo en él es digno de mirar.

Tenía que agregar otra calamidad a la lista de posibles desastres.

Velkan Rusu.

SIETE
Velkan

Seis días despúes

La semana de prueba ha terminado y estoy absolutamente fascinado. Al igual que mi hijo.

Nadia ha demostrado ser más que capaz de cuidar a mi hijo. Se levanta temprano para preparar todo lo que Ivan necesita, luego batalla un par de minutos con él para despertarlo y ayudarlo a alistarse para el jardín maternal. Mientras hace todo eso, la vigilo por las cámaras hasta que se van, y mis hombres los escoltan. Recibo actualizaciones constantes de lo que ella hace luego de dejar a Ivan; le di una tarjeta con saldo ilimitado para que pudiera comprar cualquier cosa que mi hijo necesitara o quisiera. Principalmente, la usa para los ingredientes de los platillos que le pide. Parece que descubrió lo buena cocinera que es Nadia y se está aprovechando de ello. Por más que le digo que no necesita cocinar para mí, sigue negándose a hacerme caso. Debo admitir que su terquedad me parece casi entrañable.

Mañana por la mañana, Nadia regresará a su casa por el fin de semana para pasar tiempo con su abuela. Aunque no me ha hablado de ella ni de su vida privada, escuchando pequeños fragmentos de las conversaciones entre ella y Andreea tengo una pequeña idea de lo que ha ocurrido en su vida. Y aunque sé que no es correcto escuchar a escondidas, cada día que pasa quiero saber más de ella. Es jodidamente adictivo.

Ya que se irá mañana, Ivan me pidió que después del jardín maternal quería ir al centro comercial con ella, y como no puedo decirle que no a mi hijo, accedí, aunque la idea de que algo le pase me pone de los nervios. Pero debo confiar en que Nadia lo protegerá a toda costa. Así que en vez de quedarme en casa para trabajar, como había hecho durante toda la semana, decidí pasar por la empresa para asegurarme de que todo estuviera en orden.

Son pasadas las once de la mañana cuando mi teléfono suena con un mensaje de Lucian, el líder del grupo de seguridad de Nadia e Ivan.

Lucian: *Señor, la señorita Vasilescu ya está con su hijo. Vamos al centro comercial.*

Yo: *Quiero reportes cada treinta minutos.*

Lucian: *Entendido, şef.*

Tamborileo los dedos sobre el escritorio. Había completado el pedido de Ethan y Vladimir, aunque hasta ahora Vasile no ha encontrado nada sobre quién hizo enojar a Nathaniel. Esto quiere decir que ese cabrón está borrando cada rastro para que nadie lo atrape. Aunque no ha respondido a mis mensajes, me sigue enviando información sobre los serbios, y en base a eso, tracé el plan de ataque para la semana que viene.

Los serbios recibirán un cargamento de mujeres vírgenes y a toda costa debo sacarlas de ahí, porque, una vez subastadas, es casi imposible rastrearlas. Entonces, no correré riesgos. Tengo la esperanza de que, esta vez, el líder serbio se presente. Sería la cuarta vez que saboteo un cargamento tan importante, además de que le estoy haciendo perder mucho dinero al atacar sus clubes.

Es solo cuestión de tiempo para que decida salir de su escondite, y la paciencia es mi mejor arma. No por nada llevo tantos años siendo el capo de la mafia rumana.

Y mantener la calma es crucial en mi día a día.

A la mierda la calma.

Cierro la puerta del coche de un portazo, con Vasile pisándome los talones. Hay un completo desconocido cerca de mi hijo y voy a matarlo por arruinarle el día.

Hace solo quince minutos, Lucian me envió un mensaje, diciéndome que un hombre se acercó a Nadia e intentó propasarse con ella, además de hacer ciertos comentarios muy fuera de lugar. Ella intentó alejarlo de mi hijo, pero cuando el sujeto insistió, Lucian tuvo que intervenir.

—Señor, no puede matarlo. Estamos en un lugar público —dice Vasile a mi espalda.

Ignoro sus palabras y atravieso las puertas del centro comercial. De inmediato, encuentro a Nadia e Ivan sentados en una mesa con mis hombres rodeándolos. Mi atención cae de inmediato en Ivan, que está ligeramente escondido detrás de Nadia. La imagen hace que mi ira aumente y, al mismo tiempo, una calidez inunda mi pecho. Se siente a salvo con ella.

Me acerco a Lucian, sabiendo que mi hijo está bien.

—¿Dónde está? —pregunto con la ira cociéndose despacio en mi interior.

—Señor, lo detuvimos y lo llevamos a una de las camionetas.

—Bien. ¿Le hizo algo a mi hijo? ¿O a Nadia?

Niega.

—Nada, además de lo que le dije.

Asiento. Le hago señas a Vasile para que se acerque, y lo hace.

—Toma a Ivan, necesito hablar con Nadia un momento.

Hace lo que le pido y me siento a su lado. Tiene una expresión precavida, sabe que toda la situación podría volverse contra ella. Les hago señas a mis hombres para que se dispersen y nos den algo de privacidad. Hay un par de personas mirando en nuestra dirección por el espectáculo que seguro se originó.

—Velkan...

—¿Lo conoces? ¿Es algún exnovio? —pregunto, interrumpiéndola.

El pesar inunda sus ojos. Suspira.

—Supongo que me investigaste. —No es una pregunta, pero aun así asiento—. Bueno, ese hombre es cliente habitual del restaurante en el que trabajé. Muchos clientes en ese lugar suelen sobrepasarse con las camareras; él y su amigo solían molestarme.

—¿Te pusieron la mano encima sin tu consentimiento?

Aparta la mirada y asiente.

Cada músculo de mi cuerpo está tenso y una sed de sangre como ninguna otra recorre mi sistema. Si hay algo que aborrezco en este mundo, son los que maltratan a las mujeres. Son escorias que disfruto exterminando. Ese hombre en la camioneta está viviendo momentos robados porque en cuanto ponga mis manos sobre él, le arrancaré la vida.

No solo porque se acercó a mi hijo, sino por ella. Porque la tocó. Y no pienso permitir que alguien vuelva a hacerlo.

—Tu exjefe. ¿Lo supo? —pregunto, necesitando una distracción para apartar las ganas de matar a alguien.

Observa las manos unidas en su regazo. Hay una expresión de ira e impotencia en su rostro que me golpea de lleno en el pecho. Hasta ahora no he visto más que la parte luchadora de Nadia, por lo que verla así solo alimenta mi deseo de ayudarla en todo lo que pueda. Pero lo que destaca entre todos mis pensamientos es la imperiosa necesidad de protegerla de todo y de todos. Las únicas personas a las que siempre he querido proteger son mi familia... y ahora a Nadia.

—Con todo respeto, Velkan. Creo que no es tu asunto. Y,

aunque aprecio la preocupación, tampoco quiero hablar del tema. Eres mi jefe, así que tampoco es correcto que te cuente todos mis problemas.

Se pone de pie, muy dispuesta a irse. Esa mirada luchadora ha regresado a su rostro, por lo que sus barreras vuelven a estar firmes. Antes de pensarlo bien, la detengo y la tomo del brazo. El contacto de su delicada y suave piel con mi mano enciende mis terminaciones nerviosas, haciéndome desear acercarme más a ella. Pero me contengo y la suelto de inmediato.

—Es mi problema si termina afectando a mi hijo. No olvides que este es tu último día de prueba —le respondo con un tono frío que no tiene nada que ver con Nadia. Estoy molesto conmigo mismo por la reacción de mi cuerpo y porque, a pesar de que apenas he hablado con ella durante toda la semana, cada vez que la observaba junto con Ivan por las cámaras, mis ojos gravitaban hacia lo que sea que estuviera haciendo. Y eso es molesto. Incorrecto.

Odio estar distraído, y que algo altere mi calma. Ella ha logrado ambas cosas en muy poco tiempo.

—Te prometo que una situación como esta no volverá a repetirse —dice sin siquiera mirarme. Aunque quiero obligarla a hacerlo, me contengo de nuevo. Ya parece bastante tensa con la situación y no quiero hacerla sentir peor—. Creo que deberíamos irnos. Se lo compensaré a Ivantie con la cena.

Niego.

Busco con la mirada a Vasile e Ivan y los encuentro observando la vitrina de una tienda. Conozco lo suficiente a mi hijo como para reconocer su postura; está triste, y no soporto verlo así.

—Me quedaré con él si quieres irte. Entiendo que toda esta situación te haya traído malos recuerdos y que necesites un tiempo para ti.

Me ve por encima del hombro. Hay ira y dolor en su mirada, y me golpea con fuerza la certeza de que también haré lo que sea para no volver a ver esas emociones en sus ojos.

No debería importarme. Ella es la niñera de mi hijo, nada más. Y aun así, mi instinto me grita lo contrario. No quiero distraerme con lo que siento cuando la miro, pero tampoco puedo ignorar lo que soy. Proteger a los míos está en mi naturaleza... y, de algún modo que no comprendo, ahora ella también forma parte de eso.

Haré lo que sea para mantener la distancia, pero si alguien vuelve a tocarla, si alguien vuelve a cruzar esa línea... lo destruiré sin pensarlo dos veces.

OCHO
Nadia

Intento actuar como si nada hubiera pasado mientras camino por los lujosos pasillos del centro comercial, pero la ira y la vergüenza pesan en mi conciencia. Sé que no fue mi culpa que ese hombre se acercara, ni tampoco lo fueron todas las veces en que él y su amigo se propasaron o soltaron comentarios fuera de lugar. Sin embargo, no puedo evitar sentir que pude haberlo evitado de alguna forma. Es mi primer día sola con Ivantie y quería demostrarle a Velkan que no solo hacía un buen trabajo cuando él estaba presente, pero he fracasado.

Una parte de mí esperaba que Velkan me despidiera en cuanto me viera, aunque en su lugar me sugirió que me fuera y me tomara mi tiempo. No sé si sentirme agradecida o confundida. Hasta ahora, todos los vistazos que he tenido de Velkan me indican que es un hombre tranquilo, reservado y algo gruñón. Las únicas veces en que lo veo relajado y con una sonrisa en el rostro son cuando está con su hijo. Este acto de consideración no encaja del todo con la imagen que tengo de él, y eso me descoloca más de lo que debería.

En lugar de irme, decido quedarme y pasar la tarde con ellos.

El centro comercial parece un palacio moderno: pisos de mármol pulido que reflejan la luz dorada de las lámparas, amplios pasillos llenos de vitrinas iluminadas con ropa de diseñador, relojes de lujo y perfumes importados. Todo brilla demasiado para mis ojos, acostumbrados a lo sencillo, y me siento fuera de lugar. Aunque Ivantie camina feliz, con los ojos bien abiertos, como si cada vitrina escondiera un tesoro.

Nos detenemos frente a una tienda de Lego. Ivantie corre hasta el escaparate y pega las manos contra el vidrio, maravillado.

—¡Mira, Nadia! Ese castillo es enorme. Tiene torres, dragones y hasta un puente. El último Lego lo armamos juntos, ¿te acuerdas? Ahora quiero este.

Su entusiasmo es tan genuino que me derrite. Lo observo sonreír como si ya lo tuviera en sus manos, y no puedo evitar sonreír también.

—Entonces parece que tenemos un nuevo proyecto.

Velkan entra sin dudarlo, habla con el vendedor y paga el set como si costara lo que vale un café. Ivantie abraza la caja con fuerza, feliz, como si le hubieran entregado el mundo entero. Y de algún modo, lo entiendo. No es solo un juguete, es el gesto lo que significa tanto para él.

Un par de horas después, mientras seguimos caminando y entrando a tiendas de juguetes, la música alegre de un carrusel infantil nos alcanza. Los caballitos dorados suben y bajan bajo la luz cálida de las bombillas. Ivantie me toma de la mano con emoción.

—Nadia, ¿subes conmigo?

—Claro que sí —respondo sin pensarlo.

Nos montamos juntos a uno de los caballos y reímos cuando la plataforma empieza a girar. Por un instante, todo parece sencillo y ligero. Entonces, levanto la vista y me encuentro con la mirada de Velkan: quieto, con las manos en los bolsillos, observándonos con una intensidad que me provoca un escalofrío en la espalda. No sé qué significa, pero no logro apartarlo de mi mente.

Después del carrusel, seguimos caminando. Es cuando ralentizo el paso y me acerco a Lucian. Es una cabeza más alto que yo, tiene el cabello rapado, es todo músculos y su expresión pétrea no cambia demasiado. Cuando Velkan me lo presentó, no pude evitar sentir miedo, pero con el paso de los días me he acostumbrado a lo intenso y callado que es.

—Gracias por lo que hiciste hoy —susurro, y aunque me cuesta decir las palabras en voz alta, lo hago—. Creo que no habría logrado detenerlo por mí misma.

—Solo hago mi trabajo, señorita. —Me mira por el rabillo del ojo y me dedica una pequeña sonrisa—. Aunque creo que lo habrías logrado, solo que con un poco más de alboroto. Pero la próxima vez que te encuentres en una situación similar, no lo pienses: golpéalo en la entrepierna y te dejará en paz.

No puedo evitar sonreír ante la idea de haberlo hecho. Lo hubiera disfrutado demasiado.

—Gracias, Lucian. Solo esperemos que no haya una próxima vez.

La pequeña sonrisa sigue en su rostro cuando dice:

—Yo también, señorita.

—Sabes que puedes decirme Nadia, ¿verdad? Ambos tenemos al mismo jefe, después de todo.

—No creo que eso...

—¡Nadia! —El duro tono de voz de Velkan al pronunciar mi nombre detiene mis palabras en seco—. No distraigas a mis hombres.

—No sabía que conversar con ellos estaba prohibido —digo, enarcando una ceja y tentando mi suerte una vez más, aunque eso suponga arriesgarme a ser despedida.

Me dedica una mirada enojada y no entiendo lo que le pasa. Si hace apenas un par de horas estaba tranquilo, viéndonos a Ivantie y a mí en el carrusel, ahora parece otro hombre.

—Así es cuando están trabajando.

Lucian pone distancia entre ambos y me molesta que Velkan lo haya alejado.

—Lo siento, señor Rusu. No volverá a pasar. —Lucian me dedica una mirada de disculpa antes de regresar su atención a nuestro entorno.

Velkan retoma su caminar con Ivantie a su lado, quien irradia felicidad por los poros con su nuevo Lego en los brazos. Camino junto a ellos en silencio, con el enojo burbujeando en mi interior. Sí, he sentido ternura hoy, he visto la felicidad en Ivantie y hasta he disfrutado de la tarde, aunque nada de eso borra lo que acaba de pasar.

Entiendo que no quiera que distraiga a sus hombres, pero había una mejor manera de pedírmelo. No era necesario que dijera mi nombre como si fuera una niña pequeña a la que hay que darle una lección. Será mi jefe, sí, aunque eso no le da derecho a tratarme así.

Dios sabe que, demasiadas veces, permití que Stefan me reprendiera en público, ¡y que me condenen si se lo permito a este hombre! No me importa cuánto dinero me pague, no dejé de trabajar para alguien que me humillaba cuando le venía en gana para que otro haga lo mismo. Ya tuve suficiente de eso, y Velkan Rusu me va a escuchar.

Sea capo de la mafia o no, va a respetarme.

Cuando llegamos a la mansión, ya ha oscurecido. Velkan no me dirige más que un par de palabras, pero noto que se ha tomado la molestia de comprar comida para la cena, como si quisiera ahorrarme el esfuerzo de cocinar. No sé qué pensar de eso.

Ivantie, sin embargo, apenas toca la comida. El cansancio puede más que el hambre, y sus párpados se cierran mientras bosteza.

—Vamos, campeón, es hora de llevarte a la cama —dice Velkan con una suavidad que rara vez escucho en su voz.

Lo acompaño hasta el tercer piso, pero en lugar de entrar a la habitación me quedo en el pasillo y lo observo. Lo acomoda con cuidado, le acomoda la manta y le acaricia el cabello hasta que el pequeño cierra los ojos por completo. La escena me provoca una sensación cálida en el pecho que me desarma. No es solo ternura, es algo más peligroso, algo que prefiero no nombrar.

Cuando Velkan sale y cierra la puerta tras de sí, digo antes de que pueda alejarse:

—Tenemos que hablar.

Me sostiene la mirada durante unos segundos, como sopesando mi determinación, y luego me conduce a su despacho. El lugar es elegante y sobrio, pero lo que más me golpea es el olor de su colonia; un aroma masculino, fresco y profundo que me envuelve y aumenta la tensión que ya siento.

Respiro hondo.

—Entiendo que seas mi jefe y que no debí conversar con Lucian mientras estaba en servicio —comienzo con la voz firme —. Pero lo que no voy a permitir es que vuelvas a hablarme de esa manera delante de los demás. No tienes derecho. Estoy cansada de los hombres que creen que pueden humillarme cuando les da la gana.

Su expresión se endurece. Da un paso hacia mí, reduciendo la distancia, y mi corazón comienza a golpear con fuerza. Diablos, creo que acabo de meter la pata, pero no voy a echarme atrás.

—¿Quién te humilló, Nadia? —Su pregunta me toma por sorpresa. Su voz es grave, peligrosa, cargada de una intensidad que no le había escuchado en toda la semana.

No respondo. Mi instinto me grita que he hablado más de lo

debido. La ira y la intensidad de su mirada tienen a mi corazón latiendo rápidamente. ¿Qué pasó con el hombre tranquilo que vi toda esta semana? ¿Quién es este que tengo frente a mí? El pensamiento me sacude, pero no lo digo en voz alta.

Velkan rompe el silencio al ver que no pienso responder.

—No acostumbro a perder el control.

No es una disculpa, lo sé, pero lo tomo como tal.

Dejo escapar un suspiro cuando aparta la mirada.

—Nada de lo que haya pasado en mi vida es relevante. Eres mi jefe —respondo con firmeza—. Solo te pido que mantengas tus límites. Yo haré mi trabajo y me aseguraré de no sobrepasar los míos.

Doy un paso atrás, necesitando espacio, y camino hacia la puerta.

No puedo describir la expresión de su rostro, pues parece haberse encerrado en sí mismo.

—Buenas noches, señor Rusu.

No espero su respuesta y salgo de su despacho. Huyo, realmente, porque, aunque él tuviera algo que decir, no le di tiempo de hacerlo.

De regreso a mi habitación, las palabras de Velkan y la intensidad de su mirada me persiguen. Espero que el fin de semana sirva para calmar los ánimos, para borrar esta tensión extraña que ha marcado el día. Pero sé que no puedo engañarme. Cada vez que lo veo, no puedo dejar de notar lo atractivo que es ni de ignorar lo que despierta en mí.

Sin embargo, debo recordármelo una y otra vez: estoy aquí por Ivantie. Nada más.

Y aun así, una voz en mi interior me advierte que Velkan Rusu es un peligro del que no sabré escapar tan fácilmente.

NUEVE

Velkan

Durante todo el fin de semana no logré sacarme a Nadia de la cabeza. La ira que sentí cuando la vi hablando con Lucian aún no se disipa. No era simple molestia: era algo más oscuro que se me clavó en la sangre y sigue creciendo poco a poco. No me atrevo a admitir lo que significa, pero lo sé. Quería dejar algo en claro al alejarlo de ella.

Lucian también está molesto conmigo. Aunque lo entiendo. Durante el fin de semana, mientras Nadia estaba en casa de su abuela, él fue quien la vigiló. No me gusta que estén tan cerca. No me gusta que sea quien la vigile, quien la vea entrar y salir de casa, aunque solo haya salido al jardín. Lucian me envió reportes cada hora y todos decían lo mismo: Nadia no se movió de su casa, pasó los días cuidando de su abuela.

Sacudo esos pensamientos y me concentro en lo que importa ahora. Estoy a un par de horas de cruzar la frontera con Serbia. Vasile va a mi lado y diez de mis hombres nos siguen en otras camionetas. El objetivo es interceptar el camión antes de que llegue al club. Nathaniel me pasó toda la información: ruta, hora exacta, número de hombres y tipo de camión. Si todo sale como espero, hoy destruiré otro de sus negocios y rescataré a esas mujeres antes de que sean subastadas.

Apoyo el codo en la ventanilla y tamborileo los dedos. Sé que el líder serbio debe de estar cerca. Ya he arruinado demasiados de sus cargamentos y no va a quedarse escondido para siempre. Es solo cuestión de tiempo antes de que aparezca y, con un poco de suerte, hoy será el día.

—*Şef*, estamos cerca del punto de intercepción —me informa Vasile con la mirada fija en la carretera oscura que se abre frente a nosotros.

Asiento y tomo el comunicador.

—Atentos todos. El plan A es sencillo: rodeamos el camión, neutralizamos a los guardias y nos lo llevamos. Si algo sale mal, seguimos con el plan B.

Uno a uno, mis hombres confirman que han entendido la orden.

El silencio se adentra en la camioneta mientras avanzamos por la carretera vacía. Es de madrugada y el aire huele a humedad y tierra mojada. Serbia nunca me ha transmitido otra cosa que muerte, pero eso no me importa. Si hoy salvo a esas mujeres, valdrá la pena.

Las luces del convoy aparecen a lo lejos. Reconozco de inmediato el camión descrito en el informe de Nathaniel. Es grande, reforzado, con dos vehículos escolta delante y detrás. Todo parece en orden.

—Es ahora. Cierren el paso —ordeno por el intercomunicador.

Mis hombres se adelantan, bloqueando el camino con las camionetas. Los serbios frenan en seco y el chirrido de los neumáticos corta la noche.

Bajamos todos al mismo tiempo con las armas listas.

—¡*Băga-te-n morţii mă-tii!*[1] —grita uno de los guardias serbios desde el camión, apuntándonos.

—Ríndanse —gruño en rumano, dando un paso al frente—. Y les daré una muerte piadosa.

Pero la respuesta no tarda: una ráfaga de disparos rompe la noche.

El tiroteo estalla de inmediato. Me cubro detrás de la camioneta y respondo, cada bala buscando un objetivo. Mis hombres avanzan en formación, reduciendo a los guardias uno a uno. No tardamos mucho en tenerlos todos en el suelo, sangrando y gimiendo de dolor.

—*Şef*, el camión está asegurado.

—Ábranlo.

Uno de los hombres corre hacia la parte trasera, rompe el candado y abre las puertas con un golpe seco.

El silencio que sigue me hiela la sangre.

—No hay nadie, señor. Está vacío.

Camino hasta el camión, y mi respiración pesada se mezcla con el hedor del combustible. Subo de un salto y confirmo con mis propios ojos lo que ya me temía: ni una sola mujer dentro, solo cajas llenas de ladrillos y sacos de arena.

—¡Maldición!

Vasile maldice en voz baja detrás de mí.

—Era un señuelo.

Asiento, apretando los dientes.

—Mierda. Nathaniel dijo que la ruta estaba confirmada.

—Tal vez lo estaba —replica Vasile—, pero ellos sabían que alguien más tenía la información.

Aprieto los puños. Me engañaron. Y lo peor es que cada minuto que perdemos aquí, esas mujeres se acercan más al club.

—Todos, plan B. Nos dirigimos al club. Eliminaremos a esos hijos de puta y sacaremos a las chicas.

El aire pesa como plomo sobre mis hombros, y la ira hierve bajo mi piel. No soporto haber perdido la oportunidad de interceptarlos aquí. No soporto haberles dado ventaja.

Pero no me iré de aquí sin bañar ese club en sangre.

El rugido de los motores rompe el silencio de la madrugada mientras avanzamos hacia el club. Conozco la zona. Se trata de un viejo almacén adaptado para funcionar como lugar de subastas ilegales. Nathaniel me envió los planos con lujo de detalles. Cada pasillo, cada entrada, cada rotación de guardias. Y aunque me cabrea no haber interceptado el camión, tengo claro que no fallaré aquí.

—*Şef*, cinco minutos para llegar —dice Vasile.

Asiento y reviso el cargador de mi pistola. Treinta balas no serán suficientes. Por suerte, llevo dos cargadores más en el chaleco.

—Todos atentos —hablo por el comunicador—. Entraremos cuando comience la subasta. Será el momento de mayor distracción. Disparen solo a matar y no permitan que ninguna de esas chicas salga herida.

Los hombres confirman uno por uno.

El club aparece a la distancia, iluminado con luces rojas que bañan la fachada en un resplandor siniestro. Desde afuera parece un simple edificio abandonado, pero yo sé lo que hay dentro. Mujeres tratadas como mercancía. Hijas, hermanas, vidas que valen más que cualquier negocio sucio de los serbios.

Estacionamos las camionetas a unas calles de distancia y continuamos a pie. Me muevo con la espalda recta, la respiración controlada, con cada músculo en tensión. La calma antes de la tormenta.

Nos deslizamos hasta la entrada lateral indicada en los planos. Dos guardias bloquean el paso, fumando despreocupados. Me adelanto antes de que uno exhale el humo del cigarro. Con un movimiento en seco, deslizo el cuchillo por su garganta. El otro apenas alcanza a abrir la boca antes de que sufra el mismo destino a manos de Vasile.

—Entrada lateral despejada —susurro por el comunicador.

Dentro, el ambiente es peor de lo que imaginaba. Pasillos estrechos, olor a humedad, sudor y luces parpadeantes. El eco de risas y voces masculinas llega desde el salón principal. Avanzamos rápido, en silencio, como sombras.

—Şef, estamos en posición —informa uno de mis hombres desde la entrada trasera.

Me asomo por la rendija de la puerta que da al salón. Hay una docena de hombres serbios, algunos con cigarrillos, otros contando fajos de billetes. En el centro, una tarima improvisada. Encadenadas, con la mirada perdida, al menos diez chicas esperan su turno para ser subastadas.

La bilis sube por mi garganta.

—Esperen mi señal.

Un hombre corpulento sube a la tarima y comienza a hablar en serbio, presentando a la primera joven como si fuera un animal de cría. Los bastardos aplauden, levantando las manos con entusiasmo.

—¡Ahora!

Las puertas revientan al mismo tiempo. Granadas de humo ruedan por el suelo. El caos explota. Mis hombres disparan con precisión, eliminando a los guardias más cercanos. Yo avanzo directo a la tarima, disparando a cada paso.

Uno de los serbios se me lanza encima. Me estrella contra la mesa de apuestas, rompiendo botellas y billetes que vuelan por el aire. Saca un cuchillo, pero lo detengo a tiempo, y forcejeamos hasta clavarle su propia hoja en el estómago. Gime, cae, y lo remato con un disparo en la cabeza.

—Şef, tenemos a las mujeres —afirma Dragos por el comunicador, otro de mis hombres—. Repito, todas seguras.

—Manténganlas protegidas. Nadie entra ni sale —ordeno.

El tiroteo continúa, pero los serbios caen como moscas. Mis hombres son rápidos, letales. El humo, los gritos y la sangre convierten el lugar en un infierno.

Y entonces lo siento. Esa sensación de ser observado.

Alzo la mirada.

En el balcón superior, erguido, como si fuera dueño de todo, hay un hombre enmascarado. La máscara negra cubre todo su rostro, pero el símbolo en ella me resulta imposible de ignorar: el águila bicéfala serbia, blanca y roja, brillando bajo la luz tenue.

El sello de las viejas familias criminales.

Mis ojos se clavan en los suyos, aunque no pueda verlos. Sé que es él. El fantasma al que he estado persiguiendo durante años. El líder serbio.

No se mueve. Solo me observa, como un verdugo que disfruta viendo a los demás caer en su propio campo de batalla. Y cuando mis hombres logran asegurar el salón, desaparece en la penumbra del pasillo trasero.

—¡Vasile, al balcón! —grito, corriendo hacia las escaleras.

Disparo a todo el que se cruce en mi camino, pero cuando llego arriba, ya es tarde. La puerta trasera golpea contra la pared, abierta de par en par. Afuera, solo hay silencio y la noche, extendiéndose como un abismo.

Golpeo la pared con rabia.

—Mierda. Se ha ido.

Vasile se detiene a mi lado, jadeando.

—Pero lo viste, *şef*. Después de años, lo viste.

Asiento. No lo atrapé, pero ahora tengo algo que nunca había tenido: una pista. La máscara. El águila bicéfala. Eso no es un detalle al azar.

—Recojan a las chicas. Que los vehículos estén listos en cinco minutos —ordeno con voz áspera.

Mientras bajo por las escaleras, las chicas me miran fijamente.

Algunas lloran, otras apenas respiran, pero todas siguen vivas. Y eso, al menos, es una victoria.

El sabor de la frustración sigue en mi boca. No lo atrapé. Lo tuve frente a mí y aun así se me escurrió como agua entre las manos. Pero al menos las mujeres están a salvo. Con ayuda de mis contactos, algunas ya están de camino a reunirse con sus familias. Las que no tienen a dónde ir serán trasladadas a un refugio seguro. No puedo devolverles lo que les robaron, pero sí asegurarme de que jamás vuelvan a pasar por algo parecido.

Es martes por la noche cuando llego a casa. Me fui el lunes en la tarde y la misión fue un desastre a medias. Estoy agotado, sudoroso, con gotas de sangre seca aún en el rostro, y el cuerpo cubierto por el traje táctico. No me acerco a la casa por la entrada principal. Entro por la parte trasera y bajo directo al sótano.

Necesito controlarme. Necesito recuperar el pensamiento crítico y tranquilo que siempre me ha caracterizado. Desde que Nadia ingresó en mi vida, mis emociones se han alterado33 de una forma que no tolero. No puedo darme el lujo de perder el control.

El sótano es mi santuario oscuro. Insonorizado, reforzado y cerrado con llave. Ninguna mirada inocente —ni la de mi hijo ni la de Nadia— debe descubrir lo que sucede aquí abajo.

Vasile ya me lo había preparado. Atado a una silla metálica, con las muñecas esposadas y el rostro cubierto de sudor frío, me espera el hombre que se atrevió a acosar a Nadia en el centro comercial. También supe, gracias a la investigación de Vasile, que se llama Cornel Stanescu.

Tomo una silla y me siento frente a él.

—¿Sabes quién soy? —pregunto.

El hombre niega frenéticamente con la mirada desorbitada.

—¡No! No sé quién eres, no sé qué hice para estar aquí. ¡No te he hecho nada!

Inclino la cabeza hacia un lado y lo observo con calma mortal.

—Soy Velkan Rusu.

El reconocimiento se enciende en su rostro como una chispa. Su respiración se acelera, los labios le tiemblan.

—Señor Rusu... yo... yo no sé qué hice para molestarlo. Por favor, déjeme ir.

—La mujer que acosaste en el centro comercial, la que osaste tocar y molestar en el restaurante, está bajo mi protección. Y todo aquel que la toque, la mire o le hable, terminará muerto.

La sangre abandona su rostro. Tiembla, como si apenas ahora entendiera la magnitud de su error.

—Lo siento, señor Rusu. Le juro que no sabía...

—No me importa tu patética excusa. No tienes derecho a tocar a alguien sin su consentimiento —digo, interrumpiéndolo—. Y ahora, me vas a decir el nombre de tu amigo.

Calla. Aprieta los labios como si tuviera algo de coraje escondido.

Sonrío con dureza.

—Perfecto. Hoy necesito liberar ciertas frustraciones. Me será... divertido.

Saco un par de pinzas de hierro y un soplete. El sonido del fuego encendiéndose la hace palidecer aún más. Caliento las pinzas, y cuando ya están rojas por el calor, las presiono sobre su brazo hasta que un gemido ahogado le escapa de la garganta. No grita todavía, pero lo hará.

Diez minutos después, ya suda a mares. Tiene el rostro rojo, la camisa empapada. No está entrenado para esto. No tiene la resistencia de un soldado. Apenas aguanta un par de quemaduras hasta que grita:

—¡Está bien! ¡Está bien! —chilla, con lágrimas y mocos corriendo por la cara—. ¡Se llama Mihai...! ¡Mihai Popescu!

Lo observo un segundo. Mi respiración es tranquila, mi mirada, fría.

—Gracias.

Tomo el arma y le disparo en la frente.

El silencio después del disparo es absoluto. Limpio el arma y guardo las herramientas. Camino hacia el baño del sótano y me lavo las manos lentamente, como si pudiera borrar, junto con la sangre, la ira que me consume. Me quito el chaleco antibalas. También me saco las botas manchadas de tierra y sangre, quedándome solo con el suéter táctico negro y un pantalón cargo a juego.

Cojo el teléfono y le envío un mensaje a Vasile:

Yo: *Que limpien el sótano. Necesito que me traigan a Mihai Popescu.*

Apago la luz del sótano y subo.

El silencio de la casa me envuelve. Paso por la cocina, la sala y el comedor. Vacíos. Todo está en calma. Hasta que escucho una voz suave en el tercer piso.

Subo despacio y me detengo en el marco de la puerta de la habitación de mi hijo.

Nadia está sentada en la cama de Ivan, con un libro abierto entre sus manos. Él ya está arropado, con los párpados pesados, escuchando cada palabra como si fuera magia.

—... Y entonces, el valiente caballero derrotó al dragón, no con la espada, sino con su corazón. Porque entendió que no toda batalla se gana con violencia, sino con aquello que nos hace humanos.

Su voz es calma pura. Suave, melodiosa.

Me quedo allí, en silencio, sin que me vean. Y todo lo que arrastraba —el fracaso, la sangre, el hedor del club, los gritos, la tortura— comienza a disiparse como humo. Siempre he sabido que Ivan es la única luz en mi vida, pero ahora esa luz tiene otro rostro también. Nadia.

Ella le acaricia el cabello a Ivan con ternura, quien ya se ha quedado dormido. Cierra el libro con suavidad y contempla a mi hijo como si fuera lo más valioso del mundo.

Siento una calidez extraña en el pecho. Una calma que me resulta desconocida, pero que se siente peligrosa. Porque no es mía. Porque no debería pertenecerme.

Y, sin embargo, allí está.

La oscuridad que me envuelve cada día parece menos densa con ellos dos. Y por primera vez en mucho tiempo, me permito quedarme quieto, disfrutando el instante antes de volver a ser el hombre que el mundo espera de mí.

DIEZ
Nadia

Han pasado ya casi tres semanas desde que comencé a trabajar para Velkan, y la rutina empieza a sentirse monótona. Me levanto temprano cada día, preparo el desayuno, y para cuando termino, Velkan ya no está en la casa. Después despierto a Ivantie, dejo que se vista y lo llevo al jardín maternal. Entre las ocho y las once de la mañana tengo un poco de tiempo libre, que aprovecho para hacer las compras necesarias con la tarjeta que me dio Velkan: ingredientes para la comida, útiles para el jardín maternal o cualquier cosa que Ivantie necesite. A las once voy a recogerlo, regresamos a casa y preparo el almuerzo. Siempre dejo comida lista para Velkan, pero nunca almuerza con nosotros.

Después de comer, paso un rato jugando con Ivantie o ayudándolo con la pequeña tarea que le dejan. Cuando duerme la siesta, aprovecho para preparar la cena. La rutina se repite cada noche: lo despierto, cenamos, se baña y lo llevo a la cama.

Hace dos semanas, Lucian me presentó a una nueva empleada. Ana María es una mujer mayor, de unos cincuenta años, que se encarga de mantener la casa limpia y la ropa en orden.

No negaré que al principio me incomodó la idea de tener a alguien más en la casa; después de todo, soy yo quien pasa más tiempo con Ivantie, y me gusta sentir que puedo con todo. Pero es cierto que necesitaba ayuda, y Ana María cumple con su trabajo de forma eficiente.

Recuerdo las palabras de Lucian al presentármela:

—No se preocupe, señorita Vasilescu, nosotros siempre estaremos monitoreando todo para que ni a usted ni al niño les pase nada. El señor Rusu no deja entrar a nadie en la casa sin asegurarse primero de que sea alguien confiable.

Supongo que eso significaba que Ana María había sido vigilada antes de entrar aquí. Y, por lógica, yo también debí haber pasado por ese escrutinio. Trabajar para el hombre más peligroso de Rumanía sin asegurarse de que no soy una amenaza sería impensable. Cuando se lo pregunté a Lucian, solo me dedicó una sonrisa y se marchó. No lo confirmó, pero tampoco lo negó.

En estas dos últimas semanas he visto muy poco a Velkan. Generalmente, aparece después de la cena, le da las buenas noches a Ivantie y luego desaparece en su despacho o en su habitación. Apenas intercambiamos palabras, solo lo justo y necesario. Entiendo que entre nosotros debe existir cierta distancia, que él es mi jefe y nada más, pero no puedo evitar sentirme decepcionada. Creí que en esa primera semana habíamos avanzado lo suficiente para ser, al menos, cordiales. Pero ahora la barrera que levantó me parece fría, demasiado brusca.

Los fines de semana los paso con mi abuela, y por suerte su salud ha mejorado. Gracias al primer pago que recibí, pudo comenzar un nuevo tratamiento. Este próximo fin de semana planeamos comprarle una cama ortopédica, algo que le brindará un poco más de comodidad. Saber que al menos ella está mejor me ayuda a sobrellevar lo demás.

Me encuentro esperando a Ivantie fuera del jardín maternal cuando algo llama mi atención. O mejor dicho, alguien. Hay una mujer alta, de cabello rubio y ojos marrones, vestida con elegancia, que está parada al otro lado de la calle. No la había visto antes. Su porte transmite arrogancia, como si el mundo entero estuviera a sus pies.

Cuando Ivantie sale corriendo hacia mí, la mujer empieza a avanzar en su dirección. Mi instinto reacciona más rápido que mis pensamientos: corro hacia él y lo alzo en brazos, estrechándolo contra mí.

—¿Quién es usted? —pregunto con firmeza, interponiéndome entre ella y el niño.

La mujer arquea una ceja y me mira de arriba abajo con evidente desprecio.

—La pregunta es: ¿quién eres tú y por qué cargas a mi hijo?

Las palabras me golpean como un cubo de agua helada. ¿Su hijo?

Lucian y los otros hombres ya se han colocado a nuestro alrededor, tensos y preparados. Su sola presencia hace que la gente se aleje como si intuyeran que son peligrosos.

—Señorita Balán. —La voz de Lucian corta el aire como una espada—. Usted tiene prohibido acercarse a Ivantie.

La mujer gira la cabeza hacia él con una sonrisa cargada de veneno.

—¿Y quién eres tú para prohibírmelo? Ese es mi hijo.

Miro a Ivantie, que se aferra a mí con fuerza. Su pequeño rostro está lleno de confusión, tristeza y una chispa de ilusión.

—¿Mami? —susurra, y esa sola palabra me parte el corazón.

La mujer da un paso al frente al escucharlo, con una expresión de triunfo en el rostro.

—Sí, soy yo, mamá.

Siento que la rabia me quema el pecho. Lo abandonó hace tres años y ahora aparece con la arrogancia de quien cree tener derecho a todo.

Lucian se planta firme entre ella y nosotros.

—Señora Balán, el señor Rusu le quitó la custodia hace tres años. Usted no tiene derecho a acercarse a él, y mucho menos en ausencia de su padre.

—¡¿Cómo se atreven?! —exclama ella, levantando la voz para atraer miradas—. ¡No pueden apartarme de mi hijo! ¡¿Quién es esta mujer que lo carga como si fuera suyo?! ¿Acaso eres la nueva mujer de Velkan? —Me escanea de pies a cabeza con una mueca de desprecio—. Dios mío... cualquiera se cree con derecho a ocupar mi lugar.

Aprieto a Ivantie contra mí, respiro hondo y me obligo a no rebajarme a su nivel. Ella espera que me quiebre, que le devuelva su veneno, pero no lo haré.

—Con todo respeto, señora Balán —respondo con voz serena, sin alzar el tono—, madre no es la que da la vida, sino la que se queda a cuidar de su hijo. Y usted renunció a ese derecho hace tres años.

Sus ojos se abren con indignación, pero yo ya no le doy más importancia. Me giro hacia Lucian.

—Vámonos.

Como toda una jefa, camino hasta el coche con Ivantie en brazos. Lo acomodo en su silla infantil, asegurándome de que esté bien sujeto, y me subo al asiento del conductor. El silencio pesa hasta que él rompe a hablar con una vocecita temblorosa.

—¿Por qué no puedo ir con mamá?

Cierro los ojos un instante, luchando contra el nudo en mi garganta.

—Lo siento mucho, cariño. Pero ahora tenemos que ir a casa a hablar con tu papá. Él sabrá qué decirte.

Por primera vez desde que trabajo aquí, marco el número de Velkan. Mi corazón late con fuerza mientras espero. Contesta al segundo timbrazo.

—Nadia, ¿qué pasó? ¿Ivantie está bien?

—Sí, señor Rusu —respondo con voz firme, aunque mis

manos tiemblan—. Él está bien. Lo que ocurre es que la señora Balán apareció. Está exigiendo ver a Ivantie.

El silencio del otro lado dura apenas un segundo, pero me basta para sentir el cambio. Cuando habla, su voz es seca, cargada de acero.

—Te veo en casa.

No sonó como jefe. No sonó siquiera como un padre. Fue algo más profundo, una promesa velada de que lo que acababa de ocurrir no quedaría sin consecuencias.

El trayecto hasta la mansión es silencioso. Ivantie juega con las manos mientras está asegurado en su silla infantil, y aunque intento mantener la calma, mi corazón late con fuerza después del encuentro con la señora Balán.

Al girar por la avenida principal, reconozco de inmediato la fachada de la mansión. Frente a la entrada, bajo los rayos de sol, Velkan está de pie. A su lado, Vasile, con esa expresión impenetrable que siempre lleva, como si nada en el mundo pudiera sorprenderlo. Solo la imagen de ambos me eriza la piel.

Aparco el coche y me bajo con rapidez. En cuanto desabrocho los cinturones de la silla, Ivantie se escabulle de mi agarre y corre directo hacia Velkan.

—¡Papá! —grita con una alegría que me parte el alma. Se lanza a sus brazos, y Velkan lo recibe como si ese instante borrara toda la oscuridad que lo rodea. Es una imagen demasiado perfecta, casi familiar, y por un momento quiero aferrarme a ella.

Pero la ilusión dura apenas unos segundos. El coche que venía siguiéndonos se detiene justo detrás y de él desciende la señora Balán. La elegancia arrogante en sus movimientos llena el aire de veneno antes incluso de que abra la boca.

—¡Así que aquí estás! —Su voz cortante y malintencionada

atraviesa el aire. Sus tacones golpean con firmeza el camino de piedra mientras se acerca, sus ojos oscuros centellean con un desprecio que me cala los huesos.

Me coloco instintivamente un paso hacia adelante, aunque Ivantie ya está en los brazos de su padre. La señora Balán me recorre con la mirada de arriba abajo, como si quisiera reducirme a nada.

—¿Quién demonios te crees para interponerte entre mi hijo y yo? —escupe, como si la palabra «mi hijo» le perteneciera.

Respiro hondo, dispuesta a responder, pero Velkan lo hace antes, con esa calma peligrosa que hiela la sangre.

—Detente, Diona. —Su voz es baja, pero firme, letal. Ivantie se acurruca contra su pecho, como si también pudiera sentir la tensión—. El día que te marchaste, llamé a mi abogado. No tienes ningún derecho legal sobre mi hijo. No eres nadie para venir aquí y exigir lo que ya no te corresponde.

Los ojos de Diona brillan con furia.

—¡No puedes prohibirme ver a mi hijo! Soy su madre.

Velkan la atraviesa con la mirada, tan fría que me cuesta mantenerme en pie al escucharlo.

—Lo único que eres es una mujer que decidió abandonarlo. No me importa si la sangre de Ivan corre también por tus venas. Aquí no tienes poder. Y escucha bien, Diona: Nadia está bajo mi protección. Si vuelves a insultarla o a levantarle la voz, tendrás que prepararte para las consecuencias.

Su tono no se eleva, pero cada palabra lleva un filo mortal. Es la primera vez que lo escucho decir mi nombre con tal firmeza, y algo en mi interior se estremece. ¿Bajo su protección? No sé exactamente qué significa eso para él, pero la certeza con que lo declara me sacude.

Diona palidece un instante, aunque intenta recomponerse rápido.

—¡Esto es ridículo! —Su voz tiembla de rabia contenida—. No vine por ti, Velkan, vine por él.

—¿Ah, sí? —Velkan ladea la cabeza, estudiándola con esa calma peligrosa que antecede a la tormenta—. Entonces, me intriga aún más saber cuál es tu verdadero motivo. Porque lo que no vas a hacer es usar a mi hijo como excusa para lo que realmente quieres.

Por un segundo, juro que veo un destello de duda en el rostro de Diona. Pero lo esconde tras un velo de arrogancia y vuelve a alzar el mentón.

Con un gesto hacia Vasile, ordena:

—Acompáñala a mi despacho.

Se vuelve hacia mí. Su mirada se suaviza en cuanto posa los ojos sobre Ivantie, que lo observa confundido desde sus brazos.

—Nadia, entra con él. Quédate a su lado.

Asiento en silencio, con la garganta seca. El corazón late con fuerza en mi pecho mientras observo cómo Vasile escolta a Diona hacia el interior. Y yo me aferro a Ivantie, sabiendo que la conversación que está por darse será cualquier cosa menos tranquila.

El eco de los pasos de Diona se pierde por el pasillo cuando Vasile la conduce al despacho. Velkan me indica con un leve movimiento de la cabeza que suba con Ivantie, y obedezco sin emitir una palabra. Lo llevo hasta su habitación, donde el ambiente es más cálido y seguro, lejos de esa tensión que amenaza con consumirlo todo.

Ivantie baja la mirada, sus manitas se aferran a mi blusa mientras lo siento en la cama. Su silencio me preocupa más que cualquier llanto.

—Cariño —susurro, arrodillándome frente a él—, ¿quieres contarme qué piensas?

Sus grandes ojos, llenos de una tristeza que no debería pertenecerle a un niño, se levantan hacia mí.

—¿Mami no me quiere? —pregunta con una voz tan frágil que me rompe el alma—. ¿Por eso se fue?

El nudo en mi garganta amenaza con asfixiarme, pero sé que debo ser fuerte por él. Acaricio su suave cabello y niego con firmeza.

—No, mi amor. No es tu culpa. Tú eres un niño increíble, lleno de luz. Si alguien no pudo quedarse, es porque no estuvo a tu altura. Tú no hiciste nada mal.

Ivantie pestañea con lágrimas contenidas, en busca de una verdad que lo consuele. Me acerco un poco más y aprieto sus manitas entre las mías.

—A veces, las personas toman decisiones equivocadas. Pero eso no significa que tú no merezcas todo el amor del mundo.

—¿Entonces... tú tampoco vas a dejarme, Nadia? —Su voz se quiebra, cargada de un miedo tan inocente y desgarrador que siento que mi corazón se parte en dos.

Lo abrazo con fuerza, casi sin poder contener mis propias lágrimas.

—No, cariño. Nunca. Me quedaré contigo el tiempo que quieras. Siempre que me necesites, estaré aquí.

Él se aferra a mi cuello con desesperación, como si temiera que pudiera desvanecerme en cualquier momento. Sus pequeños sollozos se mezclan con mi respiración agitada, y cierro los ojos, jurando en silencio que jamás permitiré que nadie vuelva a hacerle daño.

El tiempo parece detenerse. Entonces, siento un peso en el aire, una presencia. Alzo la vista y ahí, en el marco de la puerta, está Velkan.

No dice nada. Solo nos observa. Su intensa mirada está fija en nosotros, y en ella arde algo que no comprendo del todo. Reconozco esa mirada, es la misma que vi aquella tarde en el carrusel, cuando su semblante se quebró por unos segundos. Algo que no tiene que ver con la frialdad del capo ni con el padre protector. Es otra cosa.

Mi piel se estremece bajo esa atención. Es como si cada terminación nerviosa se encendiera al contacto con sus ojos, como si una llama invisible recorriera mi pecho. Esa mirada me enciende por dentro, me sacude, y no sé si me aterra o me atrae.

Me apresuro a apartar la vista, escondiendo el rostro en el cabello de Ivantie para calmarlo. Pero el calor que dejó la mirada de Velkan no desaparece. Permanece conmigo, latiendo, como un incendio contenido que amenaza con consumirlo todo.

ONCE

Velkan

Cuando Nadia me llamó por teléfono, esperaba cualquier cosa. Un ataque, un intento de secuestro, incluso un error de mis hombres. Pero no esto. No que Diona haya regresado.

La ira me recorrió en cuanto escuché su nombre. No por miedo ni por sorpresa. Sino por el simple hecho de que, aunque legalmente no tiene ningún derecho sobre Ivan, sigue siendo su madre biológica. Eso complica lo que debería ser sencillo: desaparecerla de nuestras vidas.

Y, sin embargo, lo que vi en la habitación de mi hijo me removió mucho más que la presencia de Diona.

Mi hijo, acurrucado entre los brazos de Nadia, buscando refugio en ella, suplicándole que no lo dejara. El niño que siempre había sido solo mío, que nunca conoció otra fuente de consuelo que no fueran mis brazos, ahora encuentra en ella esa misma seguridad.

Le vi prometer que se quedaría mientras él la quisiera. Vi cómo se aferraba a su cuello como si de ello dependiera su propia vida. Y por primera vez en mucho tiempo, siento que no me encuentro solo en esto. Que hay alguien más que puede proteger a mi hijo, alguien en quien puedo confiar.

Un calor extraño me atravesó, derritiendo capas de hielo que llevaba años construyendo. Nadia había logrado meterse bajo mi piel, y ya no había marcha atrás.

Tomo asiento frente a mi escritorio, la madera oscura brilla bajo la luz tenue de la lámpara. El cuero de la silla cruje bajo mi peso. Frente a mí, Diona ocupa una de las sillas. Viste de la misma forma que hace tres años; un vestido elegante, con joyas costosas y un maquillaje que oculta lo podrida que está por dentro.

—Dejemos algo en claro, Diona —digo con tono cortante—. No regresaste por Ivan. Si hubieras querido verlo, habrías vuelto antes. Te marchaste cuando apenas era un bebé y no miraste atrás en tres años. Así que dime el verdadero motivo de tu visita.

Tiene el descaro de lucir ofendida, pero no me inmuto ante su teatro.

—Velkan, ¿qué clase de monstruo crees que soy? Pasé todo este tiempo preguntándome cómo estaba mi hijo, soñando con verlo crecer, con poder formar parte de su vida otra vez...

La interrumpo con una carcajada seca, sin una pizca de humor.

—¿Soñando? Lo único que hiciste fue dejarlo llorando en su cuna con una carta miserable. Dijiste que no estabas lista, que era demasiada responsabilidad. Eso no es soñar, Diona, eso es huir. No me creo ni una palabra de lo que acabas de decir.

La frustración inunda su rostro, pero la oculta rápidamente.

—Yo... yo era joven. No sabía...

—No. —La detengo, ya harto de escuchar puras mentiras—. No me interesa oír excusas. Quiero la verdad. Y si no la dices, te sacaré de esta casa ahora mismo y me aseguraré de que nunca vuelvas a acercarte a mi hijo.

La amenaza queda flotando entre nosotros. Y funciona.

Veo el temblor de sus manos y el destello de ira mezclado con miedo en sus ojos. Diona nunca ha sabido mantener la calma bajo presión. Y menos frente a mí.

En un intento desesperado de desviar la atención, gira la cabeza hacia Vasile.

—¿Y tú qué haces aquí? —escupe con desprecio—. Siempre a la sombra de Velkan. Sigues siendo ese perro obediente que hace lo que se le ordena.

El silencio se vuelve aún más pesado, como si el aire contuviera la respiración.

Vasile ni se inmuta ante el veneno de Diona.

—Al menos, no me arrastro como una víbora cuando necesito ayuda.

El golpe fue certero, seco, implacable. Diona frunce los labios, incapaz de responder. Su arrogancia, esa fachada que tanto trata de mantener, comienza a resquebrajarse.

—Habla, Diona —insisto, apoyo los codos sobre el escritorio y entrelazo las manos—. ¿Por qué volviste?

Su resistencia se hace pedazos. Baja la mirada, respira hondo y, por último, dice la verdad.

—Me metí en problemas —confiesa, con rencor hacia sí misma—. Después de irme, conocí a un hombre rico y poderoso. Creí que me daría la vida que merecía, pero todo era una mentira. Estaba metido en negocios turbios: evasión de impuestos, falsificación, dinero oculto... Cuando todo salió a la luz, desapareció y me dejó con la deuda. —Se pasa la mano por el cabello, nerviosa—. Puso sus empresas a mi nombre y abrió créditos sin que lo supiera. Nunca revisé lo que firmaba. Pensé que éramos un equipo. — Cierra los ojos y deja salir un suspiro—. Velkan, si no pago ese dinero, iré a la cárcel.

Ahí está. No ha vuelto por amor maternal, sino porque necesita que alguien la saque del desastre en el que se ha metido.

—Así que es por dinero —murmuro, recostándome en la silla. La repulsión me inunda, pero mi rostro sigue siendo una máscara de indiferencia—. Siempre supe que no era por Ivan.

Alza la mirada y la súplica está impresa en ella, como si la dureza de mis palabras la desgarrara.

—Velkan, por favor... no es solo eso. También quería verlo, quería...

Le dedico una mirada severa que de inmediato detiene su perorata.

—No intentes endulzar la mentira. Te interesa más salvar tu pellejo que recuperar a tu hijo. Y yo no tolero mentiras bajo mi techo.

El silencio se cierne entre nosotros como un muro. Diona traga saliva, consciente de que su destino pende de un hilo.

—Voy a ayudarte —continúo—. Pero no en tus términos. Lo haré en los míos. Y no confundas mi decisión con compasión.

Sus ojos se abren con sorpresa. Me inclino hacia adelante, para asegurarme de que comprenda mis siguientes palabras.

—Si realmente quisieras a Ivan, nunca lo habrías dejado. No regresaste por él, Diona. Regresaste porque necesitas que alguien más te salve otra vez.

Vasile da un paso al frente, implacable, como un verdugo que espera la señal. Sé que si intento matarla, no me detendrá. Vasile quiere a Ivan casi tanto como yo, y él mejor que nadie sabe que no ha sido fácil ser padre soltero mientras gobierno la mafia rumana con mano de hierro.

Pero no saco mi arma. En su lugar, pregunto con calma:

—¿De qué empresa hablamos?

—Energon Construct —responde con el mentón en alto, intentando parecer más segura—. Es una constructora con sede en Bucarest. Durante años manejó contratos con el Estado y con inversionistas privados. Desde hace unos meses, todo se vino abajo.

Asiento, despacio.

—Escuché rumores sobre ella.

—No tiene por qué ser el fin —se apresura a decir—. Con una buena inversión y tu nombre respaldando la empresa...

—No —la interrumpo. Me inclino hacia adelante, apoyando el peso de mis brazos sobre el escritorio—. Voy a comprar tu empresa, sí. Pero no para salvarla. La haré pedazos y luego la venderé al mejor postor. Con eso pagaré tu deuda. El resto será mío.

El color abandona su rostro.

—¿Qué? Pero...

—Te guste o no, es lo único que vas a obtener de mí —mi tono no deja lugar a dudas—. Cuando esto termine, podrás hacer lo que quieras con tu vida. Pero te lo advierto, Diona, te alejaste de mi hijo una vez. No voy a permitir que lo lastimes de nuevo.

Se remueve en su asiento, furiosa.

—Quiero recuperarlo —replica con una mezcla de súplica y desafío—. Quiero estar en su vida, Velkan.

Una carcajada amarga escapa de mis labios.

—¿Recuperarlo? ¿Después de tres años? No tienes derecho a pronunciar esa palabra.

El silencio se vuelve denso. Diona alza la barbilla, obstinada. La observo unos segundos antes de dejar escapar un suspiro.

Sé lo que quiero hacer: sacarla de mi casa y prohibirle acercarse a Ivan. Pero la imagen de mi hijo, con lágrimas en los ojos preguntándole a Nadia si su madre se fue porque no lo quiere, me hace pedazos. Él ha querido siempre el amor de su madre. Yo puedo darle todo; seguridad, un hogar, un futuro. Todo... excepto eso.

—No lo aceptaré ahora —digo con dureza—. Pero por Ivan, te daré una oportunidad. Una sola. Vendrás a verlo solo cuando yo o Nadia estemos presentes. No habrá visitas a escondidas, no habrá interferencias en la rutina que hemos construido para él. Harás lo que yo diga, como yo lo diga. ¿Entendido?

Abre la boca para protestar, pero parece pensárselo mejor y la cierra de inmediato.

—Está bien —murmura.

—Perfecto. Hablaré con mi abogado, él te contactará cuando todo esté arreglado. —Me pongo de pie y le señalo la puerta—. Ahora lárgate de mi vista.

Vasile le abre la puerta y le dedica una fría mirada. Un recordatorio de que ella ya no pertenece aquí y tal vez nunca lo hizo.

Cuando al fin se va, el aire se siente más limpio. Pero la tensión sigue atenazando mis músculos.

Subo a la habitación de Ivan y lo encuentro dormido, con la respiración tranquila y la cabeza apoyada en el pecho de Nadia. Ella lo abraza con un gesto protector, como si no hubiera nada más importante en el mundo que mantenerlo a salvo.

Me quedo en el umbral un instante, observando. Esa imagen me golpea donde más me duele: mi hijo encontró en ella lo que Diona nunca le dio.

Un refugio.

Le hago una seña a Nadia para que se acerque. Con delicadeza, se aparta de la cama y sale conmigo al pasillo, cerrando la puerta tras de sí.

—No voy a permitir que Diona vuelva a lastimar a Ivan —susurro—. Pero le daré una oportunidad. No porque lo merezca, sino porque mi hijo merece tener la opción de contar con una madre.

La ira brilla en los ojos de Nadia al procesar mis palabras.

—¿Una oportunidad? —responde con incredulidad—. Esa mujer lo abandonó. Se perdió tres años de su vida, Velkan. ¿Sabes lo que yo daría por tener a alguien como Ivantie en mi vida? Si ese niño fuera mío, jamás me alejaría de su lado. Haría lo imposible por verlo sonreír todos los días.

Sus palabras me golpean con más fuerza que cualquier bala. Veo la tristeza en su mirada, el dolor sincero por un niño que no es suyo. Y algo dentro de mí se rompe.

Me acerco sin pensarlo. Pongo mis manos sobre sus hombros, siento la calidez de su piel bajo mis dedos y me sorprendo de lo natural que resulta este gesto.

—Lo sé —murmuro, mi voz suena más tranquila de lo que esperaba—. Yo me siento igual. Pero biológicamente, Diona sigue siendo su madre. Yo puedo darle todo, menos eso. Y si lo que hace feliz a mi hijo es tener esa ilusión... entonces soportaré tenerla cerca.

Nadia guarda silencio unos segundos, y en ese espacio me pregunto si entiende lo difícil que es para mí pronunciar esas palabras. La veo tragar saliva, contener la rabia que todavía arde en sus ojos, y cuando por último suspira, su voz sale cargada de un cansancio que me atraviesa.

—Está bien... lo entiendo. Lo siento, Velkan. Sé que no es mi lugar, pero verlo así, triste, pensando que su madre no lo quiere... me rompió el corazón. No quiero que vuelva a pasar por eso.

Es la gota que derrama el vaso.

Todo lo que he cargado en silencio estas semanas se derrumba sobre mis hombros. La inminente guerra con los serbios, el silencio de Nathaniel desde hace días, el miedo constante de que vengan por mi hijo, y ahora la sombra de Diona regresando para envenenar lo que tanto me ha costado proteger. Demasiado. Es demasiado incluso para mí.

La atraigo hacia mí y la abrazo con fuerza, más de la que debería. Y entonces lo siento: el temblor leve en sus manos cuando rodea mi cintura, apretándome contra ella. El calor de su cuerpo pegado al mío, encajando, como si este espacio siempre hubiera estado reservado para ella. No solo soy yo quien necesita este abrazo. Ella también lo necesita. Tal vez incluso más que yo.

El aroma a vainilla me envuelve, suave y dulce, deshaciendo la oscuridad que llevo dentro. Toda la oscuridad, toda la rabia, toda la frustración se disipan al sentirla aquí, tan cerca, tan real.

Y lo sé con certeza.

Aunque toda mi vida he vivido controlando cada impulso, cada emoción, cada movimiento... Nadia es la única que logra romper mis barreras. La única capaz de hacerme perder el control.

Y mientras la sostengo, mientras sus manos me retienen como si tampoco quisiera soltarme, me doy cuenta de algo más peligroso aún. Que no quiero recuperarlo.

DOCE

Nadia

E l fin de semana llega más rápido de lo que esperaba y, con él, un torbellino de emociones que intento mantener a raya. Han pasado apenas unos días desde aquel contacto, desde que los brazos de Velkan me rodearon con una fuerza que, lejos de asustarme, me hizo sentir protegida. Y esa sensación sigue persiguiéndome.

Recuerdo la calidez de su colonia varonil mezclada con el sudor del día, la forma en que cada parte de mi cuerpo se incendió, como si mis terminaciones nerviosas despertaran de golpe. Nunca había sentido algo parecido. Fue tan real que parecía irreal. Y aunque me aterra lo que eso pueda significar, no consigo apartarlo de mi cabeza. Cada vez que cierro los ojos, revivo esa sensación de seguridad que me brindó.

Intento no pensar en ello, porque hacerlo significa enfrentar el hecho de que hoy, sábado, Diona está en la mansión. Ella. La mujer que abandonó a Ivantie, la que lo dejó cuando era apenas un bebé y que ahora, después de tres años, decidió regresar como si nada. Saber que está allí, compartiendo tiempo con él y con Velkan, me enciende la sangre. Me resulta imposible comprender cómo alguien puede darle la espalda a un hijo. Y, aunque no lo quiera admitir, me hiere más de lo que debería pensar que ellos tres están juntos en este momento, como una familia.

Sacudo la cabeza con fuerza y me obligo a enfocarme en lo verdaderamente importante: hoy iré a comprar la cama ortopédica para mi abuela. Al menos eso es algo que puedo controlar, algo que sí está en mis manos.

El coche que Velkan me dio está esperando en la entrada. Andreea nos acompaña, porque se ofreció a asesorarnos con las mejores opciones. Mi abuela va en su silla de ruedas, con ese porte tranquilo que tanto la caracteriza, aunque sé que los medicamentos son los que le están dando un poco de alivio. La enfermedad sigue avanzando, pero al menos ya no sufre tanto dolor.

—Es agradable salir un rato —dice mi abuela mientras la acomodo en el asiento trasero—. Gracias por traerme, Nadia.

—Siempre, *mamaie*. Te mereces algo cómodo para descansar.

Conduzco con calma hasta la tienda de suministros médicos. El tráfico en Bucarest es un caos como siempre, pero hoy lo agradezco: el ruido, las luces y los bocinazos me distraen de mis pensamientos.

La tienda es amplia, con grandes ventanales y pasillos repletos de camas, colchones, sillas ortopédicas y otros equipos médicos. Con ayuda de Andreea, acomodo a mi abuela en la silla de ruedas y comenzamos a caminar por los pasillos.

—Mira estas —me dice, señalando un modelo con control remoto—. Se pueden ajustar fácilmente para mayor comodidad.

Mi abuela acaricia la baranda metálica, pareciendo pensativa.

—Es extraño pensar que necesito esto —susurra.

Tomo su mano y le doy un suave apretón.

—No lo veas así, *mamaie*. Velo como una herramienta para que te sientas más cómoda.

Mientras caminamos, mi abuela me lanza una mirada pícara.

—Y dime, ¿cómo va tu nuevo trabajo? ¿Qué tal es el niño al que cuidas?

No puedo evitar sonreír. Solo pensar en Ivantie me llena de ternura.

—Es increíble, abuela. Le encantan los Legos, los cuentos y tiene una risa contagiosa. De verdad, es un ángel.

Andreea arquea una ceja.

—Lo dices con un brillo especial en los ojos. Ese niño ya te robó el corazón.

Me río entre dientes.

—No lo voy a negar. Ivantie es... único.

—¿Y qué tal el padre? —pregunta Andreea con tono travieso.

Siento cómo mis mejillas se calientan de inmediato.

—Es... —Busco palabras, intentando sonar neutral, pero fracaso—. Intenso. Muy intenso.

Andreea y mi abuela se miran, y ambas sonríen como si compartieran un secreto a mis espaldas.

—Ay, Nadia... —dice mi abuela, suspirando—. Yo sé leer entre líneas.

—No, no —me apresuro a negar, desviando la atención hacia una cama cercana—. Mira, esta tiene buenos acabados, ¿qué opinas?

Las risas de ambas me persiguen, pero al menos logro que la conversación cambie.

Después de un rato, mientras Andreea y mi abuela conversan con un vendedor, decido dar un paseo por los pasillos. Es entonces cuando siento esa punzada en la nuca, ese instinto que me dice que alguien me observa. Giro la cabeza y lo veo.

Lucian.

Está a unos metros más allá, vigilante, con ese porte de soldado y el cabello rapado que lo hacen parecer aún más intimidante.

Camino hacia él, sin poder ocultar la molestia en mi rostro.

—¿Qué haces aquí? —susurro.

Lucian suspira, como si hubiera estado esperando la pregunta.

—Creí que el señor Rusu te había dicho que soy tu escolta personal.

Parpadeo, confundida.

—¿Mi escolta? Yo pensé que solo estabas asignado a Ivantie.

—Soy su segundo mejor hombre. El primero es Vasile y protege directamente al señor Rusu. A mí me asignó cuidarte a ti y a tu abuela los fines de semana. Cuando estás en la mansión, hay otro hombre afuera de tu casa vigilando —añade con un tono más suave.

Me quedo helada. No sé qué responder. Le pedí a Velkan una escolta para mí y mi abuela, pero no imaginé que me asignaría a su segundo mejor hombre.

—Pues al menos procura que mi abuela y Andreea no te vean. Ellas no saben exactamente a qué se dedica nuestro jefe.

Lucian asiente y vuelve a su silencio habitual.

Respiro hondo y regreso con ambas, que ya parecen haber elegido una cama.

Esta es perfecta: ortopédica, ajustable, resistente. Pero hay un problema. Mi coche no sirve para transportarla. Estoy intentando calcular cómo resolverlo cuando mi teléfono vibra con un mensaje.

Velkan: *Lucian acaba de informarme de que compraste una cama ortopédica para tu abuela y que no tienes cómo transportarla. Enviaré a mis hombres en una camioneta para que la lleven e instalen en tu casa.*

Miro a Lucian de reojo, que se encoge de hombros, como diciendo: «yo no fui», pero Velkan ya lo delató.

Tecleo rápido:

Yo: *¿Sabes de la situación médica de mi abuela?*

La respuesta llega en segundos.

Velkan: *Sí.*

Mi respiración se corta.

Yo: *¿Has escuchado mis llamadas con Andreea?*

Velkan: *Sí.*

Aprieto el teléfono entre mis manos.

Yo: *¿Por qué no me lo dijiste?*

Velkan: *No quería que supieras que había invadido tu privacidad. Pero tampoco pude obligarme a dejar de escuchar. No pude suprimir la necesidad de querer saber más de ti.*

Mis dedos tiemblan. No respondo. No puedo.

Quince minutos después, una camioneta negra llega a la tienda. Los hombres de Velkan van directo a mí.

—Señorita Vasilescu —me saludan con respeto—. El señor Rusu nos envió.

Les indico dónde está el área de despacho y ellos se encargan de todo. Andreea y mi abuela me observan con curiosidad, pero no hacen preguntas.

Salimos de allí en caravana: la camioneta con la cama al frente, mi coche detrás con Aurora y Andreea, y el vehículo de Lucian cerrando la marcha.

Observo por el retrovisor. Tres coches con el único propósito de mantenerme a salvo.

Y aunque debería asustarme, lo que siento no sé ponerlo en palabras. Una mezcla de paz y miedo. Paz porque sé que estoy protegida. Miedo porque empiezo a preguntarme qué significa realmente para Velkan esa necesidad de vigilar cada uno de mis pasos.

Los hombres que Velkan envió trabajan con rapidez y eficiencia. En menos de una hora, la cama ortopédica está montada, ajustada y probada en el cuarto de mi abuela. Se aseguran de que todo funcione de manera correcta antes de despedirse. Cuando se marchan, la noche ya ha caído por completo, envolviendo la casa en una calma reconfortante.

Andreea se despide poco después, así que la acompaño hasta la puerta, y cuando cierro, la casa se siente un poco más silenciosa, más íntima. Preparo una cena sencilla y la comparto con mi abuela, que parece relajada, incluso animada.

Entre bocado y bocado, ella rompe el silencio con esa voz suave.

—¿Quiénes eran esos hombres, Nadia?

Levanto la vista de mi plato. El tono no es acusatorio, sino curioso. Sin embargo, siento que me evalúa, que sus ojos buscan más de lo que digo.

—Eran... —Suelto un suspiro, intentando sonar casual—. Mi jefe. Le comenté que no tenía cómo transportar la cama y envió a sus hombres para que me ayudaran.

Arquea una ceja, como si esa respuesta fuera insuficiente.

—Querida, dime la verdad. ¿A ti te gusta ese hombre?

El tenedor se me congela en el aire.

—¿Qué? —pregunto, fingiendo sorpresa.

—Ningún jefe haría algo así. Ningún hombre enviaría a sus hombres a ayudar a una empleada, fuera de horario laboral, a menos que le importara de verdad.

Siento que el calor me sube a las mejillas. Intento desviar la mirada, pero ella me sostiene con la suya, penetrante y llena de ternura.

—No... —empiezo a decir, pero termino rindiéndome con un suspiro—. ¿Es atractivo? Sí, lo es. Y ha habido... momentos. Pero no quiero hacerme ideas equivocadas, *mamaie*. Tal vez solo me ve como una amiga. O quizá es por Ivantie, porque el niño se ha encariñado conmigo. Además, esta semana volvió la madre del niño y quiere restablecer la relación con él. Tal vez se dé cuenta de que pueden ser una familia otra vez, y entonces ya no me necesitará.

Apoya una mano sobre la mía, cálida y firme.

—No sé quién es ni qué hace con exactitud, pero estoy segura de algo: más de una vez ha hecho cosas para facilitarte el trabajo y hacerte sentir más cómoda. Se preocupa por tus intereses, y eso no lo hace cualquiera.

—No, abuela —protesto, sacudiendo la cabeza—. Simplemente, es un buen jefe. Quizá es su manera de recompensar mi trabajo. Nada más.

Sonríe, como si supiera más de lo que dice, y no insiste. Cuando termina de cenar, le ayudo a acomodarse en su nueva cama. En pocos minutos, se queda dormida, respirando con calma.

Yo, en cambio, no consigo tranquilizarme.

Me siento en el sofá, tomo el teléfono y, después de vacilar un momento, escribo un mensaje.

Yo: *Gracias por enviar a tus hombres a ayudarme con la cama de mi abuela.*

Pasan apenas dos minutos antes de que la pantalla del teléfono vibre, pero no por la llegada de un mensaje, sino por una llamada entrante. Mi corazón se acelera al ver el nombre «Velkan Rusu» en el identificador.

Dudo un instante, respiro hondo y deslizo el dedo para contestar.

—¿Nadia? —Su voz grave retumba en mi oído, más intensa y cercana de lo que nunca la había sentido.

—Sí... solo quería agradecerte.

—Agradécele a Lucian —dice con tono seco.

Muerdo mi labio inferior mientras intento contener una sonrisa.

—Recuerdo que me dijiste que no podía hablarles en horario laboral... Tal vez deberías invitarlo a salir como agradecimiento, el día que tenga libre.

Hay un silencio breve, y de repente llena su respuesta, pero su tono es duro y enojado.

—Me aseguraré de que nunca más tenga días libres.

La respiración se me corta. ¿Eso fue... celos? El corazón me late más rápido, y necesito desviar la conversación antes de que pierda el control, pero no puedo evitar sentir un cosquilleo por mi cuerpo, que ejerce una cálida presión en mi vientre bajo.

—¿Qué tal estuvo el día de Ivantie con su madre?

Se hace un breve silencio al otro lado.

—Un desastre. —Hace una pausa, y puedo imaginarlo sentado en su despacho, con el ceño fruncido—. Ivan intentó enseñarle todas las construcciones de Legos que ha hecho. Pasó horas organizando todo, como si fuera una pequeña presentación. Y Diona... —pronuncia el nombre con frialdad— dijo que era aburrido. Que era una tontería perder el tiempo en eso.

Aprieto los puños. Esa mujer y yo vamos a tener un serio problema si la escucho afirmar algo así frente a mí.

—¿Y qué hizo él?

—Se sintió mal. Muy mal. Y después ella insistió en salir a hacer «cosas importantes en la ciudad». Estaba muy triste, así que pasé la tarde jugando con él.

Siento un nudo en la garganta.

—Me duele escucharlo.

Y tenía muchas otras cosas que decir, pero no sé si era lo correcto. Después de todo, sigo siendo solo la niñera.

—Me dijo que quería que regresaras. Que fueras tú quien jugara con él. —Mi corazón me duele al oírlo. Se enternece por este niño. No mentí cuando dije que haría lo que fuera por tener a alguien como Ivantie en mi vida. Amo a los niños y me encanta la idea de ser madre algún día, pero me aterra pensar que no encontraré a un hombre que sea un buen padre o esposo.

El silencio que sigue es extraño. Cómodo. Como si ambos quisiéramos añadir algo más, pero ninguno se atreve.

Al final, digo:

—El lunes, cuando llegues, ya estará armado el set de Legos que le compraste en el centro comercial. —Medito unos segundos—. ¿Sabes qué? Iré el lunes, después de dejarlo en el jardín maternal, y le compraré otro set. Bueno, si te parece bien.

—Eres libre de usar mi dinero para lo que necesites. La tarjeta no tiene límites. —El calor enciende mis mejillas—. No suelo decir estas palabras muy a menudo, pero gracias, Nadia, por quererlo y preocuparte por él. Sé que haces mucho más de lo que te pide la agencia.

Sonrío sin darme cuenta.

—Es un placer para mí, Velkan. Tu hijo se ha ganado mi corazón.

La línea guarda un silencio suave, cargado de algo que no sé nombrar.

—¿Así que volví a ser «Velkan»? —pregunta en un tono suave, que eriza los vellos de mi cuerpo.

—Sí. Serás el «señor Rusu» cuando me hagas enojar.

La línea se inunda con el sonido de su risa y me quedo sin aliento. Suelo escucharlo reír todo el tiempo con Ivantie, pero esta risa es totalmente diferente. Más ronca e íntima, y tiene a mi cuerpo removiéndose.

Tenía que terminar esta llamada antes de que mi mente comenzara a fantasear con mi jefe.

—Entonces, procuraré no hacerte molestar muy seguido —responde con un matiz juguetón que me deja sin aliento.

—Buenas noches, Velkan —digo sin poder evitar el tono juguetón en mi voz.

—Buenas noches, Nadia —susurra con la voz ronca.

La llamada termina, pero yo me quedo mirando la pantalla apagada del teléfono, con un hormigueo en el estómago. Una extraña felicidad se apodera de mí, un cosquilleo que no puedo definir.

Y aunque no me atrevo a admitirlo, sé muy bien cuál es la verdadera razón de esta emoción.

TRECE

Velkan

E l murmullo constante de voces y papeles en la sala de juntas aún zumba en mis oídos, incluso horas después de haberla abandonado. Pasé el día enterrado en documentos, negociaciones y números que poco me importaban, pero que eran necesarios para mantener el imperio en pie. Y, sin embargo, nada de eso había logrado distraerme de la imagen que llevaba días persiguiéndome: los brazos de Nadia alrededor de mi hijo, su risa suave en la cena, el calor de su cuerpo contra el mío aquella noche en la que perdí la compostura y la abracé.

Desde entonces, la urgencia de regresar a casa se ha convertido en un aguijón constante. No es solo Ivantie quien tira de mí con esa fuerza invisible que siempre me obliga a volver... también es ella. Nadia. Su voz en la llamada, sus palabras inocentes y, sobre todo, ese suspiro que se filtraba entre frases como si no pudiera contenerse. Se me había quedado clavado en la mente.

Intento disfrazar la verdad con excusas. Que debo matar al bastardo que acosó a Nadia en el restaurante y que Vasile al fin pudo atrapar. Que es necesario mostrarle al mundo lo que ocurre cuando alguien la lastima. Que no puedo postergar más esa tarea.

Pero la realidad es mucho más simple y, a la vez, mucho más peligrosa. Quiero verla.

Con esa revelación en mente, tomo el teléfono y le envío un mensaje.

Yo: *No cocines esta noche. Yo llevaré la cena.*

Pasan aproximadamente quince minutos hasta que llega su respuesta.

Nadia: *Ivantie dice que quiere alitas de pollo y papas fritas.*

Una sonrisa recorre mi rostro porque no me sorprende. Mi hijo ama demasiado la comida chatarra; creo que esta es la temporada en la que ha tenido mejor alimentación, y todo eso gracias a Nadia. Por lo general, dejaba que Ivan ordenara lo que quisiera cuando estábamos en casa o aquí en la oficina.

Yo: *¿Y tú qué quieres?*

Su respuesta llega de inmediato.

Nadia: *No soy exigente, puedes traer lo que quieras.*

Frunzo el ceño, como si pudiera verla encogerse de hombros al escribirlo. Con el tiempo me di cuenta de que Nadia suele desplazar sus necesidades o intereses por los demás, pero no pienso aceptar esa respuesta. Hace tiempo me juré que si se ganaba el cariño de mi hijo, pondría el mundo a sus pies, aunque ha hecho mucho más que eso. Así que haré lo posible por hacerle entender que, si quiere algo, encontraré la forma de dárselo. Sin importar el costo.

Yo: *¿Qué quieres comer esta noche, Nadia? Y si te niegas a responder, ordenaré en cada restaurante de la ciudad.*

No contesta al instante, y sé que mi respuesta debió sorprenderla. Aprovecho dicho silencio para reflexionar sobre esa necesidad de complacerla, de darle lo que pida como si su deseo fuera una orden. He consentido a mi hijo con ese mismo empeño desde el día en que nació, y ahora esa misma urgencia la siento por ella. La diferencia es que con Ivan nace de un amor puro y paternal. Lo que siento por Nadia es otra clase de hambre, una que arde en mi pecho y más abajo, y me arranca el aire.

Entonces, mi teléfono suena con un nuevo mensaje y no puedo evitar sonreír.

Nadia: *Una hamburguesa con papas fritas. Por favor.*

Yo: *Considéralo hecho.*

Le envío un mensaje a Vasile, pidiéndole que haga un pedido de dos hamburguesas con papas, y alitas de pollo con papas. También que se pidiera algo para él y para los demás hombres.

Él responde con un «por supuesto, señor», y solo me queda concentrarme en el trabajo para terminar y así poder irme a casa lo más pronto posible.

Cuando cruzo las puertas de la casa, el sonido de la risa de Ivan me recibe como una ráfaga de luz. Sigo el sonido hasta la sala y ahí están él y Nadia, sentados en el suelo, rodeados de piezas de Lego como si hubieran pasado horas en un mundo que solo les pertenece a ellos.

—¡Papá! —exclama Ivan al verme, y corre a mi encuentro con la energía inagotable de sus casi cinco años. Solo faltaban un par de semanas—. ¡Mira lo que hicimos!

Sobre la alfombra se levanta un castillo enorme. Debieron tardar horas en armarlo. No puedo evitar sonreír.

—Está increíble, campeón. —Le revuelvo el cabello mientras sus ojos brillan de orgullo—. Tú y Nadia hicieron un gran trabajo.

Asiente con vehemencia y corre de vuelta para mostrarme otra caja. Un set de Hogwarts, la escuela de magia de *Harry Potter*.

—Nadia lo compró para que lo armemos juntos.

Levanto la vista hacia ella. Está sentada con las piernas cruzadas, el cabello le cae sobre los hombros y trata de ocultar una sonrisa, pero le resulta casi imposible. En cuanto nuestros ojos se encuentran, siento de nuevo ese tirón, esa urgencia.

Y creo que nunca he visto nada más hermoso que ella.

—Me encantaría armarlo con ustedes —digo, y no es casualidad que use el plural. No es solo a Ivan a quien quiero cerca en este momento.

Inclina la cabeza, sorprendida, pero no aparta la mirada.

La cena transcurre en calma. Ayudo a Nadia a servir la comida y me agradece por traer lo que pidió. No respondo porque las palabras «de nada» me parecen vacías. Quiero decirle que puede pedirme cualquier cosa y lo haré realidad, pero en su lugar, guardo silencio.

Mientras la veo reír y hablar con Ivan, no puedo evitar pensar en lo correcta que me parece la escena. Es como si, desde que la vi esa noche hace seis años, ella hubiera estado destinada a nosotros. Observo cómo corrige la forma en que Ivan sostiene el tenedor y sé que tengo razón. No hay dureza ni fastidio en sus palabras, son ternura y calidez en ellas. Nadia ama a mi hijo como si fuera suyo.

Y no puedo evitar sentir que he encontrado un tesoro. Uno hermoso y lleno de luz. Pero más importante aún, mío para adorar y proteger.

«*Comoarica mea*[1]».

Después de cenar, Ivan insiste en seguir jugando, así que lo dejamos en la sala. Nadia se ocupa de los platos; yo la sigo a la cocina y, sin pensarlo demasiado, comienzo a secar lo que ella lava.

No intercambiamos palabras al principio. El silencio no es incómodo, sino extraño... como si estuviera lleno de todo lo que ninguno de los dos se atreve a decir. Me encuentro observando la manera en que sus pequeñas manos se mueven bajo el agua, cuando un mechón rebelde cae en su mejilla.

Mis manos pican por apartarlo, pero me obligo a mantenerlas ocupadas.

—¿Qué tal la cama ortopédica? —pregunto, rompiendo el silencio.

La sonrisa que dibuja sus labios calienta mi pecho.

—Mi abuela dijo que tenía años sin dormir tan bien. Le ha gustado mucho.

Afirmo con la cabeza, pero antes de que se asiente el silencio a nuestro alrededor, suelta la pregunta que sé que me iba a hacer en cualquier momento.

—¿Cómo pudiste escuchar mis conversaciones con Andreea?

No aparto la mirada al confesárselo.

—Hay cámaras en la casa y micrófonos. Solo estaba vigilándote cuando escuché por primera vez una de tus conversaciones con Andreea. Después simplemente no pude evitarlo, quería saber más de ti.

Deja el plato que estaba lavando en el agua y me mira fijo.

—No estoy molesta. Pero la próxima vez... si tienes curiosidad, si quieres saber algo de mí... pregúntame. No escuches a escondidas.

La observo momentáneamente.

—Lo haré. De hecho, empezaré ahora mismo.

Alza una ceja, pareciendo sorprendida.

—¿Cómo fue tu niñez?

Ríe con suavidad.

—Creí que Vasile ya te lo había contado todo.

—Quiero escucharlo de ti.

Hay un momento de silencio antes de que comience a hablar. Me cuenta de su abuela Aurora, de cómo llenó cada vacío con amor, fotos y recuerdos vagos de sus padres, de cómo decidió quedarse con ella sin dudarlo, incluso siendo tan joven. Cada palabra es un recordatorio de que la mujer frente a mí es una fuerza que rara vez he visto. Y la admiro por ello.

Dejo el trapo sobre la encimera. Me acerco y, sin poder contenerme más, aparto el mechón de su mejilla y lo llevo detrás de su oreja. Mis dedos rozan su piel y siento un estremecimiento recorrerme. Luego, con un gesto más íntimo de lo que debería permitirme, levanto su barbilla con el índice hasta que nuestras miradas se encuentran.

—Eres la persona más fuerte que he conocido. Tus padres estarían orgullosos de ti.

Sus ojos brillan con lágrimas contenidas. Y en un instante, lo supe: tiene mi corazón en sus manos, aunque ella no lo sepa.

—Me confundes... —susurra de modo apenas audible.

—¿Por qué?

—Porque un momento eres cálido y cercano... y al siguiente, apenas me hablas.

No lo niego porque tiene razón.

—Ese fue mi pobre intento para alejarme de ti, pero no volverá a pasar. Seré claro a partir de ahora.

La tensión se vuelve insoportable. Nos inclinamos, despacio, como si el aire nos empujara a cerrar la distancia. Estamos a un suspiro de un beso que, no tengo dudas, lo cambiará todo, pero el grito de Ivan desde la sala nos detiene.

—¡Papá, tengo sueño!

Nadia y yo nos separamos de golpe, como si nos hubieran atrapado cometiendo un crimen. Baja la mirada y me obligo a no soltar una maldición.

—¡Ya voy, campeón! —exclamo.

Le dedico una última mirada a Nadia antes de salir de la cocina con la frustración y la necesidad corriendo por mi sangre.

Acompaño a mi hijo hasta su habitación, espero a que se bañe y luego me aseguro de que se cepille bien los dientes. Cuando por fin está en la cama, con el cabello húmedo y las pestañas vencidas por el sueño, me pide que le lea un cuento. Me siento a su lado con el libro en la mano y, mientras lo hago, siento cómo su respiración se vuelve lenta, acompasada.

Antes de salir de la habitación, escucho que dice en un murmullo adormilado:

—Papá... ¿Nadia te gusta?

Me hizo esa misma pregunta hace semanas y le di una respuesta a medias. Pero ahora las cosas son diferentes. Todo ha cambiado para mí porque creo que Nadia hace mucho más que gustarme.

—Sí, hijo. Nadia me gusta.

Sonríe entre sueños, como si hubiera escuchado justo lo que quería, y se entrega al descanso.

Al bajar al primer piso, no veo rastro de Nadia, así que supongo que se ha ido a su habitación. Me detengo frente a su puerta y a lo lejos me llega el sonido del agua cayendo. Debe estar en la ducha.

Mi imaginación me traiciona. La veo allí, apenas a unos metros, desnuda bajo el chorro, el agua resbalando por cada curva, delineando su piel como un mapa que deseo recorrer. Siento la sangre bajar al sur, endureciéndome con rapidez. Cierro los ojos y aprieto los puños.

No. Necesito recuperar el control.

Y sé justo lo que me hará recuperarlo, al menos por el momento.

Giro sobre mis talones y desciendo las escaleras hasta el sótano.

Mihai Popescu está esperándome, atado a una silla, jadeando, con un ojo amoratado y el rostro manchado de sudor. Al verme, palidece.

—Señor Rusu... por favor... no sé qué hice. Déjeme ir. Se lo ruego.

Me acerco despacio, dejando que mis pasos resuenen por el sótano.

—Estoy seguro de que escuchaste los rumores —digo en voz baja, disfrutando el miedo que brilla en sus ojos. Sí, ahora soy yo quien tiene el control—. ¿Sabes por qué tu amigo murió en la misma silla en la que estás sentado? —Niega entre lágrimas y sonrío—. Acosaron a la mujer equivocada, una que está bajo mi protección.

El temblor en sus labios me confirma que sabe perfectamente de lo que hablo.

—No lo sabíamos... no sabíamos que estaba bajo su protección... nunca lo habríamos hecho.

Me inclino lo suficiente para asegurarme de que escuche la promesa de muerte impresa en mis palabras. Esta situación toca una fibra sensible en mi interior porque detesto a los hombres que imponen sus deseos y necesidades sobre lo que en realidad quiere una mujer. Es lo que hacen los serbios al arrebatarles la vida a esas mujeres, y es lo que hicieron él y su amigo al extralimitarse con Nadia.

—Aun si no lo estuviera, no tenían derecho a tocarla. El consentimiento es lo mínimo que se espera.

Comienza a sollozar, pero no podría importarme menos.

—Hoy estás de suerte —murmuro mientras saco mi arma—. Estoy tranquilo gracias a ella, así que solo acabaré con tu miserable vida y me iré a la cama. ¿Te parece bien?

Se agita en la silla, tirando de las ataduras.

—No... no... por favor...

—No estaba pidiendo tu opinión. —Levanto el arma y le apunto a la cabeza—. Nos vemos en el infierno.

Disparo. La bala le atraviesa la frente y el silencio cae como un manto pesado.

Guardo el arma sin prisa, tomo el teléfono y le envío un mensaje a Vasile, pidiéndole que limpien el sótano y desaparezcan el cuerpo.

De vuelta en mi habitación, me quito la ropa y me voy al baño a darme una ducha. Pero en cuanto me encuentro bajo el agua, el recuerdo del rostro de Nadia, a pocos centímetros del mío, invade mi mente. Estuve a solo una respiración de descubrir si sus labios son tan dulces como su olor.

Cierro los ojos y trato de obligarme a pensar en otra cosa que no sea ella, pero no lo consigo. Mis manos se vuelven dos puños cuando mi imaginación me hace una mala jugada y vuelvo a verla desnuda bajo el agua. El día que la abracé, pude sentir cada curva de su cuerpo presionándose contra el mío, por lo que tengo una imagen clara de su cuerpo en mi mente.

Cada uno de mis músculos está tenso, mientras, mi sangre se calienta y me endurezco. Mierda. Mierda. Mierda. Reprimo un gruñido, quiero pensar que soy un buen hombre, pero sé que no lo soy en cuanto aprieto la cabeza de mi miembro, lo que envía una oleada de placer por todo mi cuerpo.

La imagino acercándose, con el cabello húmedo pegado a la piel, sus manos deslizándose por mi pecho. La veo arrodillarse, tomarme entre sus labios y mover la cabeza con una precisión cruel, como si supiera exactamente cómo arrancarme el poco control que tengo cuando estoy con ella.

Puedo imaginar el brillo travieso en sus ojos al ver cómo su boca me vuelve loco. Una espiral de placer me envuelve y se asienta en la parte baja de mi espalda. Con un último movimiento de mi mano, abro los ojos y observo cómo corre por las paredes de la ducha aquello que me ha liberado de ese recuerdo.

—Maldición, Nadia. Vas a volverme loco —susurro a la nada, tomando una respiración profunda.

El placer no ha desaparecido, solo ha aumentado, pero estoy

cansado y sé que mañana será un largo día. Tendré que viajar a Canadá pasado mañana, así que me debo encargar de dejar todo en orden para Nadia e Ivan.

Salgo de la ducha, me siento un poco más tranquilo, pero la imagen de ella de rodillas ante mí no desaparece. Si antes me costaba mantener el control a su alrededor, no sé cómo lo haré desde hoy.

Una vez que me acuesto, dispuesto a dormir un par de horas, solo persiste un pensamiento en mi cabeza.

Me masturbé pensando en la niñera de mi hijo, y no me siento para nada culpable. De hecho, me encantaría ir ahora mismo a demostrarle lo mucho que me gusta que haya llegado a mi vida.

CATORCE
Nadia

E l aroma del café recién hecho llena la cocina, pero ni siquiera eso me despierta de verdad. Estoy distraída, atrapada en un bucle que no logro romper. Remuevo los huevos en el sartén y mi mente regresa a la noche anterior, a ese instante en el que estuve a punto de besar a Velkan.

No me engaño: no lo habría detenido. Lo sé. Si él hubiera acortado la distancia y sus labios hubieran tocado los míos, yo lo habría permitido. Y esa certeza me estremece. Quería saberlo, aún quiero. Si sus labios son fríos y duros como su fachada, o cálidos y suaves como cuando le sonríe a Ivantie, o como cuando por un segundo baja las defensas conmigo.

Sus palabras se repiten en mi mente una y otra vez. Sería claro a partir de ahora. ¿Qué quiso decir realmente? ¿A qué claridad se refiere? ¿Es esa claridad lo que me asusta o lo que deseo? El ruido del sartén me devuelve a la realidad. Estoy cocinando, sí, pero con la cabeza perdida. Casi me río de mí misma. ¿Será que anoche crucé la línea entre jefe y empleada? ¿Será que ya no hay vuelta atrás?

Estoy a punto de hundirme aún más en ese remolino de pensamientos cuando escucho su voz detrás de mí.

—Buenos días, Nadia.

El impacto es tan fuerte que doy un respingo. El corazón se me sube a la garganta y, en mi torpeza, el sartén se inclina demasiado. El aceite chisporrotea y casi me quema. Apenas alcanzo a retirarme. Una mano firme sujeta mi brazo; me aleja de la cocina. El sartén cae al suelo con un estrépito metálico.

—Deberías tener más cuidado —murmura.

El aire se me queda atrapado en los pulmones. Lo miro, todavía con la adrenalina corriendo por mis venas, y solo atino a una pregunta.

—¿Qué haces aquí?

Sus ojos brillan con diversión mientras inspecciona mis manos como si fueran lo más frágil del mundo. Sus dedos rozan mi piel, buscando alguna quemadura. No hay ninguna, pero el contacto me hace sentir que sí, que ardo por dentro.

—Vivo aquí —responde con un dejo de ironía.

Parpadeo y me doy cuenta de la estupidez de mi pregunta. Claro que vive aquí. Pero lo que en realidad quise decir es otra cosa. Balbuceo.

—Sí, lo sé... pero quiero decir, ¿qué haces aquí a esta hora? Pensé que ya estarías en la oficina.

Se inclina apenas lo suficiente para que su proximidad me desestabilice aún más.

—Hoy pasaré el día en casa. Hay cosas que necesito arreglar con ustedes.

Sus palabras se clavan hondo. Me arde la piel solo de pensar que sus planes me incluyen. Me mira fijamente, y antes de que pueda responder, añade con un tono burlón:

—¿O habrías preferido que fuera ella quien pasara el día con ustedes?

Mi rostro se enciende de inmediato. Ella. Diona. Su cercanía, su tono y esa alusión me golpean de lleno. No puedo evitarlo: recuerdo el sueño erótico que tuve anoche con él, lo vívido que fue. Trato de borrar la imagen, pero la vergüenza me sube como una ola. Apenas logro tartamudear.

—E-es tu casa. Es tu hijo. Puedes hacer lo que quieras. Yo... yo solo voy a terminar el desayuno.

Me agacho a recoger el sartén del suelo y agradezco en silencio que no pueda ver lo enrojecida que tengo la cara. Él me ayuda, lo levanta con un gesto sencillo y lo deposita en la papelera.

—Mañana parto a Canadá —comenta de repente, como si no acabara de dejarme echa un caos por dentro—. Tal vez esté fuera dos, máximo tres días.

Se me hiela la sangre. Canadá. Eso está lejos. No lo veremos en tres días. No entiendo por qué siento un vacío inmediato, como si la sola idea de su ausencia me doliera. Mi voz sale más seca de lo que esperaba.

—¿Canadá? ¿Qué hay allá?

Me mira de soslayo, y en su boca se dibuja una media sonrisa cargada de intención.

—¿No quieres que me vaya?

Mi cerebro hace cortocircuito.

—Yo... no... sí... —No sé ni qué estoy diciendo. Él lo sabe. Me deja ahí, debatiéndome, con la mente hecha un desastre.

No sé qué demonios me está pasando, pero con cada minuto que permanezco cerca de él, solo puedo recordar lo que me hizo sentir en ese sueño. Y en cómo, cuando me desperté, solo quería que fuera real.

—Estaré bien —asegura al fin, con calma—. Procuraré hacerlo lo más rápido posible. Solo espero que la situación pueda resolverse pronto.

Asiento, aunque la intriga y la inquietud no me sueltan. ¿Qué situación? ¿Qué está ocurriendo en Canadá que lo aleja de aquí? ¿De su hijo? ¿De «mí»?

—El motivo por el que quiero quedarme hoy es otro —añade y yo vuelvo a ser el centro de su atención—. Después de dejar a Ivan en el jardín maternal, iremos de compras. En dos semanas es su quinto cumpleaños. Es hora de comenzar a organizar la fiesta.

La noticia me ilumina por dentro.

—¿Ya tienes algo planeado?

Sus labios se curvan en una ligera mueca.

—Generalmente, lo celebro aquí en casa. Solo estamos nosotros, Vasile y mis padres, que suelen interrumpir sus viajes alrededor del mundo para venir a saludar. Pero este año Ivan ha insistido en invitar a varios amigos. Quiere que sea en un parque.

—Un parque suena lindo —respondo, aunque sé que hay un «pero» detrás, y él no tarda en soltarlo.

—Un terreno abierto es peligroso. Para él, para los niños. Pero me aseguraré de que la zona no represente ninguna amenaza.

Sus palabras me hacen fruncir el ceño.

—¿Tienes tantos enemigos?

Su respuesta llega como una puñalada.

—Nadia, todo el mundo es mi enemigo. Los que no quieren verme muerto quieren destruir lo que he construido. A veces pienso que ni en mi propia sombra puedo confiar.

Lo dice con una sonrisa amarga, casi burlona, pero sus ojos son de hielo. Mi pecho me aprieta.

—Pero confías en Vasile —digo más bien como afirmación que como pregunta.

Asiente con firmeza.

—Su familia lleva generaciones siendo la mano derecha de la mía. Confío en él con mi vida.

Guarda silencio un instante. Luego, como si fuera inevitable, añade:

—Y confío en ti.

Mi respiración se corta. Lo miro con incredulidad, pero él no aparta la mirada.

—Porque me has demostrado que, además de tu abuela y de Andreea, lo único que te importa es mi hijo. Y eso es lo más valioso que tengo. Lo más valioso del mundo.

Siento cómo el corazón me late tan fuerte que casi me duele. Esa confesión me derrumba y me eleva a la vez. Él, el hombre que mantiene a todos a distancia, el hombre frío y calculador, me está confiando lo más importante de su vida.

Me muerdo el labio.

—Entonces... —Dudo, pero la necesidad de saber me empuja—. Sé que tenemos escoltas por nuestra seguridad. Pero presiento que hay algo más. Otro motivo por el que me contrataste. Hay demasiados hombres cada vez que salimos de la mansión. ¿No crees que es... excesivo?

Sus labios se estiran en una sonrisa ladeada.

—Eres observadora. —Hace una pausa y su voz baja, grave—. Hay un enemigo en particular. Lleva años tratando de matarme a mí y a los míos. Lo estoy cazando; cada vez estoy más cerca de atraparlo. Y no voy a permitir que intente usar a Ivan... o a ti... para llegar hasta mí.

Trago saliva, un escalofrío me recorre.

—¿No te preocupa salir herido? ¿No te da miedo... no volver a ver a tu hijo nunca más?

Por primera vez lo veo vacilar, como si una grieta se abriera en su impenetrable armadura. Su voz baja apenas un tono, pero vibra con una vulnerabilidad que me desarma.

—Es lo que más me aterra en el mundo. Pero haré todo lo posible para que la muerte no me lleve tan pronto. Tengo mucho por lo que vivir, Nadia. Tengo demasiado por lo que luchar.

Sus palabras se clavan en mí como fuego lento. No sé qué decir. No sé cómo responder a algo así. Me limito a asentir, con la garganta seca y el corazón latiendo de una forma que me asusta.

Él carraspea, rompiendo el instante, y dice que va a despertar a

Ivan. Se marcha de la cocina y yo me quedo sola, con las manos temblorosas sobre la encimera.

Lo sigo con la mirada mientras se aleja y tengo la sensación de que Velkan no es un hombre que suelte confesiones a la ligera. Y me gusta demasiado que, cuando lo hace, sea conmigo. Me gusta demasiado que confíe en mí de una forma que sé que no confía en nadie más.

Dejamos a Ivantie en el jardín maternal y todavía puedo sentir la calidez de sus brazos al rodearme para despedirse. Su risa queda flotando en mis oídos mientras me acomodo en el asiento del copiloto del coche de Velkan. Él conduce con esa calma engañosa que siempre transmite, y, sin embargo, sé que detrás de sus ojos hay una tormenta. Detrás de nosotros, Lucian y Vasile coordinan con los otros hombres. No puedo contarlos a todos, pero deben ser al menos diez, es imposible ignorar la presencia de ellos incluso entre el tráfico de la ciudad.

El coche gira hacia la avenida principal, rumbo al centro comercial. Velkan mantiene la mirada fija en la carretera y, aun así, sin necesidad de mirarme, me dice:

—Vamos a comprar ropa para Ivan, algunos regalos de cumpleaños y a encargar la decoración.

Después de unos minutos de silencio, me atrevo a hacerle una pregunta.

—¿Ya tienes pensado cómo quieres la decoración?

Asiente, sin apartar la vista del camino.

—Legos. Siempre. Todos los años elegimos un set y lo recreamos en la fiesta. Este año será Hogwarts. —Me mira brevemente—. Lo pidió así por el set que le regalaste.

No puedo evitar sonreír. El solo hecho de saber que mi regalo significó tanto para él enternece mi corazón.

—Estoy segura de que le encantará —susurro.

Cuando llegamos al centro comercial, la seguridad se despliega. Lucian camina un paso por detrás de nosotros, Vasile al costado, los demás están dispersos, cubriendo puntos estratégicos. Intentan ser discretos, pero los observo y sé que nunca bajan la guardia.

Entramos a la primera tienda, una de ropa infantil. No sé en qué momento la escena comienza a sentirse tan... natural. Velkan levanta una pequeña camiseta y me pregunta si le quedaría bien a Ivantie. Yo río porque es obvio que sí, pero él insiste, y terminamos discutiendo sobre tallas y colores como si fuéramos padres escogiendo ropa juntos. Como si fuéramos una pareja.

El pensamiento me abrasa.

Mientras doblamos una pila de camisetas y pantalones, pregunto:

—¿Te gustaría casarte algún día? ¿Tener más hijos?

Me mira como si la pregunta lo hubiera sorprendido. Sus ojos se clavan en los míos con esa intensidad que siempre me hace olvidar respirar. Se queda en silencio unos segundos y luego responde.

—Sí. Me gustaría casarme con una mujer que ame a Ivan como si fuera suyo. Y sí, me gustaría tener más hijos.

Su mirada se desplaza, casi sin querer, hacia un pequeño vestido rosa colgado en un perchero cercano. Sus labios se curvan en una sonrisa suave, distinta, cargada de anhelo.

—Siempre he querido una niña —dice en voz baja—. Con ellos dos sería suficiente para mí.

Siento un nudo en la garganta. Me concentro en una hilera de pantalones para ocultar el sonrojo que me sube al rostro.

—Serías un padre insoportable si tuvieras una hija —bromeo—. Imagino el día en que ella comience a salir con chicos...

Suelta una carcajada seca.

—Nunca. No saldrá con nadie hasta los treinta y solo si es alguien lo suficientemente bueno para ella.

La risa se me escapa y niego con la cabeza.

—Dios, si así fueras con una hija, no me imagino cómo serías con tu esposa.

Velkan me recorre con la mirada, de arriba abajo, y una chispa traviesa se enciende en su mirada.

—No tienes ni idea de cómo soy cuando se trata de mi mujer.

El aire entre nosotros se tensa, denso, como si el tiempo se hubiera detenido en ese instante. Siento que todo en mi interior entra en combustión por esa declaración y desvío la mirada hacia un estante de zapatos, murmurando cualquier cosa para romper el hechizo.

Salimos de la tienda con varias bolsas. Los guardaespaldas cargan algunas, pero Velkan insiste en llevar un par él mismo. La imagen es extraña e incongruente: el hombre más temido de Rumanía caminando por un centro comercial con bolsas de ropa infantil en la mano.

La siguiente parada es la tienda de juguetes.

—Es aquí donde suelo comprarle la mayoría de los juguetes —me dice.

Asiento, y me separo un poco de él para recorrer los pasillos. Me pierdo entre estantes llenos de Legos, rompecabezas y trenes eléctricos, pero nada me parece lo suficientemente especial. Todo se siente reemplazable, repetido. No quiero regalarle algo que ya tiene, quiero algo que siempre recuerde.

Vuelvo a su lado y, con voz baja, le confieso:

—No sé qué comprarle. Tiene tantas cosas… Pero quiero darle algo especial. Algo que recuerde siempre. Algo que, cuando yo ya no esté, lo haga pensar en mí.

Solo mencionar en voz alta la idea de irme provoca un nudo en mi estómago, porque, la verdad, desde hace mucho tiempo esto dejó de ser solo un trabajo.

De repente, siento la presión firme de sus dedos bajo mi barbilla, obligándome a mirarlo. Su otra mano roza mi mejilla con una caricia breve, pero devastadora.

—Ese niño te adora, Nadia. No importa lo que le regales, siempre lo atesorará.

Mis labios tiemblan. Estoy a punto de responder cuando una dependienta nos interrumpe.

—Buenos días, señor Rusu, bienvenido.

Velkan le dedica una mirada fría a la mujer, lo que la hace irse tan rápido como llegó.

La dureza en su rostro me recuerda al hombre gruñón y distante que conocí el primer día en su oficina. El contraste me sacude. Conmigo es cálido y amable; con los demás, todo lo contrario. Y ese contraste me gusta más de lo que debería.

Terminamos las compras y subimos al segundo piso. La agencia de decoraciones nos recibe con luces brillantes y un aroma dulzón a flores. La mujer que sale a recibirnos tiene la sonrisa amplia y sus ojos se clavan con descaro en Velkan.

—Señor Rusu, qué gusto verlo. Ha pasado tanto tiempo.

Lo toca del hombro con familiaridad, ignorándome por completo. Siento cómo la sangre me hierve, pero antes de reaccionar, un brazo firme rodea mi cintura y me atrae contra su costado.

—Ella es mi esposa. La señora Rusu —dice con voz fría, cortante.

El mundo se me detiene. Esposa. La palabra resuena en mis huesos.

La mujer parpadea, confundida, y apenas atina a extenderme la mano. Yo la estrecho, y con una calma que en realidad no siento, murmuro:

—Un placer. Venimos a organizar la decoración del cumpleaños de nuestro hijo.

¿Nuestro hijo? Dios. Las palabras me salen solas, como si fueran de lo más natural. Siento el peso de la mirada de Velkan en mi perfil, pero no me atrevo a girar. Si lo miro ahora, sé que me perderé en ese brillo que siempre me desarma.

Pasamos la siguiente hora discutiendo sobre colores, centros de mesa y estructuras de Legos gigantes. La mujer toma notas apresuradas mientras Velkan decide los detalles. Yo apenas intervengo, pero, en el fondo, siento un calor extraño recorriéndome al escucharme referirme a Ivantie como «nuestro hijo». Se siente demasiado real. Y eso me asusta.

Cuando por fin salimos de la agencia, él no me suelta. Su brazo sigue firme en mi cintura, como si le perteneciera, como si me reclamara frente al mundo. Y yo... yo no hago nada por apartarme.

Quiero decir algo, cualquier cosa que rompa esta tensión creciente, así que me giro hacia él con una sonrisa nerviosa.

—Así que ahora soy la señora Rusu...

No termino la frase. Un estruendo sacude el aire. El cristal del techo del centro comercial se rompe en mil pedazos, cayendo como lluvia de cuchillas.

Los gritos comienzan de inmediato. La multitud se dispersa en todas direcciones. El caos se desata en cuestión de segundos.

Siento un tirón brutal en mi cintura y el cuerpo de Velkan me arranca de donde estaba, pegándome contra él mientras sus hombres nos rodean. El sonido de armas, el eco de los pasos, los alaridos de la gente me ensordecen.

Y todo lo que alcanzo a pensar, cuando me arrancan de sus brazos, es que comenzaba a sentir que pertenecía ahí.

QUINCE

Velkan

E l estruendo del cristal partiéndose en mil fragmentos me
atraviesa los huesos. No pienso. No razono. Solo actúo.

En el mismo instante en que escucho el primer
grito de la multitud, mi instinto me arranca un movimiento auto-
mático: pongo a Nadia detrás de mí para protegerla de quien
intente hacerle daño. Mi mano libre busca el arma en mi espalda,
el frío metal se siente familiar al primer contacto.

Nadia respira agitada contra mi espalda. Siento el temblor de
su cuerpo mientras se aferra a mí. En mi mente solo retumba una
orden, que no le toquen un solo cabello.

Los primeros hombres descienden del techo con cuerdas
negras, siluetas que caen como depredadores sobre su presa.
Puedo contar al menos ocho. Demasiados civiles gritan, corren y
chocan entre sí, intentando huir. El caos es perfecto para ellos,
pero también para mí.

Levanto el arma, listo para abrir fuego, pero no llego a
disparar.

En un parpadeo, siento cómo me arrancan a Nadia de mi
cuerpo. Mi mundo se quiebra. Su calor desaparece de golpe, y

cuando giro la cabeza, lo que veo me desgarra por dentro. Un hombre de origen serbio, con la boca torcida en una mueca de victoria, la sostiene contra sí. Su brazo rodea su cuello y el cañón de su pistola se presiona contra la sien de Nadia."

—*Predaj se*[1] —escupe el bastardo en su idioma, la voz ronca, sujeta a una rabia que pretende disfrazar de control—. O dile a tus hombres que bajen las armas y no le pasará nada.

Una calma mortal recorre mi interior. Mi respiración se apacigua y mi pulso se regula.

Él cree que me tiene contra la pared. Que el arma en su mano le da poder sobre mí. Ignora el hecho de que mi alma ha muerto desde hace mucho y que solo hay dos cosas en este mundo que pueden regresarla a la vida: mi hijo... y ella.

Lo miro a los ojos. Una sonrisa lenta, ladina, curva mis labios. Una que siempre ha significado una sentencia para los hombres que la ven.

—Acabas de cometer el peor error de tu miserable vida... —Mi voz es baja, gélida. Luego aparto la mirada de él y la fijo en Nadia. Sus ojos están abiertos de par en par; el miedo los tiñe de un brillo húmedo. Me golpea con fuerza dicha emoción en su rostro. Ojalá pudiera tomar todo aquello que le hace daño y esconderlo en lo más profundo de mi cuerpo—. Nadia... —Ella tiembla de arriba abajo, pero aun así no aparta la mirada de mí—. Me prometí que nadie volvería a tocarte. —Mi dedo acaricia el gatillo—. Y cumplo mis promesas.

El mundo se ralentiza un instante, apenas el tiempo necesario para que el serbio parpadee confundido. No tiene oportunidad de reaccionar. Levanto el arma y disparo.

El balazo retumba como un trueno en el centro comercial. El cuerpo del hombre se sacude y cae hacia atrás, arrastrando a Nadia con él. Ella se libera de golpe, tambaleándose.

—¡Lucian! —grito—. Protégela con tu vida.

Lucian reacciona al instante, toma a Nadia del brazo y la guía a la tienda más cercana. Mi visión periférica me confirma que está fuera de la línea inmediata de fuego. Solo entonces me permito girar hacia los otros siete que nos rodean.

Y sonrío.

Las balas no son suficiente castigo para lo que acaban de hacer. Se atrevieron a estropear mi día con Nadia, y pagarán con su sangre por ello.

Uno de los serbios carga contra mí con un cuchillo curvo, un karambit brillante bajo la luz artificial. Me lanzo hacia un costado, esquivando la estocada y golpeando su garganta con la culata de mi arma. Escucho el crujido del cartílago cuando su tráquea se rompe. Cae, ahogándose.

Otro me embiste. Giro la pistola y disparo a quemarropa. La sangre caliente me salpica el rostro.

Los demás reaccionan, levantando sus armas, pero mis hombres ya están sobre ellos. Vasile desarma a uno con un giro seco y lo remata con su propia pistola.

Otro hombre se abalanza sobre mí con un cuchillo largo. Me corta el brazo, dejando una línea ardiente de dolor que no me detiene. Aprovecho la cercanía, lo agarro del pelo y le estrello la frente contra mi rodilla. El hueso cruje, su nariz se hunde, y su cuerpo cae flácido.

El aire se llena de jadeos, de disparos aislados, del eco de cuerpos cayendo contra el mármol del suelo. Mis músculos arden, mi respiración se acelera, pero no cedo. El ruido es distante. Solo tengo un objetivo en mente: eliminar toda amenaza contra la vida de Nadia.

Uno de los últimos intenta huir. Disparo sin pensarlo. La bala lo alcanza en la espalda y se desploma a unos metros. El silencio cae de golpe, solo roto por los gemidos agonizantes de los heridos.

Respiro hondo. El humo de la pólvora me llena los pulmones. El dolor en mi brazo es un recordatorio vivo de lo cerca que estuve de perderla, pero no importa. Nada de eso importa.

—Nadia... —susurro su nombre como una plegaria.

Mis ojos la buscan. Entre la multitud dispersa, el caos y los vidrios rotos, la veo. Sale de la tienda acompañada de Lucian, tiene el rostro pálido, las lágrimas le brillan en las mejillas.

Camino hacia ella. Cada paso me pesa más que cualquier balazo que haya recibido en toda mi vida. Y, sin embargo, nunca he necesitado llegar tan rápido a un destino como ahora.

Cuando por fin estoy frente a ella, mis manos tiemblan. Maldita sea, yo nunca tiemblo. Y, aun así, mientras tomo su rostro entre mis palmas, siento ese temblor recorriéndome los dedos.

—¿Estás bien? —Mi voz se rompe, áspera, pero sincera—. ¿Te hizo daño?

Ella niega, sollozando.

—No... estoy bien. Creí que... íbamos a perderte. Que yo... iba a hacerlo.

Verla así no me da paz. Me parte. Me destroza. El recuerdo del cañón contra su sien me quema en las entrañas. La sensación de impotencia me asfixia.

Por mi hijo he sentido miedo, me mataría perderlo. Por mis padres alguna vez lo sentí. Pero lo que ahora me atraviesa al imaginarla muerta... es insoportable.

Y entonces lo sé. Lo acepto. No es un error. No es un capricho. Ella está aquí por una razón. El destino, el infierno o lo que sea que mueva los hilos la ha devuelto a mi vida para quedarse. Y no voy a permitir que se marche jamás.

Me inclino hacia ella, mi frente roza la suya, y susurro en rumano:

—*Comoara mea*.[2]

Y la beso.

Al principio, ella se queda rígida, como sorprendida. Contengo la respiración, esperando el rechazo. Pero no llega. Treinta segundos que se sienten como una eternidad. Después, sus brazos se alzan y rodean mi cuello. Sus dedos se hunden en mi cabello y me atraen hacia ella.

Su boca se abre bajo la mía, dulce, desesperada, ardiente. El mundo se desvanece, los vidrios en el suelo, la sangre, el olor a pólvora. Solo existe ella.

Cada curva de su cuerpo encaja contra el mío, cada respiración se sincroniza, cada palpitar de su corazón vibra con el mío. Es como si siempre hubiéramos estado destinados a este momento, como si nuestros cuerpos y almas hubieran esperado años para reconocerse.

Nunca he sentido algo así. Es un mar de emociones que me arrastra, me quema desde adentro y me hace sentir más vivo que nunca. Sé que ya no hay vuelta atrás.

Estaba condenado desde aquella primera noche, hace seis años, cuando la vi y no pude olvidarla. La vida nos separó, pero ahora nos reúne. Y entiendo, con certeza absoluta, que ella es la única capaz de atravesar mis muros, de meterse bajo mi piel, de hacerme arder.

Juro, con cada fibra de mi ser, que lucharé por ella. Que la mantendré en mi vida, en la de Ivan, y que haré lo que sea necesario para verla sonreír. Juro por el infierno que me rodea que jamás permitiré que nada ni nadie me la arrebate.

Rompo el beso apenas lo suficiente para murmurar contra sus labios, con la voz ronca por la emoción y la furia aún contenida:

—Eres mía, Nadia. Y no pienso dejarte ir.

Nadia

El beso todavía arde en mis labios, incluso cuando la realidad alrededor se desmorona. El eco de los disparos sigue golpeando mis oídos, el olor metálico de la sangre se mezcla con el humo de pólvora y el vidrio triturado cruje bajo los pasos apresurados de los hombres de Velkan.

Mi mente es un caos. No sé si aferrarme al recuerdo de su boca sobre la mía o al miedo que acaba de atravesarme como un rayo cuando ese hombre presionó un arma contra mi sien.

No es la primera vez que siento un miedo así.

Una imagen regresa, tan vívida que parece arrancada de mis entrañas.

Seis años atrás.

Anochecía. Caminaba de regreso del cementerio junto con mi abuela, después de dejar flores en la tumba de mis padres. La calle estaba casi vacía, solo algunos coches cruzaban a lo lejos. Entonces escuché los disparos. Mi corazón se detuvo. Intenté apresurar a mi abuela, pero sus pasos eran lentos por la edad.

De la nada, un hombre apareció corriendo, con un arma en la mano, y nos apuntó.

Actué por instinto: me puse delante de ella, dispuesta a recibir la bala en su lugar. Si ese hombre disparaba, que me matara a mí. No iba a perder a la única familia que me quedaba.

Pero no alcanzó a hacerlo. El sonido de un disparo me ensordeció y, de pronto, el cuerpo de ese hombre se desplomó frente a mí.

El humo aún salía del agujero en su frente.

Busqué al tirador con los ojos abiertos como platos, el corazón golpeaba mi pecho. No había nadie. La calle estaba vacía. Solo silencio, y mi abuela temblando detrás de mí.

Esa noche sentí el mismo miedo petrificante que ahora me paraliza las piernas. El miedo de perder lo único que amo.

Y hoy, aquí, lo siento de nuevo.

El cañón frío contra mi sien, el brazo de ese serbio rodeando mi cuello, la certeza de que iba a morir. Por un segundo, no pensé en mí. Pensé en mi abuela sola. Pensé en Ivantie preguntando dónde estaba su niñera. Pensé que nunca volvería a verlo reír.

Y entonces escuché su voz.

Velkan.

«Me prometí que nadie volvería a tocarte».

Lo dijo con esa seguridad férrea que siempre lo envuelve, incluso en medio del caos. Lo dijo y supe, en lo profundo, que me salvaría. Y lo hizo. El disparo, el cuerpo del serbio cayendo, Lucian arrastrándome a la tienda mientras él se enfrentaba a siete hombres como si fuera un ejército de uno solo.

Lo vi luchar.

Vi la sangre en su brazo, la violencia de sus golpes, la manera en que cada movimiento estaba impregnado de una precisión letal. Y aun así, lo único que quería era correr hacia él, cubrirlo con mi cuerpo, asegurarme de que no lo derribaran.

No pude.

Me quedé escondida mientras el caos rugía afuera. Y luego, cuando todo terminó y lo encontré con la respiración agitada y las manos manchadas de sangre, me besó.

Me besó como si fuera lo único en el mundo que le importara.

Ahora, en medio de los escombros y la sangre, me descubro pensando: estoy besando al líder de la mafia rumana. Mi jefe. El hombre que acaba de matar a varios hombres sin titubear.

Debería de sentir miedo. Debería de sentir repulsión.

Pero no.

Lo único que siento es que estoy exactamente donde debo estar.

Su boca firme contra la mía, sus manos en mi rostro, la calidez que me envuelve. Se siente correcto.

Muchos le temen. Yo no.

Sé que hay oscuridad en él, la he visto hoy más que nunca. Pero esa oscuridad no me asusta. Al contrario, me da seguridad. Porque después de tanto tiempo siendo yo quien protege, quien cuida, al fin hay alguien dispuesto a protegerme, a cuidarme a mí.

Y entonces escucho sus palabras en mi mente, retumbando como un eco que me quema por dentro.

Tesoro mío.

Así me llamó.

Como si fuera algo valioso, como si fuera lo más preciado en su mundo.

Un escalofrío recorre mi piel, pero no es de miedo. Es fuego líquido corriendo por mis venas. Lava encendida. Cuando susurra contra mis labios que soy suya y que nunca me dejará ir, siento que la vida entera cambia. Siento que despierto.

Cuando por fin nos separamos, estoy temblando. No por el beso, sino porque sé que todo lo que acaba de pasar me ha marcado para siempre.

Velkan me toma de la mano con fuerza, como si no pensara soltarme jamás. Le da órdenes rápidas a Vasile:

—Asegúrate de que limpien este desastre de inmediato. Necesitaré los videos de cada cámara de seguridad. Quiero saber si él estuvo aquí.

No pregunta si quiero ir con él. Simplemente me lleva. Me arrastra entre la multitud, esquivando los vidrios, protegiéndome con su cuerpo, como si yo fuera lo único que importara en medio de todo.

Recogemos lo que queda de las compras, apenas algunos juguetes y bolsas intactas. Muchas cosas quedaron hechas añicos.

En la camioneta, aún no me suelta la mano. Afuera, la ciudad sigue su curso, ajena a que acabamos de sobrevivir a una emboscada. Yo miro nuestras manos entrelazadas y suelto un suspiro.

—Me alegra que Ivantie no estuviera con nosotros —susurro.

Él no responde, pero aprieta más fuerte mi mano, como si compartiera el mismo alivio.

Cuando llegamos a la mansión, una sombra amarga nos recibe.

Diona está esperándonos en la puerta.

Su rostro se arruga de confusión y rabia al vernos. Primero se fija en nuestras manos unidas, luego en los hombres heridos y en la sangre en la camisa de Velkan. Da un paso adelante.

—¿Qué demonios ha pasado? —dice con voz envenenada—. ¿Y qué demonios está pasando entre ustedes dos?

Velkan ni siquiera se detiene. Su rostro es una máscara de frialdad.

—No tengo tiempo para ti.

La aparta de su camino como si fuera un obstáculo irrelevante y me conduce dentro, todavía tomada de la mano. El contacto es un ancla.

En la cocina, busca el botiquín. Yo se lo arrebato antes de que lo abra.

—Siéntate —le ordeno, sin aceptar un no por respuesta.

Se quita la camisa y me enfrento al corte en su brazo. No es profundo, pero sangra lo suficiente como para requerir cuidado. Mi abuela me enseñó a curar heridas desde niña; más de una vez tuve que hacerlo cuando ella tropezaba o cuando yo misma regresaba a casa con las rodillas destrozadas.

La situación no es la más adecuada, pero no puedo evitar, de momento, quedarme mirando fijo el pecho desnudo de Velkan. Es todo músculos a donde quiera que dirija la vista, su abdomen está bien trabajado y solo quiero pasar mis uñas por el para ver su reacción. Me obligo a apartar la mirada, y tomo un algodón y lo humedezco con antiséptico.

Mientras limpio la sangre, Diona se cruza de brazos, ignorando todo lo que acaba de pasar.

—¿Dónde está Ivantie? Vine a verlo. Quiero hablar con él.

Levanto la vista. Miro a Velkan, y por un instante temo que explote. Puedo ver el brillo asesino en sus ojos, el mismo que tenía en el centro comercial. No puedo permitir que pierda el control aquí.

Así que respondo en su lugar.

—Está en el jardín maternal. Iremos por él más tarde.

—¡No te he preguntado a ti! —Su voz sube, aguda, cargada de veneno—. Le estoy preguntando a Velkan.

Aprieto la gasa contra la herida de Velkan, pero no aparto la mirada de ella.

—Tal vez no tenga los mismos derechos que Velkan sobre Ivantie, pero me preocupo por él de la misma forma. Así que te lo repito: lo buscaremos más tarde. Si quieres esperar, bien. Si no, puedes irte por donde viniste.

Un silencio helado llena la cocina. Siento los ojos de Velkan sobre mí, intensos, casi orgullosos. Cuando lo miro de reojo, descubro la sonrisa mínima en sus labios.

El orgullo me infla el pecho, aunque mis manos sigan firmes curando su herida.

Diona palidece, pero no retrocede. Su tono se vuelve más despectivo a medida que habla.

—Parece que has olvidado tu lugar. Te haría bien recordarlo. Solo eres una niñera. Y cuando yo recupere la relación con mi hijo, ya no te necesitaremos aquí.

Cada músculo de mi cuerpo se tensa, pero no tengo tiempo de responder, ya que Velkan lo hace por mí.

—Me parece que la que ha olvidado su lugar eres tú. Nadia tiene más derecho a estar aquí que tú. Incluso tiene más derechos sobre Ivantie que tú, porque, si no lo recuerdas, te quité cualquier derecho legal sobre él. Es «mi» hijo.

Y entonces, su mirada se suaviza, ahora es solo para mí.

—Y ella no se irá.

El aire se queda atrapado en los pulmones. Esa declaración no es solo para Diona.

El rostro de Diona se enciende de furia.

—¡No voy a permitir que esta mujer se convierta en la madrastra de mi hijo! ¡No está a la altura de la vida que Ivantie merece!

Termino de vendar el brazo de Velkan, ajusto la gasa y respiro hondo. De nuevo, Velkan se me adelanta.

—Si ella quiere ser la madrastra de mi hijo, el único que tiene derecho a decidir si la acepta es Ivan. Y yo.

Sus palabras son dagas que cortan el aire.

Diona se queda helada, con la rabia transformada en histeria. Pero antes de que pueda explotar, Velkan se inclina hacia ella con esa frialdad que sé que mata más que una bala.

—Tienes dos opciones. La primera: te largas por tu cuenta y te enviaré un mensaje cuando puedas venir a ver a Ivantie. La segunda: sales de esta casa en una bolsa negra.

Diona palidece como un fantasma. Masculla una maldición en rumano dirigida a mí.

El sonido metálico de un arma cargándose me eriza la piel.

Velkan ha levantado su pistola, apuntándole directo a la frente.

—¡Velkan! —Coloco mi mano sobre la suya, firme, deteniéndolo—. Te arrepentirás si lo haces.

Sus ojos me devoran. Su respiración es pesada. El gatillo tiembla bajo su dedo. Y entonces, solo porque lo estoy mirando, baja el arma.

—No me arrepiento de lo que hice en el centro comercial —susurra, con una voz cargada de deseo y furia contenidos, sin importarle que Diona aún esté lo bastante cerca para escucharlo.

A los pocos segundos, escuchamos la puerta de la casa cerrarse.

Bajo la mirada un instante. Mi rostro se enciende. El recuerdo del beso me golpea con fuerza. Y sé, sin lugar a dudas, que tampoco me arrepiento.

Levanto la vista y, con voz firme pero suave, le digo:

—Yo tampoco.

Sus palabras se quedan suspendidas en el aire.

No sé si lo dice por el beso, por lo que pasó en el centro comercial o por haber detenido mi dedo en el gatillo. Pero lo dice. Y con eso me basta.

La miro, con el vendaje aún fresco en mi brazo, y me sorprendo a mí mismo con algo que nunca antes me había permitido sentir. Calma. Una calma extraña, peligrosa, que nace solo de saber que ella está aquí, que eligió quedarse, que me mira sin miedo en los ojos después de verme matar a mis enemigos con mis propias manos.

Escucho a Diona gritándole a mis hombres afuera de la casa, pero su presencia ya no significa nada. El verdadero terremoto está delante de mí. Esta mujer que me desarma con una sola frase, con una sola mirada.

Quiero tomarla en brazos de nuevo, besarla hasta borrar cualquier duda que pueda tener. Quiero decirle que ya no hay marcha atrás, que mi vida cambió desde que la vi en mi casa con mi hijo. Pero no lo hago.

Porque la veo. La conozco.

Nadia está temblando, y no es solo por el enfrentamiento. Sus ojos son un torbellino de preguntas que todavía no se atreve a formular.

Sé lo que está pensando.

«¿Soy algo más que su niñera?».

«¿Qué significa realmente lo que acabo de decir frente a Diona?».

«¿Soy más que un capricho del momento?».

Yo tengo todas las respuestas, pero no es el momento de darlas.

Lo único que hago es entrelazar sus dedos con los míos, para recordarle lo bien que se siente mi piel contra la suya.

—Ven conmigo —murmuro.

No discute y la guío hasta mi habitación. Una vez adentro, cierro la puerta con seguro.

El silencio es denso. La observo mientras baja la mirada hacia nuestras manos, como si aún no pudiera creer que siguen unidas.

—Nadia... —empiezo, pero las palabras se me atragantan. No sé cómo decirle que para mí ya no existe vida sin ella, que la quiero en mi casa, en mi cama, en mis días y mis noches. No sé cómo decirle que me aterra que un enemigo la toque, que me paraliza la idea de perderla.

Nuestras miradas se encuentran, y sé que lo percibe.

Sé que puede verlo en mis ojos, aunque no lo diga.

Se aparta un paso. Suspira.

—No sé qué está pasando entre nosotros, Velkan. —Su voz tiembla, pero es firme—. Todo... el beso, las últimas semanas... no lo entiendo. Y... tenemos que hablar.

Trago en seco. Porque sé que tiene razón.

Pero no hoy. No con la adrenalina aún en la sangre, no con la rabia de un atentado todavía palpitando en mis venas. Y tampoco con el viaje que me espera mañana.

Me acerco. Tomo su rostro y apoyo mi frente contra la suya. Cierro los ojos, respiro su aroma y me permito perderme en la sensación de tenerla cerca después de tanto tiempo conteniéndome.

—Cuando vuelva de Canadá. —Mi susurro es apenas audible—. Hablaremos.

Nadia no responde, pero asiente. Y sé que es lo máximo que puedo pedirle este día.

Porque ahora mismo, lo único que importa es que está aquí, viva, entre mis brazos.

Y sé, con cada latido de mi corazón, que nunca dejaré que vuelva a estar en peligro.

DIECISÉIS
Nadia

El amanecer me encuentra despierta. No sé cómo logré dormir, si es que realmente lo hice. Me siento como si hubiera pasado la noche entera con los ojos abiertos, reviviendo cada instante del atentado en el centro comercial; el eco de los disparos, el miedo paralizante, la forma en que Velkan me protegió con su cuerpo... y luego el beso. Ese beso que todavía siento en mis labios como si hubiese ocurrido hace un segundo.

Sacudo la cabeza. No puedo permitir que el recuerdo me atrape otra vez. Necesito moverme, ocuparme. Así que bajo temprano a la cocina, preparo el desayuno para Ivantie, caliento leche y pongo pan a tostar. Todo en silencio, como si ese gesto cotidiano pudiera devolverme la estabilidad que he perdido desde ayer.

Cuando termino de organizar la mesa, voy a despertarlo. El pequeño ángel abre los ojos, adormilados, y sonríe apenas me ve. Esa sonrisa me derrite de inmediato.

—Buenos días, dormilón —susurro con una sonrisa que iguala la suya.

Desayunamos juntos, él me cuenta con entusiasmo algo que

soñó, y yo finjo que no siento un nudo en el estómago. Luego lo llevo al jardín maternal. Me despido con un gesto de la mano mientras lo observo entrar al edificio. Siempre espero ese momento, hasta verlo desaparecer dentro. Solo entonces puedo regresar al coche.

De vuelta a la mansión, el aire se siente distinto. La casa luce igual, impecable como siempre; Ana María está limpiando el segundo piso, pero para mí todo cambió. El recuerdo del caos de ayer me persigue. El miedo que sentí cuando ese hombre me apuntó en la cabeza todavía me estremece. Y, junto con ese miedo, las palabras de Velkan resonando con fuerza: «Me prometí que nunca volvería a dejar que alguien te tocara».

Tiemblo. Me abrazo a mí misma en el vestíbulo y cierro los ojos un instante. Sí, estoy hecha un caos.

Respiro hondo. Él se marchó temprano a Canadá. Me dejó instrucciones claras: si algo ocurre debo escribirle, y además me dejó el contacto de Vittoria De Santis, la esposa del capo de la mafia italiana Dante De Santis, otro miembro del Priesthood, para coordinar la fiesta de Ivantie. La sola idea me intimida, pero no pienso fallar. No voy a decepcionarlo.

Tomo el número, busco un lugar para sentarme y marco.

Al otro lado, una voz femenina contesta con acento musical.

—¿*Pronto?* ¿*Chi parla?*[1]

Me congelo. Tal vez esto sea un poco más difícil de lo que pensé.

—¿*Uh... bună ziua?*[2] —respondo en rumano.

Silencio. Y luego otra vez la voz, en italiano, un poco impaciente. Parece que ninguna de las dos podemos entendernos.

Cuelgo. Doy vueltas en el pasillo, mientras pienso en una solución, hasta que recuerdo lo que Velkan dijo anoche: «Si llegas a necesitar ayuda, Vasile estará en la oficina».

Respiro hondo y me dirijo a la oficina. Toco dos veces antes de asomar la cabeza.

Vasile está detrás del escritorio de Velkan, revisando papeles y los monitores, que muestran las cámaras de seguridad de la mansión. Levanta la vista cuando me ve y su expresión se suaviza apenas.

—Señorita, ¿ocurre algo?

—Lo siento por interrumpir —murmuro, entrando un poco—. Es que Velkan me pidió que llamara a la señora De Santis para coordinar la fiesta de Ivantie, pero... habla italiano. Y no sé cómo decirle que no la comprendo.

Vasile me dedica una sonrisa que parece casi paternal. Me recuerda a cuando Velkan le sonríe a Ivantie.

—Por supuesto. Déjeme ayudarla.

Me siento frente a él, extendiéndole el teléfono. Vasile marca de nuevo y cuando contestan, cambia de inmediato a un italiano fluido y seguro.

—Buenos días, señora De Santis. Soy Vasile, la mano derecha del señor Rusu. La señorita Vasilescu, está intentando comunicarse con usted.

Activa el altavoz. Del otro lado escucho un suspiro aliviado, luego una risa suave. Y entonces cambia al inglés, sonrío aliviada cuando logro entenderla.

—Oh, gracias, Vasile. El señor Rusu me avisó de que llamaría, señorita Vasilescu. Me alegra por fin poder hablar con usted.

—Un gusto, señora De Santis. Disculpe por la anterior llamada, tuve un pequeño momento de crisis.

Vittoria se ríe. El sonido es cálido y me hace sentir cómoda. Pero al fondo escucho algo más. El llanto de un bebé. Un llanto fuerte, insistente.

—Lo siento —susurra—. Mi hijo no está muy contento el día de hoy. —De pronto se oye un grito más alto por el altavoz—. ¡Dante! ¡Cariño! ¡Necesito algo de ayuda!

El llanto se aleja, como si alguien hubiese tomado al bebé. Una voz masculina, profunda y firme, se escucha al otro lado de la línea, aunque no logro comprender lo que dice, ya que habla en italiano.

Se escucha ahora un sonido húmedo, intercambio una mirada con Vasile y ambos reprimimos una sonrisa. Estoy segura de que eso fue un beso.

—Tengo una hora aproximadamente hasta que Adriano deje de encontrar entretenido a su padre —dice Vittoria, volviendo al inglés, algo agitada.

—Bueno... Velkan dijo que quería una decoración inspirada en un set de Legos de *Harry Potter*. Así que pensé... en un inflable con forma de Hogwarts, un gran pastel de tres pisos, con Ivantie en la parte superior junto al trío de oro: Harry, Hermione y Ron. *Cupcakes*, pasteles pequeños, todos inspirados en el set. ¿Y quizá el personal del *catering* podría llevar los uniformes de Hogwarts? Como los de las cuatro casas.

Vittoria suelta un leve silbido de emoción.

—Suena increíble, por favor, continúa.

La emoción me contagia. Hablo y hablo. Juegos interactivos, varitas de juguete, actividades para los niños. Pero también, la seguridad.

—Necesitamos un parque —añado con firmeza—. Un lugar abierto, pero con árboles. Suficientes para bloquear la vista de un francotirador, pero que sigan siendo fáciles de vigilar. Un lugar con entradas claras y sin puntos ciegos. La seguridad es la prioridad.

Hay un breve silencio al otro lado de la línea.

—Tienes razón. El señor Rusu me ha enviado algunas opciones. Te las mostraré, pero dime cuál te parece la más adecuada.

Vasile se inclina hacia mí mientras ella describe tres lugares de Bucarest. Uno de ellos encaja con lo que imaginé: árboles, un espacio amplio y buena visibilidad.

—El primero —digo, segura de mí misma.

—Perfecto —responde Vittoria—. Me pondré en contacto

con la agencia a la que le encargaron la decoración, para así coordinar todos los detalles.

Pasamos casi una hora hablando. Antes de despedirse, suelta una risa suave.

—Me alegro de que Velkan haya encontrado a alguien como tú. La última vez que lo vi, parecía que iba a morder a cualquiera que se le acercara demasiado. Pero ahora... parece que le has iluminado la vida.

Me cubro la boca para no reír demasiado fuerte. Vasile desvía la mirada, pero sé que está reprimiendo una sonrisa.

—Gracias —respondo, sintiendo mis mejillas arder.

Nos despedimos con la promesa de mantener el contacto en la semana. Cuelgo. El silencio de la oficina me envuelve de nuevo.

Miro a Vasile, ansiosa.

—¿Qué tal lo hice?

Él me dedica una sonrisa paternal.

—Lo hizo muy bien, señorita Vasilescu.

Aplaudo suavemente, como una niña emocionada

Mientras recojo mis cosas, no puedo evitar pensar que necesito aire, que necesito algo que me devuelva la calma.

—Vasile... —digo con timidez—. Cuando recoja a Ivantie del jardín maternal, ¿cree que podría ir a visitar a mi abuela? Me gustaría que lo conociera. Le he hablado tanto de él...

Me observa en silencio, como si evaluara mis intenciones. Por último, asiente.

—Está bien, pero iré con ustedes y llevaré a algunos hombres. No permitiré que algo les pase.

Le sonrío, agradecida. Emocionada por la idea de que mi abuela conozca por fin a Ivantie.

El camino hacia mi casa se siente más tenso de lo normal.

Conduzco con ambas manos firmes en el volante, aunque mis dedos tiemblan ligeramente. Vasile está en el asiento del copiloto, rígido como siempre, y detrás de mí, Ivantie va asegurado en su silla infantil. Al frente, una camioneta con cinco hombres, entre ellos Lucian; atrás, otra camioneta con cinco más. Somos un convoy discreto pero imposible de pasar por alto. Y aun así, mi corazón late con violencia: tengo todavía demasiado fresco el recuerdo de los cristales cayendo sobre mi cabeza en el atentado.

Me inclino apenas hacia Vasile, lo suficiente para que Ivantie no me escuche.

—Tal vez ir al otro lado de la ciudad no fue tan buena idea. Los recuerdos del ataque están demasiado frescos...

Vasile a mi lado, niega.

—Es comprensible, señorita, pero el señor Rusu solo envía a los mejores cuando se trata de usted o de su hijo. Nada va a pasar.

Esa seguridad, esa firmeza, logra tranquilizarme un poco. Miro a Ivantie por el espejo retrovisor; juega con uno de sus juguetes y sonríe. Es un niño, y los niños deberían estar rodeados de inocencia, no de caos, pero sé que está más a salvo en este mundo que en el que yo crecí.

Cuando llegamos a mi casa, Vasile toma el intercomunicador y ordena:

—Aseguren el perímetro de la propiedad. Cualquier cosa que luzca sospechosa me la hacen saber.

El eco de las botas contra el pavimento resuena durante varios minutos. Tras esto, Vasile me indica que es seguro.

—Puede salir, señorita.

Respiro hondo y bajo del coche. Abro la puerta trasera y saco a Ivantie de su silla. No queriendo dejarlo en el suelo por si tenemos que echar a correr, me quedo con él en brazos y me rodea el cuello con fuerza, mirando todo con ojos atentos; es como si pudiera percibir mi ansiedad. Con la mano libre, tomo la bolsa de comida que compré en el camino. Avanzamos hacia la puerta. Tras nosotros entran Vasile, Lucian y dos hombres más; los demás se quedan vigilando. Apenas cruzamos al comedor, Lucian se asegura de cerrar las cortinas, bloqueando cualquier mirada desde afuera.

Mi abuela y Andreea nos esperan. Aurora sonríe con esa calidez que siempre la ha caracterizado.

—*Mamaie*. —Sonrío, con el corazón rebosante de felicidad—. Quiero presentarte a alguien. El niño del que tanto te hablé.

Me giro hacia Ivantie y le dedico una sonrisa alentadora.

—Puedes hacerlo —susurro, sabiendo que puede estar algo nervioso por conocer nuevas personas.

El pequeño levanta su manita con solemnidad.

—Hola, soy Ivantie Rusu. Un gusto conocerlas, señoras.

Mi abuela se lleva la mano al pecho, conmovida. Andreea suelta una risa alegre.

Dejo la bolsa con la comida en la mesa y acomodo a Ivantie en una silla. Sacamos los platos. Un guiso de vegetales para mi abuela, pollo frito con papas para Andreea, Ivantie y para mí. Para los hombres no traje nada; Vasile me había dejado claro que no podían comer estando de servicio.

Durante la comida, Ivantie no puede contener su curiosidad.

—¿Está bien? —le pregunta a mi abuela con voz seria, como si fuera mucho mayor de lo que es.

Mi abuela lo mira con ternura.

—Estoy enferma, pequeño, pero planeo quedarme aún mucho tiempo.

—¿Se va a curar? —insiste él, directo como siempre.

Ella sonríe, acariciándole la mejilla de la misma forma en que lo hizo conmigo cuando era niña y le preguntaba por mis padres.

—No lo creo, pero no planeo dejar sola a mi nieta.

Las palabras me atraviesan como dagas, pero antes de que el dolor me devore, Ivantie responde con firmeza.

—Ella no está sola. Me tiene a mí y a mi papá.

Mi abuela ríe suavemente y luego me mira con los ojos húmedos.

—¿Lo ves, Nadia? No estás sola.

Me sonrojo y bajo la mirada.

—Somos amigos —digo muy rápido, aunque hasta donde sé, los amigos no tienen sueños húmedos con el otro ni se besan. El solo recuerdo enciende cada terminación nerviosa de mi cuerpo.

—A mi papá le gusta Nadia —replica Ivantie sin pestañear.

El silencio que cae es denso. Escucho a Lucian y Vasile carraspear. Andreea se lleva una mano a la boca para ocultar una sonrisa divertida. Siento que el calor me sube por todo el cuerpo.

—¿Y a ti te gusta mi papá? —pregunta Ivantie con descaro.

Puedo sentir la mirada de todos sobre mí y tampoco quiero mentir.

—Sí... me gusta tu papá. Somos buenos amigos.

El niño sonríe satisfecho, y vuelve a mirar a mi abuela.

—¿Ves? No está sola. Nosotros la cuidamos.

Mi abuela suspira, pareciendo aliviada, como si le hubieran quitado una preocupación de encima.

—Qué alivio me das, pequeño. Qué alivio.

La tarde se alarga, y poco a poco, la sala se llena de risas. Ivantie trae los juguetes que cargamos en la bolsa: bloques, pequeños rompecabezas, muñecos de acción. Los pone sobre la mesa y corre hacia mi abuela.

—¿Quieres jugar conmigo?

Ella ríe, como si el tiempo retrocediera décadas.

—Claro que sí.

Lo ayuda a armar una torre de bloques. Sus manos tiemblan un poco, las articulaciones no le responden con rapidez, pero Ivantie no parece notarlo. Se emociona cada vez que un bloque encaja.

—¡Más alto, más alto! —grita él.

—A ver si no se nos cae... —dice ella entre risas.

La torre termina colapsando, y ambos sueltan una carcajada tan fuerte que Andreea y yo nos miramos con lágrimas contenidas en los ojos.

—Hace tanto que no la veía reír así —me susurra Andreea.

Yo asiento con el corazón desgarrado.

Después, Ivantie saca un rompecabezas. Mi abuela intenta encajar las piezas, pero sus manos han comenzado a temblar más. Ivantie la ayuda, cubriendo sus dedos con los suyos más pequeños y la guía con paciencia.

—Así, Aurora, así se arma.

Mi abuela lo mira como si observara un milagro. Sus ojos brillan.

—Tienes manos de artista, pequeño.

Más tarde, juegan a las escondidas en la sala. Ivantie corre a esconderse detrás de las cortinas; su risa resuena, cristalina, mientras mi abuela finge buscarlo desde su silla de ruedas.

—¿Dónde estará? ¿Se lo habrá llevado la bruja del bosque?

Ivantie se asoma de golpe y grita:

—¡Aquí estoy! ¡Te engañé!

Y mi abuela lo abraza entre carcajadas, aunque yo noto que el esfuerzo la deja un poco sin aire. El contraste es brutal. Tanta risa, tanta vida... en un cuerpo que ya no aguanta mucho más.

Andreea se acerca a mi lado.

—Hace meses no la veía con tanta energía —susurra—. Pero sabes tan bien como yo que su cuerpo no soportará mucho.

Yo bajo la mirada, los ojos se me llenan de lágrimas.

—Lo sé... —respondo con voz rota—. El tiempo se está acabando.

Andreea me aprieta la mano.

—Entonces, hagamos que lo que queda sea lo mejor. Dale risas, dale momentos que recordar.

Yo asiento, y la idea nace de inmediato.

—En una semana es el cumpleaños de Ivantie. Quiero

preguntarle a Velkan si puedo llevarla. Quiero que venga, que vea a los niños, que respire aire fresco, que coma todo el dulce que quiera.

Andreea ríe, a pesar del dolor que veo en su mirada.

—Será el mejor regalo. Para ella... y para ti.

Cuando cae la noche, llega el momento de despedirse. Abrazar a mi abuela es como tratar de retener arena entre los dedos.

—Te amo, *mamaie* —susurro contra su hombro.

—Te amo, hija mía —dice con la ternura de toda una vida.

Me suelta despacio y siento que el aire se hace añicos en mis pulmones.

En el camino de regreso, Ivantie se queda dormido pronto, abrazando un muñeco que mi abuela le dio. Vasile guarda silencio mientras conduce, respetando mi necesidad de procesar todo. Yo miro por la ventana, y lo único que pienso es que el tiempo con ella se acorta a pasos agigantados.

Me prometo entonces hacer de ese cumpleaños inolvidable. No solo para Ivantie, sino para ella. Si solo le queda una semana, o dos, quiero que su último recuerdo esté lleno de risas, de magia, de dulces y de amor.

Porque no pienso dejar que sus últimos días estén llenos de tristeza.

DIECISIETE

Velkan

El rugido del *jet* se apaga tras más de nueve horas en el aire. Nueve malditas horas. Mi cuerpo se siente entumecido, la espalda me duele y, aunque me haya acostumbrado a estos viajes, nunca tolero estar demasiado tiempo lejos de mi hijo, y ahora parece que Nadia se ha sumado a esa lista.

El recuerdo de su sonrisa cuando me despedí anoche aún me persigue. Mi hijo se aferró a mi cuello y me pidió que no me fuera. Le prometí que volvería pronto. Lo haré. Siempre cumplo mis promesas.

Pero la ansiedad no desaparece.

El viento canadiense me golpea apenas bajo del *jet* privado. El frío aquí se siente distinto, más limpio, más salvaje. Tres hombres me esperan junto al coche negro que Nathaniel envió. Uno conduce, otro abre la puerta y el tercero no me quita los ojos de encima.

Subo sin decir palabra.

El trayecto hasta su fortaleza —porque no es una casa, es una jodida base militar— me resulta familiar. Ya he estado aquí antes. Cada vez que vengo, tengo la misma sensación de estar en territorio amigo, pero nunca bajo del todo la guardia. Aquí cada hombre sirve a Nathaniel, pero todos tienen hambre de poder. Y el poder, cuando se huele tan de cerca, puede hacer de cualquiera un traidor.

Cuando las enormes puertas se abren, la imagen es la misma de siempre: una fortaleza gris, de arquitectura antigua, de piedra, acero y hombres armados hasta los dientes. No hay jardines ni flores, solo muros, cámaras y el sonido del metal al chocar.

Camino por el pasillo principal hasta llegar al comedor, una sala larga como una catedral. Allí está él.

Nathaniel Cloutier.

Jefe de la mafia canadiense.

Hombre que, si sonríe, probablemente planea matar a alguien.

Pero hoy, para mi sorpresa, lo hace. Y no poco. Su expresión es casi eufórica mientras observa una mesa llena de hologramas y planos tácticos. Frente a él hay tres hombres. Dos se giran al verme y bajan la cabeza con respeto. El único que no se mueve es Ilya Carrey, su mano derecha, y el único ser humano que logra soportarlo durante más de cinco minutos sin querer estrangularlo.

—Así que al fin llegaste —dice Nathaniel, con esa voz grave y arrastrada que parece una amenaza incluso cuando te da los buenos días, si es que llega a hacerlo.

—Alguien tenía que venir a recordarte que respondas los malditos mensajes —respondo, soltando el abrigo sobre el respaldo de una silla.

—He estado algo ocupado —añade, encogiéndose de hombros—. Tú tienes a los serbios y yo tengo a Blackwood.

La forma en que pronuncia ese apellido me da una mala espina. Levanta la cabeza y lo noto distinto. Los ojos le brillan. El jodido Nathaniel Cloutier irradia felicidad. Algo debe andar muy mal.

—Blackwood —repito, acercándome a la mesa. Hay un mapa

tridimensional con marcas rojas en puntos costeros—. ¿Otra organización intenta quedarse con tu territorio?

—No exactamente —responde Ilya, divertido—. Digamos que la señorita Blackwood decidió que sería buena idea robarle un cargamento al jefe.

—¿Y sigue viva? —pregunto, arqueando una ceja.

—Oh, no solo viva —añade Ilya con sorna—. Desde entonces han estado jugando uno con el otro.

—¿Jugando? —repito, incrédulo.

—Destruyó mi coche favorito —suelta Nathaniel con total seriedad.

Lo miro de arriba abajo.

—¿Y tú qué harás al respecto? —le pregunto, pero ya imagino la respuesta.

—Planeo volar en mil pedazos su motocicleta.

Ilya suspira, resignado. Me mira como si tuviera la solución a toda esta situación.

—Se enamoró de la mujer que debería matar.

—No estoy enamorado —gruñe Nathaniel, y sus ojos destellan ese brillo lunático que me hace sonreír—. Solo estoy... entretenido. Es la primera persona en mucho tiempo que se atreve a desafiarme. Quiero ver cuánto aguanta antes de suplicar piedad.

Lo miro con calma.

—¿Y desde cuándo te diviertes con tus enemigos?

—Desde que descubrí que el aburrimiento puede matarme más rápido que una bala —responde, tomando un vaso de *whisky*.

Ilya me lanza una mirada. ¿Te das cuenta lo que tengo que soportar todos los días?, me dicen sus ojos.

Me inclino sobre la mesa, observando los planos. Hay rutas, armas marcadas, puntos de infiltración.

—Así que por esto no respondes mis mensajes —afirmo.

—Como dije; tienes a tus serbios. Y yo tengo a mi Lili Blackwood.

Cuando dice Lili, su voz cambia. Hay algo ahí, algo demasiado humano para un hombre como él. Lo suficiente para incomodarme.

—¿Lili? —repito, arqueando una ceja.

Asiente.

—Sí. Una mujer insolente, temeraria y hermosa.

—Diablos —susurro, y miro a Ilya—. Dime que lo estás grabando, porque quiero usar esto como evidencia cuando pierda la cabeza.

Ilya se ríe bajo.

—Lo tengo todo en mi memoria, tranquilo.

Me apoyo contra la mesa, pensativo.

—¿Blackwood dijiste? —pregunto, intentando recordar de dónde me suena ese apellido.

Y de pronto, la conexión hace clic en mi mente.

Hace una semana, una mujer con ese apellido compró una cantidad absurda de explosivos a través de mis distribuidores. Pagó la mitad por adelantado.

Suelo colocar un pequeño dispositivo de seguridad dentro de cada envío. Si la segunda parte del pago no se procesa en el tiempo pactado, el cargamento se convierte en una bomba.

Sonrío.

—Nathaniel, me temo que tu Lili acaba de comprar lo suficiente como para hacer volar toda esta fortaleza.

Ilya se congela. Cualquier otro se habría puesto pálido.

Pero Nathaniel... sonríe aún más.

—Solo espero que lo intente.

Hay algo en su voz que no tiene nada que ver con estrategia. No, eso fue deseo. Puro y peligroso deseo.

—Dios santo —murmuro, pasando una mano por mi rostro —. Vine hasta aquí pensando que estabas muerto o que algún grupo te había atacado. Resulta que estás jugando un jodido juego previo con una mujer.

—Llámalo estrategia —responde con una sonrisa torcida.

—Voy a matarte —le digo entre dientes, aunque no puedo contener la risa—. Tu silencio me hizo dejar a mi hijo y a mi mujer para venir hasta aquí preocupado por ti. Y estás aquí, riéndote como un adolescente enamorado.

Ilya carraspea.

—¿Mujer? ¿Dijiste mujer, Velkan?

Nathaniel ladea la cabeza, curioso.

—¿Mujer? ¿Tú? No pensé que encontraras a alguien capaz de soportarte.

Lo miro con frialdad, aunque no puedo evitar que un destello de orgullo me infle el pecho.

—Créeme, no es cualquier mujer.

Nathaniel suelta una carcajada profunda, sincera, y yo no puedo evitar pensar que el mundo realmente se está volviendo loco. Él riendo, yo hablando de una mujer.

Quizá ambos estamos condenados.

Nathaniel y yo seguimos bebiendo. El *whisky* es fuerte, pero no lo suficiente para aturdirme. Nada lo es.

Mientras observo las luces parpadear sobre los planos tácticos, Nathaniel deja el vaso a un lado, se reclina en la silla.

—A pesar de que no he estado moviendo demasiada información últimamente... estaba esperando algo jugoso. Y por fin lo tengo —dice con ese tono que usa cuando está a punto de soltar algo grande.

Lo miro con interés.

—Te escucho.

—Creo que ya sé quién se esconde detrás de la máscara del águila bicéfala.

El silencio se vuelve denso.

—¿Estás seguro? —pregunto.

—Tan seguro como de que me gusta mi *whisky* sin hielo —dice, girando el vaso entre los dedos—. He estado rastreando el origen de esa insignia durante las últimas semanas. Revisé archivos, nombres que ni tú ni yo recordábamos. La raíz está en un antiguo árbol genealógico. Muy antiguo.

—¿De qué familia?

—Una serbia. —Hace una pausa—. Una familia vieja, poderosa... y desaparecida. O eso creíamos.

Noto cómo mis músculos se tensan antes de que siquiera pronuncie el nombre.

—Tu tatarabuelo —prosigue Nathaniel— la hizo desaparecer. Literalmente. Los aniquiló. Eliminó todo rastro de ellos cuando liberó a Rumanía del tráfico de personas. Su cruzada dejó miles de muertos, pero cortó la podredumbre de raíz.

Recuerdo las historias. Mi padre solía contarlas cuando yo era niño, siempre con ese aire solemne que mezclaba orgullo y advertencia.

—Dices que desaparecieron —le respondo en voz baja—. Pero estás aquí hablando de ellos.

—Porque nunca desaparecieron del todo —afirma Nathaniel, tamborileando los dedos sobre la mesa—. Durante años, se oyeron rumores de un linaje que sobrevivió. Un solo hombre escapó de la masacre. Tu tatarabuelo lo creyó muerto, pero sobrevivió. Tuvo un hijo. Ese hijo tuvo otro hijo. Y así siguieron, generación tras generación, escondidos, reconstruyendo en la sombra lo que alguna vez tuvieron.

Lo escucho sin moverme. Cada palabra pesa como plomo.

—Y el último de ellos —continúa— es el que volvió a levantar el imperio. El que reactivó el tráfico de armas, drogas y personas. Lleva años haciéndolo sin que nadie lo note, preparando el terreno hasta ser lo suficientemente fuerte para desafiar de nuevo el legado de los Rusu.

Mi mandíbula se tensa.

—Dime su nombre. —Nathaniel me observa. Sonríe, pero sin humor—. Sabía que lo pedirías así. Sin rodeos.

Toma el vaso, lo levanta a la altura de la luz y deja que el ámbar se refleje en sus ojos.

—Dušan Vojinović —contesta.

El sonido del apellido me golpea como un puñetazo.

Dušan.

El último Vojinović.

Recuerdo a mi padre contándome la historia de su destrucción, vuelvo a oír el tono áspero en su voz cuando pronunciaba ese apellido.

Y ahora sé que uno de ellos sigue vivo.

—Así que es él —murmuro, apenas consciente de lo que digo.

Nathaniel asiente.

—Sí. Y créeme, he intentado cazarlo. Pero el cabrón se esconde muy bien. Es un maestro del disfraz. Borra su rastro cada vez que mis sistemas de rastreo lo detectan.

—¿Dónde está? —pregunto, inclinándome hacia adelante.

—Ahí está el problema —dice, recorriendo el borde de la mesa con aspecto distraído, pero sé que nunca lo está. El hombre tiene tantos enemigos que incluso debe dormir con un ojo abierto—. Sé que sigue en el continente, pero no sé dónde. Cada cierto tiempo reaparece para organizar sus negocios o asistir a una reunión. Es la única ventana en la que puedo detectarlo. Doce horas, como máximo. Luego desaparece otra vez.

—Un jodido fantasma —repito.

—Sí. Pero incluso los fantasmas dejan un camino de migajas que se puede seguir —afirma con un leve gesto.

Cruzo los brazos. La sangre me hierve, pero mantengo mi temperamento bajo control.

—Cuando vuelva a aparecer...

—Te enviaré la información —interrumpe Nathaniel—. Y tendrás tus doce horas.

Doce horas. Eso será suficiente.

Mataré a ese bastardo. Y borraré de una vez por todas su maldito linaje.

—Hasta los fantasmas pueden atraparse —digo en voz baja—, si tienes las herramientas adecuadas.

—Eso mismo pensé —añade Nathaniel con una sonrisa ladeada—. Y tú siempre has sido el hombre adecuado para este tipo de situaciones. Nada se te escapa.

El silencio que sigue es pesado, eléctrico. Ambos sabemos que esas palabras son una promesa.

Una sentencia.

Más tarde, la noche ha caído sobre Canadá.

Las luces de la ciudad apenas se filtran por las cortinas gruesas de la habitación. Me he quitado el abrigo, la camisa, todo lo que pese. Pero el cansancio no logra vencerme.

El *whisky* ya no ayuda.

Miro el teléfono sobre la mesa.

El reloj marca las ocho y media aquí. En Rumanía... serán las cuatro de la mañana.

Debería dejarla dormir.

Pero la ansiedad no me deja en paz.

Abro el móvil, busco el número que ya me sé de memoria y miro su nombre en la pantalla.

Nadia.

Dudo unos segundos, hasta que mi propio pulgar traiciona mi lógica y presiona «llamar».

El timbre suena una, dos, tres veces... y entonces escucho su voz.

Suena agitada, como si hubiera estado conteniendo la respiración.

—¿Velkan?

—Sí —respondo con la voz más baja de lo que pretendía—. ¿Estás bien? Te escuchas... extraña.

—Sí, sí, estoy bien —dice rápido, y carraspea.

—Son las cuatro de la mañana allá —comento, apoyando la cabeza en el respaldo de la cama—. ¿No puedes dormir?

Tarda un momento en responder. Puedo escuchar su respiración, irregular.

—No... no podía dormir —dice, al fin, en voz baja.

—¿Y qué hacías? Aún falta para que tengas que levantar a Ivan. —El silencio es la única respuesta que recibo, pero aún puedo escuchar su respiración irregular. Entonces, algo hace clic en mi mente y el calor inunda mi cuerpo—. *Comoară*[1], ¿qué hacías?

—Pensando en ti —susurra.

Cierro los ojos y puedo imaginarla en su cama, despeinada, con las mejillas sonrojadas y el pecho subiendo y bajando por el esfuerzo que hace su cuerpo.

—¿Y qué haces cuando piensas en mí? ¿En nosotros? —Las palabras salen roncas y no puedo evitarlo, toda la situación tiene mi sangre viajando hacia el sur, lo que provoca que mi autocontrol se tambalee.

Un suave gemido inunda la línea, pero me obligo a mantener quietas mis manos y no aliviar la presión en mis pantalones.

—Cariño, ¿juegas contigo misma mientras estoy lejos y no puedo tocarte?

—Sí. —Su respuesta llega como otro gemido que va directo a mi miembro endurecido—. Velkan. —Mi nombre sale de sus labios como una súplica, y deseo más que nunca estar en casa para verla y tocarla.

—Sigue, cariño. Déjame escuchar lo que te haces a ti misma. —Su respuesta a mi orden es otro gemido; dejo que mi imaginación me empuje a la escena más erótica que he imaginado jamás, y por un segundo juro que puedo oler el olor de su excitación—. Quiero que lleves dos dedos a tu interior, pero de forma lenta. Quiero que sientas cada centímetro e imagines que soy yo dentro de ti. Estirándote y llenándote hasta que me supliques que te deje correrte.

—¡Oh, Dios!

Reprimo un gruñido, aprieto la cabeza de mi miembro para aliviar un poco la presión, pero no me masturbo. La próxima vez que lo haga, será para que ella lo vea.

—Eso es, *comoară*. Solo espera a que llegue a casa y te demuestre lo loco que me vuelves y cómo, con cada día que paso a tu lado, me vuelvo más adicto a ti. —Su respiración se vuelve más irregular con cada minuto que pasa, bebo cada gemido que deja salir de sus labios, así como la sensación que envuelve mi cuerpo al escucharla gemir mi nombre—. Buena chica, cariño. Necesito que te corras. Por mí. Y la próxima vez que lo hagas, será en mi boca. No pienso desperdiciar una gota más de mi mujer.

No hemos hablado de lo que sucede entre nosotros, pero la realidad es que no hay mucho de qué hablar, soy tan suyo como ella mía. La quiero en mi vida y no pienso dejarla ir.

—¡Velkan! ¡Oh, demonios!

Escuchar mi nombre en sus labios mientras se corre es la maldita gloria, y solo quiero escucharla hacerlo una y otra vez. Hasta que en lo único en lo que sea capaz de pensar sea en mí. Nunca tuve la necesidad de ser posesivo con Diona, pero con Nadia... Quiero que cada respiración, pensamiento y latido de su corazón sea solo mío.

—Intenta seguir durmiendo, cariño. Te veré en un par de días.

Termino la llamada y trato de pensar en otra cosa para aliviar la erección en mis pantalones, pero, la verdad, solo estar con Nadia podría ayudarme. Me esperan varios días con un dolor de bolas infernal, pero cada segundo de espera valdrá la pena.

Ella lo vale todo.

DIECIOCHO

Nadia

No sé exactamente a qué hora llega, solo sé que desde que amaneció no he dejado de mirar el reloj.

Velkan me dijo que volvería hoy, pero no en qué momento del día. Es casi media tarde, el sol comienza a caer tras los pinos del jardín y el aire trae un olor dulce a césped recién cortado. Ana María termina de guardar las compras de la despensa, Ivantie juega en la sala con un tren de bloques y yo intento aparentar calma mientras repaso, por quinta vez, la lista de preparativos para su cumpleaños.

Pero no puedo concentrarme.

No desde la llamada.

Han pasado tres días desde esa madrugada en la que su voz me hizo perder la noción del tiempo, del miedo, de mí misma. No me arrepiento. Ni un poco.

Si pienso en eso —en él—, me invade una sensación de calor, no solo de deseo, sino también de una extraña paz. Como si, por primera vez en años, no tuviera que cargar con todo el peso del mundo.

El sonido de un motor me saca del ensueño.

Me asomo por la ventana.

El portón de hierro se abre y una camioneta negra entra despacio. El corazón me da un vuelco.

Velkan.

Antes de que pueda siquiera procesarlo, escucho los pasos rápidos de Ivantie, quien corre hacia la puerta gritando.

—¡Papá! ¡Papá!

Lo sigo, casi sin aliento. Cuando salgo al umbral, la tarde se tiñe de dorado y lo veo descender del vehículo: alto, imponente, con el abrigo oscuro y el cabello un poco despeinado por el viento.

La sonrisa que le dedica a su hijo me desarma.

No hay rastro del hombre que vi con el arma en la mano, ni del líder de la mafia rumana. Solo es un padre que abre los brazos y recibe a su niño.

Ivantie se lanza a ellos y él lo alza del suelo con una carcajada grave que me eriza la piel.

—¿Te portaste bien? —le pregunta, besándole la frente.

—Sí, pero te extrañé mucho —responde Ivantie, enroscando sus bracitos alrededor de su cuello.

—Yo también, campeón.

La ternura con que se lo afirma me arranca una sonrisa.

Y entonces me mira.

No dice nada al principio. Solo me observa. La mirada gris se detiene en mí como si quisiera memorizar cada detalle: mi vestido azul claro, el cabello suelto, las manos que intento mantener quietas.

Siento el pulso en la garganta.

—Señorita Vasilescu —dice al fin, con un tono que pretende ser formal, pero que desborda deseo.

—Señor Rusu —respondo, intentando ocultar la sonrisa que amenaza con escapárseme.

Ivantie ríe al vernos y nos dice:

—¡Abrazo!

Velkan se ríe también, esa risa baja que me provoca un temblor en el estómago. Y segundos después, los tres estamos envueltos en un abrazo que me hace sentir cálida.

La tarde se nos va entre risas y relatos. Ivantie le cuenta cada pequeño detalle de los días que estuvo fuera, desde las tareas del jardín maternal hasta la vez que casi atrapó una mariposa azul. Pero mi momento favorito es cuando le cuenta la visita a casa de mi abuela. Mi corazón irradia felicidad al ver la sonrisa de Ivantie y el brillo en sus ojos. Mi abuela siempre quiso nietos, y saber que pudo vivir la experiencia, me quita un peso del alma.

Después de la cena, cuando Ivantie cae rendido en el sofá, lo llevamos juntos hasta su habitación. Velkan lo arropa con una delicadeza que me conmueve. Le pasa una mano por el cabello y susurra algo en rumano, algo que no entiendo al estar tan lejos, pero que suena a promesa.

Cuando salimos, la casa está en silencio y el recuerdo de lo que hicimos tres noches atrás llega a mi mente, lo que hace sentir la casa demasiado pequeña. Lo cual es gracioso porque consta de tres pisos. Es casi imposible que esta casa se sienta pequeña, pero Velkan parece tener ese efecto.

—¿Quieres salir a tomar un poco de aire fresco? —pregunta.

Asiento, si continuamos un segundo más en este pasillo, tal vez comience a sonrojarme.

Caminamos hasta el jardín trasero. La noche está tibia, el cielo lleno de estrellas. Las luces alrededor de la piscina iluminan el agua con un brillo azulino.

Nos sentamos en las tumbonas frente al agua. No hay guardaespaldas cerca, al menos, no a la vista. Solo nosotros, la noche y el sonido lejano de los grillos.

Por un momento, ninguno habla.

Hasta que él rompe el silencio.

—Estuve pensando mucho en ustedes —dice sin apartar la vista del agua—. En ti y en Ivan.

—¿Ustedes? —repito, con una sonrisa pequeña—. Suena como si fuéramos un equipo.

—Lo son —dice simplemente—. Mi equipo. Mi hogar.

La palabra «hogar» me golpea más fuerte de lo que imaginaba.

—Nunca pensé que volvería a sentirme así —añade, y su voz se vuelve baja, casi vulnerable—. Como si tuviera un lugar al cual regresar. Sé que tengo a Ivan, pero ahora el regresar a casa se siente diferente contigo aquí.

Nos miramos. Hay una verdad en su mirada que me cuesta sostener.

Intento aligerar el momento.

—Cuéntame algo de ti —le pido—. De cuando eras niño.

Él se recuesta, deja escapar una risa breve.

—Mi niñez... no fue mala. A diferencia de otros, tuve opciones. Mi padre me enseñó que podía decidir si quería continuar con el legado o apartarme. Pero cuando vi lo que hizo por mi madre, por nosotros... supe que no podía dejarlo solo. Él me enseñó que el poder no siempre es una condena; a veces es una forma de proteger lo que amas.

—¿Y lo amas? —pregunto con suavidad.

—Sí. Aunque su forma de amar era dura. —Hace una pausa, como si buscara las palabras—. A veces pienso que heredé lo peor y lo mejor de él.

—Yo creo que heredaste lo que necesitabas —respondo, sin pensarlo demasiado.

Él me mira entonces, como si mis palabras hubieran tocado algo que guardaba bien hondo.

—¿Y tú? —pregunta—. ¿Tu infancia fue feliz a pesar de todo?

Sonrío con tristeza.

—Lo fue. Siempre estaré agradecida con mi abuela por todo lo que hizo por mí.

El silencio se vuelve más espeso. La brisa juega con mi cabello.

—Recuerdo una noche —continúo, casi sin darme cuenta de que estoy abriendo esa caja de Pandora—. Hace seis años. Veníamos del cementerio, mi abuela y yo. Era tarde, y escuchamos disparos. Corrí. Intenté protegerla, ponerme delante de ella... —Mi voz se quiebra un poco—. Un hombre armado apareció de la nada y nos apuntó.

Siento un nudo en la garganta al recordarlo.

—Y de pronto hubo otro disparo. El hombre cayó. Muerto. No vi quién lo hizo. Solo recuerdo el sonido y... la sangre.

Velkan permanece inmóvil, con los ojos fijos en mí. Su expresión cambia de forma lenta, casi imperceptible.

—¿Dónde fue eso? —pregunta en voz baja.

—Cerca de la plaza vieja, camino al barrio de los molinos —respondo, confusa—. ¿Por qué?

Él aparta la mirada hacia la piscina. Su mandíbula se tensa.

—Esa noche había serbios en esa zona —dice con voz apenas audible—. Estaban buscándome.

Siento que el aire se escapa de mis pulmones.

—¿Qué... qué quieres decir?

Me mira entonces y, sin rodeos, responde:

—El hombre que iba a dispararte a ti y a tu abuela... era uno de ellos. Y el disparo que lo detuvo... —hace una pausa, respira hondo—. Fue mío.

El mundo se detiene.

Lo miro sin poder pronunciar palabra.

—¿Tú...? —Mi voz sale como un susurro.

Asiente una sola vez.

—Esa noche iba camino a casa cuando nos atacaron. Ese hombre estaba intentando escapar, y cuando las vi, supe que no dudaría en usarlas como escudos para que no lo matara. Y cuando levantó el arma contra ustedes, no lo pensé. Disparé. Cuando corrí hacia las dos, ya habías cubierto a tu abuela. Y... —Se pasa una mano por el cabello—. Te quedaste paralizada. No quise asustarte. Vi que estabas viva, que ella también, y desaparecí antes de que llegara la policía.

Me cubro la boca con una mano.

—No puede ser... —susurro.

—Te busqué después —confiesa con voz ronca—. Durante meses. No sabía tu nombre ni quién eras. Solo recordaba tus ojos. —Me mira—. Y los reconocí la primera vez que entraste en mi oficina.

Mi corazón late tan fuerte que casi me duele.

Todas las piezas comienzan a encajar como en uno de los rompecabezas de Ivantie.

El silencio que nos envuelve es casi reverente.

Él se inclina un poco hacia mí.

—No creo en coincidencias, Nadia —susurra—. Creo que la vida me devolvió aquello que una vez protegí.

No puedo contenerme. Las lágrimas me arden en los ojos, pero no son de tristeza.

—Gracias. —Mi voz es apenas audible.

Él niega suavemente.

—No me agradezcas. Si no hubiera disparado, habría perdido algo que ni siquiera sabía que era mío.

La distancia entre nosotros se desvanece. Puedo oler el aroma de su piel, la mezcla de perfume, madera y algo más cálido.

Sus dedos apenas rozan los míos, a través de un contacto eléctrico que me recorre por entero.

—No sabes cuánto te busqué —afirma—. Y ahora que te tengo aquí, no pienso perderte.

Me quedo sin aliento.

Él me sostiene la mirada, como si esperara algo, y lo siguiente ocurre sin pensarlo. Me inclino hacia adelante; mis labios se unen con los suyos.

No es un beso desesperado. Es suave, lento, lleno de significado. Un beso que sabe a promesa.

Cuando nos separamos, el aire parece cargado de algo invisible, un hilo que nos une sin remedio.

—Velkan... —susurro, con el corazón latiendo tan fuerte que apenas puedo hablar.

Él sonríe apenas.

—No tienes que decir nada, *comoară*.

Y entonces, lo entiendo.

Que no hay vuelta atrás. Que no quiero que la haya.

Porque, aunque el mundo alrededor de él esté hecho de sombras y peligro, en sus brazos siento algo que nunca había sentido: vida.

Y mientras me pierdo en su mirada, con el sabor de su beso todavía en mis labios, lo sé con absoluta certeza.

Velkan e Ivantie valen absolutamente toda la pena.

DIECINUEVE

Velkan

Han pasado tres días desde que volví de Canadá, y por primera vez en muchos años me siento pleno.

Ya no solo somos Ivan y yo; ahora hay risas, aroma a comida recién hecha, y una abuela que me llama «copilul ăsta»[1] cada vez que intento ayudarla con algo.

Aurora —la abuela de Nadia— llegó hace dos días, y su presencia llenó la mansión de una calidez que no recordaba. Su salud es frágil, eso está claro, pero su energía... es otra historia. Tiene esa fortaleza silenciosa que solo poseen las mujeres que lo han perdido todo y aun así siguen sonriendo.

Ivan la adora.

Desde el primer momento en que ella le acarició el cabello y le ofreció un dulce al llegar a la casa, él la bautizó como «bunica de zahăr», la abuela de azúcar.

Los veo juntos ahora, desde la ventana de mi despacho. Ivantie le muestra cómo manejar su tren eléctrico, mientras ella finge que no entiende y lo deja explicarle cada detalle. Nadia está con ellos, riendo y radiante.

Nunca imaginé esto.

Nunca imaginé volver a tener una familia.

Después de Diona, juré que no permitiría que nadie cruzara ciertas fronteras. Que mi vida sería solo para mi hijo y para los negocios, y que, si me casaba, sería más por el bienestar de Ivan que el mío. Pero Nadia derrumbó todas esas promesas con la naturalidad de quien no tiene idea del poder que ejerce.

Ella y mi hijo llenaron cada rincón de esta casa vacía.

Cada vez que regreso de la empresa, el sonido que me recibe no es el del silencio ni el de la alarma del sistema de seguridad. Es la risa de mi hijo, el olor del café, la voz de Nadia llamándolo para cenar.

Eso, más que cualquier fortuna, es riqueza.

Hoy es el aniversario de mi compañía.

Nunca me ha gustado celebrar públicamente, pero hay compromisos que un hombre en mi posición no puede evitar.

La gala se realizará en el salón principal del hotel Belvedere. Cientos de invitados, socios, inversores... y las malditas cámaras.

No me entusiasma el espectáculo, pero sí lo que me espera antes de salir.

Nadia aceptó ser mi acompañante.

Cuando se lo propuse, dudó al principio, ya que no quería dejar a Ivan solo, pero ahí venía la segunda parte de mi propuesta. Que su abuela se mudara con nosotros. Me comentó al día siguiente que llegué que su salud iba en declive y que le gustaría pasar más tiempo con ella, así que cuando le dije que la trajera, su rostro se iluminó de felicidad. Y ahí supe que ver esa felicidad en su rostro sería la misión del resto de mis días.

Le hablé de Mila O'Connor, esposa de mi molesto socio Ethan, diseñadora de modas reconocida y tan excéntrica como brillante. Le mostré la web de su nueva colección.

—Elige lo que quieras. Vestido, zapatos y joyas. Yo me encargo del resto —le dije.

Me miró con esos ojos grandes, sorprendidos, como si nadie antes le hubiera ofrecido algo así.

—No tienes que hacerlo —contesto.

—No lo hago porque deba —afirmé—. Lo hago porque quiero.

Esa misma noche eligió un vestido azul noche brillante, con caída de seda y una abertura que promete más de lo que muestra.

Desde entonces, no he dejado de imaginar cómo se verá con él.

—¿Papá, vas a ir con Nadia? —pregunta Ivan mientras intento ajustar los puños de mi camisa.

—Sí, campeón. Esta noche ella será mi acompañante.

—¿Y bailarán?

—Tal vez —respondo, sonriendo.

—No olvides decirle que se ve hermosa.

Me río. Mi hijo ha heredado más de mí de lo que imaginaba.

El reloj marca las ocho y media.

Afuera, las luces del coche esperan encendidas. Dentro, el silencio tiene una expectación distinta, como si la casa misma contuviera la respiración.

Y entonces, escucho el sonido.

Tac, tac, tac.

Los tacones bajando las escaleras.

Me vuelvo, y la imagen me deja sin aire.

Nadia desciende con la elegancia de un sueño. El vestido azul profundo se ajusta a su cuerpo como una segunda piel antes de soltarse en una cascada de seda hasta los tobillos. Los hombros descubiertos, la abertura en el muslo, el cabello suelto cayendo sobre la espalda y los labios pintados de rojo.

El brillo del collar plateado en su cuello parece competir con el de sus ojos.

Aurora y Andreea la siguen con la mirada, sonriendo. Ivantie, de pie junto a mí, la observa con la boca entreabierta.

—Te ves hermosa, Nadia —dice él con admiración.

Nadia se inclina para besarle la frente, pero antes de hacerlo, su mirada se cruza con la mía. Y algo en mi pecho se contrae.

—Gracias, cariño —responde ella.

—Tiene razón —añado yo, con voz más baja de lo que quisiera—. Estás hermosa.

Ella sonríe, y esa sonrisa es peor que cualquier bala, porque va directo a mi corazón y lo marca como suyo.

Ivan aplaude, feliz.

Aurora ríe.

—Ya váyanse y disfruten de la noche. —Me dedica una mirada severa—. Maneja con cuidado, Velkan. Trae a mi nieta a salvo a casa.

—Lo haré, *doamnă*[2] —respondo, inclinando la cabeza.

Tomo la mano de Nadia, cálida y temblorosa.

La llevo hasta el coche mientras Ivan corre hacia la ventana para despedirse.

—¡Adiós! —grita.

El trayecto hasta el Belvedere transcurre en un silencio tranquilo. Frente a nosotros va una camioneta con cinco hombres, entre ellos Vasile. Dejé a Lucian en la casa para que ayudara a Aurora y a Andreea en lo que necesitaran.

Ella mira por la ventana, en silencio. Yo conduzco con una calma que no siento.

No dejo de observarla, de intentar memorizar la forma en que el reflejo de las luces se desliza por su piel.

—¿Estás nerviosa? —pregunto.

—Un poco —admite—. Nunca he ido a este tipo de eventos.

—Solo quédate a mi lado. Nadie se atreverá a molestarte.

—¿Y si quieren hacerlo de todos modos? —pregunta con una media sonrisa.

—Entonces, descubrirán por qué es una pésima idea.

Su risa suave llena el coche.

El salón del hotel está lleno cuando llegamos.

Música clásica, copas tintineando y conversaciones elegantes que esconden rivalidades.

Apenas entramos, las miradas se giran hacia nosotros.

Siento la tensión de Nadia, así que poso una mano en su cintura y la acerco a mí.

—Tranquila, *comoară*, estoy aquí contigo —susurro—. Respira.

Asiente, aunque puedo notar que su respiración está algo acelerada.

Los socios se acercan a saludar. Les estrecho la mano, intercambio frases corteses, mientras ellos lanzan miradas curiosas hacia ella.

—Permítanme presentarles a Nadia Vasilescu. Mi mujer —digo con tono serio.

Mis palabras provocan murmullos discretos, pero no me importa.

Ella sonríe con elegancia, la clase de sonrisa que desarma sin esfuerzo. Y mientras más la observo desenvolverse, más consciente soy de lo increíble que es.

Después de un rato, se inclina hacia mí.

—Las mujeres aquí me miran como si quisieran arrancarme los ojos —me susurra.

—Muchas de mis empleadas llevan años intentando llamar mi atención —respondo, divertido—. Pero ninguna de ellas eras tú.

Se ríe bajito.

—Eso fue un cumplido peligroso, señor Rusu.

—Y aun así, completamente cierto.

La velada avanza entre brindis y discursos.

Agradezco la presencia de mis socios, hablo de expansión y alianzas, pero mi mente sigue volviendo a la mujer que tengo al lado.

Cada vez que nuestros cuerpos se rozan, el resto del salón desaparece.

Hasta que un perfume agrio me envuelve.

Diona.

Su presencia es como una sombra fría.

Avanza hacia nosotros con una sonrisa venenosa, su vestido rojo brilla bajo las luces.

—Velkan —dice con ese tono que siempre suena a desafío—. Qué sorpresa verte aquí. No eres de los que celebran.

—Diona —respondo, frío—. Ya veo que Vasile te informó de que estás libre de deudas.

Al mismo tiempo que estuve en Canadá, Vasile me informó de que habíamos vendido cada fragmento de la antigua compañía de Diona. Había recuperado mi inversión y sacado una buena porción de las ganancias.

Sus ojos se deslizan hacia Nadia.

—Vine a agradecerte personalmente —responde, y luego, sin disimulo, examina a Nadia de arriba abajo—. Veo que supiste aprovechar tu oportunidad para subir de clase.

Por un instante, pienso intervenir, pero Nadia se me adelanta.

—Tal vez lo haya hecho —afirma ella con calma—. Pero hay algo que tú nunca podrás hacer. Ser una buena madre para Ivantie. Me aseguraré de darle todo lo que tú nunca pudiste.

El golpe la deja muda. Diona se queda rígida y su sonrisa desaparece.

—Considera esto tu última advertencia —le digo, acercándome lo suficiente para que solo ella escuche—. Vuelve a hacer algo como esto, y te juro que será lo último que hagas.

Diona da un paso atrás.

—Te estás convirtiendo en tu padre —susurra—. De igual forma, ya tengo lo que necesitaba.

A pesar de que mi hijo no está aquí para escucharla, mi corazón me duele por él. Sé que todo fue una farsa, solo volvió porque necesitaba ayuda, pero me alegra que Ivan no tenga que crecer al lado de alguien tan falso.

—Lárgate antes de que te mate.

Se aleja, con el orgullo hecho pedazos.

Nadia me mira, intentando ocultar el temblor de sus manos.

—Lo siento tanto.

—No. —Le tomo la mano—. Él estará mejor sin ella.

Cuando la música cambia, la invito a bailar.

Ella duda apenas un instante antes de dejar que la guíe a la pista.

La orquesta toca un tema suave, envolvente.

Coloco una mano en su cintura, la otra sostiene la suya.

Nos movemos despacio, sin hablar.

—Me alegra haberte encontrado —digo al fin, mirándola a los ojos.

—¿Después de seis años? —responde con una sonrisa nostálgica.

—Sí. —Acaricio con el pulgar el dorso de su mano—. Me alegra que hayas aceptado la oferta de la agencia.

Ella ríe bajito.

—Nunca pensé que mi vida cambiaría tanto.

—La mía también cambió —le digo, serio—. Tú iluminaste mi vida. Y la de mi hijo. No tengo forma de agradecértelo.

Sus ojos brillan bajo las luces.

—No tienes que hacerlo.

Nos quedamos en silencio. La música parece envolvernos, aislarnos del resto del mundo.

Mis dedos se deslizan un poco más arriba, sintiendo el calor de su piel bajo la seda.

Su respiración se entrecorta, y yo bajo la cabeza, muy despacio.

Nuestros labios se rozan. Apenas es un contacto, un segundo suspendido que arde más que cualquier beso.

Cuando la canción termina, sigo sosteniéndola un momento más.

Nadia apoya la frente en mi pecho.

—Esto no se siente como un juego —susurra.

—Porque no lo es —respondo.

Y pienso, con la certeza más peligrosa que he tenido en mi vida, que si alguna vez el destino intenta arrebatarme a esta mujer, tendrá que matarme primero.

Nadia

El reloj del tablero marca casi la una de la madrugada cuando el coche cruza las verjas de hierro. La mansión está bañada por una luz tenue, casi dorada, que cae desde los faroles y se refleja sobre el empedrado húmedo del camino. Las hojas de los robles murmuran al paso del viento, y el sonido de los neumáticos contra la grava parece un rumor en medio del silencio.

No sé si el temblor en mis manos es por el frío o por él.

Velkan estaciona frente a la entrada principal, y durante unos segundos ninguno de los dos dice nada. Su perfil se recorta contra la penumbra; hay algo en su mirada que me atrapa, me desarma y me deja sin palabras.

Cuando apaga el motor, el mundo entero parece detenerse.

El silencio entre nosotros es casi tangible. Solo escucho mi respiración, el pulso acelerado en mis muñecas, el leve golpeteo de mi corazón.

Abre la puerta y sale primero. Luego va hacia mi lado, abre la puerta y me tiende la mano.

—Ven. —Su voz es grave, baja, como si temiera romper el aire que nos rodea.

Su palma es cálida contra la mía, firme, segura. Apenas toco su piel, una corriente me atraviesa desde los dedos hasta el pecho. No necesito más señales. Ya no hay duda.

Sí, lo quiero.

Cruzamos el vestíbulo y la casa está en silencio. Andreea y mi abuela duermen en la habitación contigua; Ivan también. Cada paso que damos resuena con un eco lento y profundo. El aroma a madera pulida y a jazmín flota en el aire. Siento su mano rozar la mía al caminar, un roce apenas perceptible, pero suficiente para encender algo en mi interior.

Cuando llegamos a las escaleras, él se detiene y me mira. Esa mirada suya, oscura, atenta, me atraviesa por completo.

En ella hay algo que me da miedo... y, al mismo, tiempo me hace sentir segura.

Como si el fuego y la calma pudieran convivir en un mismo cuerpo.

—¿Quieres subir conmigo? —pregunta al fin, en un susurro.

Asiento. No confío en mi voz.

Subimos en silencio. Cada escalón parece durar siglos, como si el aire mismo nos observara, sin pulso. Cuando llegamos al final, se gira, abre la puerta de su habitación y me deja pasar primero.

El interior está en penumbra, solo iluminado por la luz que se cuela desde afuera. La habitación huele a cuero, a madera y a algo inconfundiblemente suyo. La cama es grande, las cortinas están abiertas y la brisa se cuela por la ventana. Todo parece suspendido en un instante interminable.

Doy un paso al frente, luego otro. Oigo su respiración detrás de mí. No tengo que girarme para saber que me está mirando, que cada movimiento mío le pertenece.

Cuando me vuelvo hacia él, la distancia entre ambos es mínima.

—Nadia... —Mi nombre suena distinto en su voz, como si lo pronunciara con reverencia.

No hay palabras después. Solo el roce de su mano sobre mi mejilla, el pulgar acariciando mi piel con una delicadeza que me desarma.

Sus ojos son tormenta y calma a la vez.

Cuando me besa, no hay prisa.

Es un beso lento, profundo, lleno de algo que no puedo nombrar. Al principio es solo contacto, respiración compartida; luego crece, se intensifica, se convierte en una confesión sin palabras. Mis manos suben a su cuello, sus dedos se deslizan por mi espalda y me acercan más.

Su aliento sabe a *whisky* y a deseo.

—Dime si quieres que me detenga —murmura contra mis labios.

—No quiero que te detengas —respondo sin pensarlo, porque es verdad. No quiero detener nada.

Su frente reposa un instante contra la mía. Noto cómo su pecho sube y baja con lentitud, conteniendo una emoción que apenas logra dominar. Me besa otra vez, y el mundo entero se disuelve.

Las luces, los años, los miedos, todo se vuelve aire.

Su chaqueta cae al suelo primero, luego su camisa. Cada prenda desaparece en silencio, como si ambos temiéramos romper la magia del momento. Su piel contra la mía es fuego líquido. Siento el calor de sus manos recorrerme la cintura, dibujar mi silueta como si intentara memorizarla. Cada terminación nerviosa cobra vida bajo sus manos y no puedo evitar aferrarme a su cuerpo, a medida que la necesidad de estar más cerca de él aumenta.

Velkan no me toca con hambre, sino con una especie de adoración que me deja sin aliento.

Cada caricia parece un juramento, cada beso, una promesa.

Cierra los ojos un instante, como si necesitara grabar este momento en su memoria. Luego me toma del rostro, me mira con esa intensidad que arde.

—*Eşti frumoasă...* —susurra.

Eres hermosa.

Mi corazón se detiene por un segundo. No sé si por sus palabras o por el modo en que las dice, como si fueran una plegaria.

El resto ocurre despacio, con esa cadencia inevitable que tienen las cosas que no pueden frenarse. No hay urgencia, solo una conexión tan profunda que duele. Lo que empieza como deseo termina siendo algo más... algo que trasciende la piel.

Un reconocimiento.

Una entrega.

El tiempo se congela. No sé cuánto pasa. Solo sé que en algún punto sus labios encuentran mi cuello, mi clavícula, mis hombros y mi centro, el aire se llena de susurros y respiraciones entrecortadas. Sus dedos y boca me hacen perder el control de mi cuerpo, todo a mi alrededor deja de tener sentido cuando mi visión se llena de estrellas. Solo puedo pensar en que no quiero que este hombre me quite las manos de encima.

—Eres un maldito afrodisiaco... Podría pasar horas con la boca sobre ti.

Mi respiración se entrecorta ante sus sucias palabras. Me siento temblar, pero no es miedo. Es de deseo.

Observo su pecho subir y bajar; es todo músculo adondequiera que mire. Tenerlo encima de mí es casi surreal, cuando en un principio solo era mi jefe.

—Sabes que ya no hay vuelta atrás, ¿verdad? Eres mía, *comoară*, y solo muerto podría alejarme de ti.

No puedo evitar sonreír ante sus palabras; al mismo tiempo, siento que su mano recorre el interior de mis piernas mientras se acomoda en mi entrada. Nuestros latidos van al mismo ritmo, porque sé que esto es mucho más que un acto carnal.

—¿Y tú eres mío?

Deja caer su frente sobre la mía, toma mi pierna derecha y la acomoda sobre su cadera. Sonríe.

—Desde el instante en que me sonreíste, y siempre lo seré.

Un gemido escapa de mis labios cuando me llena por completo, centímetro a centímetro. Une sus labios a los míos, el placer me inunda con cada segundo que transcurre, no sé dónde comienza él y dónde termino yo. Me aferro a sus anchos hombros, mis uñas recorren su espalda, lo que lo hace gemir contra mi oído. El solo escucharlo provoca que mis paredes internas se contraigan a su alrededor.

—Diablos, cariño. Te sientes increíblemente bien. —Se alza, dejándome ver su expresión de placer, pero sin duda él es quien disfruta más de las vistas—. Eres lo más hermoso que he podido tocar alguna vez. —Como si sus palabras no fueran suficientes, las reafirma con una dura estocada que me hace blanquear los ojos y me lanza más cerca del clímax—. Eso es, cariño. Déjame ver y escuchar lo bien que te hago sentir, porque a partir de ahora solo mis manos, mi boca y mi polla son los que te harán gritar de placer.

—¿Cómo... puedes hablar tanto? —digo entre gemidos.

Ríe entre dientes.

—Solo quiero que quede claro de quién eres, cariño. —Lleva la mano a mi cuello y aprieta ligeramente—. Dilo, *comoară*. Grita a quién perteneces.

Todo es absolutamente demasiado, el placer, sus palabras, su mano en mi cuello. Estoy tan cerca que ya no puedo pensar de modo correcto, aun así, consigo gritar lo que los dos ya sabemos.

—¡A ti! ¡Velkan!

—Eres. —Estocada—. Solo. —Estocada—. Mía, Nadia. Ahora déjate ir y córrete para mí.

Como si mi cuerpo estuviera esperando su orden, me corro de una manera que nunca había hecho y me deja completamente a su merced. Y como si todo el placer que está chamuscando mis terminaciones nerviosas no fuera suficiente, mientras me mira a los ojos, se deja llevar por su propio placer y llena mi interior con su semilla, lo que me lleva al borde de otro orgasmo, dejando mi cuerpo inservible.

Cuando al fin nos quedamos quietos, solo se escucha la respiración de ambos, el latido acelerado de su corazón bajo mi mejilla. Afuera, la noche sigue su curso.

Abro los ojos y lo miro. Tiene una expresión distinta, casi vulnerable, que contrasta mucho con lo que acabamos de hacer, como si, por un instante, el jefe de la mafia desapareciera y quedara solo el hombre. El que ríe con Ivantie. El que me mira como si yo fuera algo frágil que teme romper.

El que me hace sentir segura incluso en medio de la oscuridad.

—Velkan... —susurro su nombre, y él me responde con una mirada que es puro fuego contenido.

Me acaricia el rostro con la yema de los dedos, siguiendo el contorno de mis labios.

—Nunca imaginé que encontraría algo así —afirma en voz baja.

—¿Algo así? —pregunto.

Su sonrisa es apenas un reflejo.

—Calma —responde—. Eso eres para mí. *Liniștea mea.*

Mi calma.

No sé qué decir. Siento un nudo en la garganta, una emoción que me ahoga. Lo único que hago es apoyarme más contra su pecho, buscando refugio. Su respiración me arrulla, y la noche nos envuelve como un manto.

Pasamos un largo rato así, sin hablar. Solo mirándonos. Tocándonos sin prisa, con esa ternura que solo llega cuando ya no hace falta decir nada. Afuera, el cielo empieza a teñirse de gris azulado. No sé si ha pasado una hora o toda la vida.

Sus besos no tienen prisa ni intención. Son besos que saben a hogar, a alivio, a todas las veces que no nos tuvimos. Sus manos me sujetan el rostro como si temiera que desapareciera. Mis dedos se enredan en su cabello y, por primera vez en mucho tiempo, no siento miedo de nada.

Solo calma.

Cuando el beso termina, quedamos con las frentes apoyadas, respirando el mismo aire. Él acaricia mi mejilla, me mira con esa ternura que desarma y dice algo en rumano.

—No creo en el tiempo... pero sé que te amo —Su voz es baja, ronca.

Cierro los ojos. Dejo que esas palabras me envuelvan. Que el sonido de su voz se grabe en mi piel. Siento cómo mi cuerpo se relaja, cómo el sueño empieza a pesarme mientras su respiración se mezcla con la mía.

Y en el borde del sueño, solo pienso en una cosa. Si alguna vez dudé de mi lugar en el mundo, ahora sé que está aquí.

Con él.

Con ellos.

VEINTE

Velkan

El amanecer tiñe los muros del jardín.

El aire es fresco, el césped todavía guarda las huellas del rocío. Tomo la mano de Ivan mientras caminamos entre los rosales; su risa corta el silencio, limpia, brillante, como el eco de algo que no sabía que necesitaba hasta tenerlo.

—¿Sabes qué día es hoy? —pregunto.

—¡Mi cumpleaños! —responde con una sonrisa que me atraviesa el pecho.

Cinco años.

Cinco años desde que el mundo tuvo sentido.

—Cinco años, campeón —digo con voz baja—. Hoy hace cinco años llegaste a mi vida y lo cambiaste todo.

Él se detiene, gira hacia mí, con el cabello despeinado por el viento. Su inocencia me mata y me salva al mismo tiempo.

—¿Puedo pedirte algo, papá?

—Claro.

—Quiero ser como tú cuando sea grande.

Su frase me deja quieto. Me arrodillo frente a él y le acomodo el cuello de la camisa. No quiero que algún día repita mis errores, pero tampoco puedo negar el orgullo que me provoca escucharlo decir eso.

—Escúchame, hijo. —Le tomo los hombros con cuidado—. Cuando crezcas, vas a poder decidir lo que quieras ser. Si quieres seguir mis pasos, tendrás mi apoyo. Y si decides ir por otro camino, también. Siempre voy a estar para ti. Eres mi hijo, y eso es lo único que importa.

Él me mira con esa mezcla de seriedad y ternura que solo los niños tienen.

—¿Y tú siempre vas a estar conmigo?

Asiento.

—Siempre, campeón. Siempre.

Seguimos caminando. El sol empieza a levantarse del todo, pintando el jardín con una luz cálida.

—Papá —dice de pronto—, ¿puedo preguntarte algo más?

—Claro.

—¿Nadia va a ser mi nueva mami?

Su pregunta me toma por sorpresa. Me quedo en silencio un instante, mientras, el viento agita las hojas.

—Eso tendrías que preguntárselo tú —respondo al fin.

Él sonríe, satisfecho con mi respuesta.

—Lo haré, papá. Pero creo que ella quiere.

No puedo evitar reír.

Él no sabe cuánto significan esas palabras, ni cuánto se parecen a las que yo no me atrevo a decir todavía.

Caminamos un rato más. El día promete ser largo. Hoy es su fiesta, y quiero que todo salga perfecto.

Nadia lleva días organizando cada detalle con Vittoria, y no puedo negar que verla tan ilusionada, tan metida en cada decisión, me derrite un poco más el alma.

La casa huele a café recién hecho cuando regresamos.

En la terraza, Aurora toma el sol en su silla de ruedas. Tiene la manta sobre las piernas y el rostro sereno. Nadia se inclina junto a ella, acariciándole la mano con ternura. Andreea arregla flores sobre la mesa y los hombres revisan los vehículos.

Es una escena que parece salida de otra vida.

Una vida que nunca pensé tener.

Por un instante, me detengo y dejo que el pecho se me llene con esa sensación cálida de hogar.

—Papá, ¿vamos a la fiesta ya? —pregunta Ivantie, tirando de mi mano.

—En un rato. Primero, desayunemos con las chicas —le respondo, revolviéndole el cabello.

Más tarde, cuando todos están listos, salimos en caravana hacia el parque que cerré para el evento.

Cinco camionetas, veinte hombres distribuidos. Seguridad en cada entrada, francotiradores en los techos más altos de los alrededores. No dejaré que nada ni nadie arruine este día.

El vehículo se detiene.

El parque se abre ante nosotros como una pintura viva: el castillo inflable de Hogwarts se eleva hacia el cielo, los colores de las casas brillan en cada esquina, los aperitivos tienen forma de varitas y los *cupcakes* parecen pociones.

Vittoria se ha superado.

Nadia baja con Ivan en brazos. La expresión del niño al ver todo es impagable. Abre los ojos de par en par y suelta un grito de emoción.

—¡Papá, es Hogwarts de verdad!

Río. Nadia también. Su sonrisa me quita el aire.

—¿Te gusta, pequeño?

—¡Me encanta!

Aurora observa desde su silla, con una sonrisa suave, mientras Andreea se queda a su lado.

El resto del día transcurre con calma.

Mis hombres vigilan. Yo también lo hago, aunque por momentos me permito relajarme, porque cada vez que la miro a ella y a mi hijo, siento que el mundo no podría ofrecerme nada mejor.

En la distancia, Nadia empuja la silla de su abuela bajo la sombra de un árbol. Sus ojos se encuentran con los míos. Me sonríe. Esa sonrisa contiene paz, amor y algo que reconozco. La certeza de estar justo donde debe de estar.

Y yo también lo estoy.

Nadia

El sol cae sobre el parque con una suavidad que parece irreal. Las sombras se alargan entre los árboles, el aire huele a azúcar, a césped recién cortado y a la risa de los niños que corren descalzos sobre el pasto. Todo es luz, música, globos y alegría... y, sin embargo, siento ese nudo en el pecho que no logro desatar.

Mi abuela sonríe en su silla de ruedas mientras observa a Ivantie jugar con sus amigos. Su cabello, tan blanco como el algodón de azúcar que sostiene entre los dedos, brilla con los reflejos del sol. Le tiembla la mano, apenas perceptiblemente, pero sonríe. Siempre sonríe cuando lo ve reír.

Me inclino un poco hacia ella y le acomodo la manta sobre las piernas.

—¿Estás cómoda, *mamaie*? —pregunto en voz baja.

—Sí, hija. Muy cómoda. Aunque este sol parece más amable contigo que conmigo —responde con una sonrisa traviesa, y me pellizca suavemente la mano.

Ambas reímos. Me esfuerzo por hacerlo de verdad, por dejar que la risa me salga del alma, pero algo dentro de mí se resiste. La observo unos segundos más. Su piel parece aún más pálida que ayer, y aunque intenta mantener el mismo ánimo de siempre, sus ojos se apagan por momentos, como si la vida dentro de ellos se desvaneciera a ratos.

—¿Te duele algo? —pregunto, sin poder evitarlo.

Ella suspira.

—Desde hace tiempo el dolor ya no es dolor, cariño. Es solo… una molestia sorda. Ya no grita, solo me acompaña —afirma, mirando hacia los árboles—. Es curioso, cuando el cuerpo se acostumbra a sufrir, termina por hacerlo parte de uno mismo.

Mis ojos se llenan de lágrimas, pero parpadeo con fuerza para que no caigan. No quiero que me vea llorar. No hoy. No en el cumpleaños de Ivantie.

—No hablemos de eso, abuela. Hoy es un día bonito —le pido con una sonrisa que se me quiebra un poco.

—Lo es, hija mía. Y quiero que lo recuerdes así. —Me toma la mano y la aprieta con una fuerza sorprendente para su fragilidad—. Quiero que recuerdes este día… la risa de Ivan, la forma en que Velkan te mira, el calor del sol sobre tu piel. Quiero que guardes todo eso porque son las cosas que sostienen la vida, incluso cuando parece que se nos escapa entre los dedos.

No respondo. No puedo. Me limito a sostener su mano, a sentir su piel fría y seca, y me repito a mí misma que no voy a llorar. Que no voy a dejar que este día se ensombrezca por el miedo.

Ivantie corre hacia nosotros en ese momento, con la cara manchada de chocolate y los ojos brillando de felicidad.

—¡Nadia! *¡Bunica de zahăr!* ¡Miren! —grita, señalando un pequeño globo con forma de dragón que se eleva en el aire—. ¡Es igual al de la película!

Mi abuela ríe, y su risa suena como el eco más tierno del mundo.

—¡Oh, es precioso! —le dice con entusiasmo fingido, pero con la dulzura de siempre—. ¿Quién te lo dio?

—El abuelo —responde Ivantie, inflando el pecho con orgullo—. Dijo que si lo pierdo, no me dará otro.

—Entonces, tendrás que cuidarlo muy bien —le digo, limpiándole la mejilla con un pañuelo. Aunque estoy segura de que, si lo pierde, será muy feliz.

Él asiente y sale corriendo otra vez hacia el grupo de niños. Su pequeña figura se mezcla entre los colores, las risas, los castillos inflables y los globos que flotan sobre el parque. Todo parece tan perfecto que duele.

Mi abuela me observa un instante, y su expresión cambia.

—Ese niño irradia tu luz, Nadia. La misma ternura, la misma curiosidad —susurra, mirándolo a lo lejos—. Pero tiene también algo de su padre. Lo ves, ¿verdad?

—Sí —respondo apenas, y miro hacia donde está Velkan.

Está de pie, hablando con Lucian y Vasile, dándoles indicaciones discretas con ese aire de autoridad que nunca lo abandona. Aun así, su mirada no deja de volver hacia nosotros. Cada vez que sus ojos se cruzan con los míos, siento que el mundo se detiene un poco.

No lo disimula. La forma en que me busca, en la que apenas me sonríe, en la que me observa como si no pudiera evitarlo.

Y yo tampoco quiero evitarlo.

Mi abuela suspira con una sonrisa melancólica.

—Ese hombre te ama, Nadia. Lo he visto. No solo en la forma en que te mira, sino en cómo respira cuando estás cerca. En cómo su cuerpo se tensa cada vez que no te ve. Ese hombre te ama... y ese niño te adora.

—Abuela... —susurro, sintiendo que la garganta se me cierra.

—No digas nada. Solo escúchame —me interrumpe con dulzura, posando su mano sobre la mía—. Has cargado demasiado peso sobre los hombros toda tu vida, hija mía. Cuidaste de mí, trabajaste sin descanso, sobreviviste a lo que habría quebrado a muchos. Y ahora, por fin, tienes un hogar. Una familia. No los dejes ir. Lucha por ellos.

Trago saliva para intentar responder, pero mi voz no sale.

—¿Me oyes, Nadia? —insiste—. No dejes que nadie te quite lo que el destino quiso darte.

Asiento en silencio.

Mi abuela sonríe, satisfecha.

—Tus padres estarían tan orgullosos de ti... —dice, y su voz tiembla levemente—. Orgullosos de la mujer en la que te convertiste. Y yo... yo también lo estoy.

Las lágrimas me arden en los ojos, pero esta vez no las detengo. Me inclino y la abrazo con cuidado. Ella huele a lavanda y a algo que me recuerda a casa. A todo lo que alguna vez temí perder.

—Te amo, *mamaie* —afirmo contra su cuello.

—Y yo a ti, cariño —me responde, acariciándome el cabello—. Ahora, suficiente tristeza. Llévame a probar un poco de esa tarta antes de que se acabe.

Río entre sollozos y asiento, empujando lentamente la silla hacia la mesa de los dulces.

Le corto un trozo de tarta y se lo ofrezco en un plato pequeño. Ella lo mira como una niña traviesa.

—Si tu padre estuviera vivo, me mataría si me viera comiendo esto —dice con picardía.

—Estoy segura de que cuando te lo encuentres en el cielo, te regañará —le respondo, y ambas estallamos en risa.

La escena parece tan cotidiana, tan normal, que por un momento puedo fingir que nada va a pasar. Que no hay una despedida acechándonos.

Que el tiempo no se nos acaba.

La tarde transcurre en una calma dulce. Velkan pasa de vez en cuando, se inclina para besarme la mejilla, revisa el perímetro, y vuelve al juego de Ivantie. Su risa, esa risa grave que tan pocas veces deja salir, resuena entre los árboles y me hace sonreír cada vez.

El parque entero parece girar en torno a esa felicidad, a esa burbuja de amor y seguridad que él ha creado para nosotros.

Cuando el sol comienza a bajar, el cielo se vuelve una pintura de tonos rosados y dorados. Mi abuela observa el horizonte con una expresión tranquila, casi serena.

—Qué bonito atardecer —murmura.

—Sí —respondo—. Es perfecto.

—Así quiero recordarlo —añade—. Este día, este cielo, y la risa de Ivan.

Me arrodillo a su lado y, por primera vez, noto lo fría que está su piel. Tan fría, a pesar del sol.

—¿Abuela? —pregunto con un temblor en la voz.

Ella me mira, y su sonrisa no cambia.

—Estoy bien, hija mía —susurra—. Solo cansada. Muy cansada.

El corazón se me contrae, pero no digo nada. Me obligo a sonreír, a mantener la compostura.

No quiero asustarla. No quiero que este día termine en tristeza.

Así que me asiento y aprieto su mano con fuerza.

El resto del cumpleaños transcurre como un sueño. Los niños gritan, el pastel se corta, los regalos se apilan en una torre gigante. Velkan sostiene a Ivantie en brazos mientras todos cantan, y yo los miro, grabando cada detalle, cada luz, cada sonido en mi memoria.

Pienso que eso —esa imagen— es lo que quiero recordar cuando todo cambie.

Más tarde, cuando el parque comienza a vaciarse y los últimos invitados se despiden, me quedo de pie junto a mi abuela. Ella ya casi no habla. Solo observa, con los labios curvados en una sonrisa tenue, como si el alma misma estuviera despidiéndose de la vida con gratitud.

Me inclino hacia ella.

—¿Quieres que vayamos a casa? —pregunto.

—Sí, cariño. Pero antes... prométeme algo.

—Lo que sea.

—Prométeme que serás feliz. Que no te esconderás del amor por miedo a perderlo.

Tardo en responder. Siento el aire atragantado en la garganta.

—Lo prometo —respondo al fin.

Ella sonríe.

—Bien. Entonces todo ha valido la pena.

Velkan se acerca en ese momento, con Ivantie dormido sobre el hombro. Se inclina hacia Aurora y le da un beso en la mejilla.

—Gracias por venir, señora Aurora —afirma en voz baja.

—Gracias por cuidar de mi nieta —responde ella, mirando a Ivantie y luego a mí—. No los dejes ir.

Él asiente con solemnidad, y en sus ojos hay un brillo que no le había visto antes. Es respeto, ternura... y algo más profundo.

Esa noche, cuando por fin regresamos a casa, me quedo un rato mirando el jardín desde la ventana. El cielo sigue ardiendo con los últimos tonos del atardecer.

Y me doy cuenta de algo. Por primera vez en años, no tengo miedo.

Sé que el dolor llegará, que la vida volverá a doler. Pero también sé que no estoy sola.

Y cuando pienso en mi abuela, en su sonrisa tranquila mientras miraba el cielo, sé que eso, esa paz, es lo que ella quería dejarme como herencia.

Amor.

Y un lugar al cual llamar hogar.

VEINTIUNO
Nadia

M i abuela murió dos días después del cumpleaños de Ivantie.

Sufrió un paro cardíaco mientras dormía.

Cuando fui a despertarla aquella mañana, el sol apenas comenzaba a filtrarse por las cortinas. Me acerqué a su cama como siempre, dispuesta a desearle los buenos días, a prepararle el té de hierbas que pedía a diario. Pero no me respondió. No abrió los ojos. No se quejó de que la levantara tan temprano ni sonrió con esa ternura que solía iluminar la habitación, incluso en los días más grises.

No la escuché decir una vez más «buenos días, hija mía».

No volvió a pronunciar mi nombre.

Y el silencio que siguió a mi llamada fue lo más aterrador que he sentido en mi vida.

Desde ese momento, el mundo parece haberse detenido.

Todo a mi alrededor suena distante, como si el aire se hubiera espesado y los colores hubieran perdido su brillo. El dolor no es un grito, es un vacío que no tiene forma. No hay lágrimas suficientes para lo que siento; solo ese entumecimiento que me deja respirando sin vivir del todo.

Velkan fue quien la levantó de la cama. La cargó entre sus brazos con una delicadeza que me desgarró el alma, como si temiera romper algo más que un cuerpo. Andreea llamó al médico, pero todos sabíamos lo que ya era evidente.

Murió en paz.

Murió en su sueño.

Y aun así, cada célula de mi cuerpo se niega a aceptarlo.

Han pasado cuatro días desde entonces, y la casa parece distinta. Vacía, aunque esté llena de gente. Andreea se encarga de Ivantie; lo lleva al jardín maternal, lo recoge y lo alimenta. Yo debería hacerlo, pero no puedo. Cada vez que lo intento, termino derrumbándome.

Así que Velkan me cuida.

Él no dice mucho. No me presiona. No me exige comer ni dormir; simplemente está ahí. Siempre. A veces se sienta a mi lado en silencio, su mano busca a la mía, su respiración es firme, constante. Me recuerda que sigo aquí.

Otras veces, cuando el dolor me arrastra demasiado hondo, me abraza sin decir palabra. Su pecho es un refugio tibio que huele a hogar, a protección, a todo lo que he perdido y, de algún modo, también a lo que he ganado.

Es extraño.

La única persona que me cuidó toda mi vida acaba de morir... y ahora hay otra que me cuida.

Y aunque duele, también se siente... bien. Triste, sí, pero bien.

Velkan ha organizado todo. El funeral, los trámites, las flores, incluso el sitio junto a mis padres. Dice que allí, donde el viento sopla suave y los pinos murmuran al atardecer, mi abuela podrá descansar al fin. Yo solo asiento, incapaz de hacer más.

No recuerdo haberlo visto dormir desde que ella murió. Lo

escucho caminar por la casa en la madrugada, revisar los pasillos, asegurarse de que todo esté en orden.

A veces, cuando me encuentra llorando, me seca las lágrimas con el pulgar, sin decir nada. Solo me mira.

Y en esa mirada hay más ternura de la que podría soportar.

—Come un poco, *comoară* —me dice cada tarde, dejando un plato frente a mí.

—No tengo hambre.

—Solo un poco —insiste, sin dureza. Y cuando cedo, sonríe apenas. Esa sonrisa suya que logra sacarme de la bruma de mi tristeza, aunque sea por un instante.

Las noches son peores.

El silencio se vuelve más profundo y el eco de mi propia respiración me parece ajeno. Intenté dormir en mi habitación la primera noche, pero el espacio se sintió demasiado vacío, como si la ausencia de mi abuela pesara en cada pared.

Así que, como si hubiera sentido mi desesperación de dormir sola, Velkan se coló a mi habitación la primera noche. Desde entonces, me voy a su habitación cuando tocar ir a dormir.

Ahora duermo —o intento dormir— abrazada a su pecho. A veces despierto sobresaltada, sin saber si es por un sueño o por el dolor que no cesa. Pero su brazo está ahí, rodeándome, firme y cálido, anclándome al presente.

Me acaricia el cabello hasta que mi respiración se calma.

Y pienso que, tal vez, si no fuera por él, la tristeza ya me habría devorado.

Hoy Ivantie ha regresado temprano del jardín maternal.

Andreea lo trajo directo a mi habitación. Llevaba una flor amarilla en la mano, arrancada de quién sabe dónde.

—¡Nadiaaa! —me llamó desde la puerta.

Le sonreí, o al menos, lo intenté.

—Hola, cariño. ¿Cómo estuvo tu mañana?

—Bien. Pintamos dragones. —Se acerca y me tiende la flor—. Esta es para ti.

—¿Para mí?

—Sí. Es porque estás triste.

La flor es pequeña y hermosa.

Me inclino para recibirla, y él se sube a la cama sin pedir permiso y se acurruca contra mí, con esa naturalidad que derrite mi corazón.

—¿Sabes? —dice en voz baja, jugando con mis dedos—. La abuela está en las estrellas.

Mis ojos se humedecen al instante.

—¿En las estrellas? —repito, conteniendo la respiración.

—Sí. —Asiente con solemnidad infantil—. Igual que tus papás. No está sola. Yo lo sé.

—Gracias, cariño —susurro, besándole el cabello.

—No llores —dice, y su manita me seca la lágrima que se escapa—. Ahora yo te voy a cuidar.

No sé en qué momento las lágrimas comienzan a caer sin control. Lo abrazo con fuerza, ocultando el rostro en su cuello.

—Eres mi pequeño héroe —le digo con la voz rota.

Él se queda en silencio un momento.

—Le pregunté a papá si ibas a ser mi nueva mami, pero dijo que tenía que preguntártelo —dice luego.

Me aparto un poco y lo miro a los ojos.

—¿Es eso lo que quieres?

—Sí. —Aparta la mirada, nervioso.

El aire se me atora en la garganta.

Él levanta la mirada, inseguro, con los ojos llenos de esperanza.

—Porque... mi mamá no me quiere. Pero yo sí quiero que tú seas mi mami. Quiero que te quedes con nosotros.

No puedo contener el llanto. Las palabras se me disuelven entre lágrimas.

Lo abrazo tan fuerte que temo romperlo, y él me rodea con sus bracitos.

—Claro que quiero, cariño. —Mi voz tiembla—. Nada me haría más feliz.

Él ríe, aliviado.

—Entonces, ya está. Eres mi mami —afirma con la convicción más pura que he escuchado en mi vida.

Esa noche, después de que Ivantie se durmió, subo a la habitación de Velkan. Él está sentado en el sillón trabajando en su ordenador, pero cuando me ve lo hace a un lado.

Camino hacia donde está, despacio, con el corazón encogido, y sin pensarlo demasiado, me dejo caer en su regazo.

Me abraza como si lo hubiera estado esperando.

—¿Pasa algo? —pregunta con esa voz grave y serena que me calma hasta los huesos.

—Sí... Ivantie me preguntó si quería ser su nueva mamá.

Siento cómo su cuerpo se tensa levemente, pero no dice nada.

—¿Y qué le dijiste?

—Que sí —respondo sin apartar la vista del vacío.

Velkan asiente despacio, apoyando su mentón en mi cabeza.

—Siempre fuiste mi destino.

Sus palabras me estremecen.

Me quedo así, envuelta en su calor, sintiendo cómo su respiración se mezcla con la mía.

Afuera, la lluvia comienza a caer con suavidad contra los ventanales. El sonido es hipnótico, casi pacífico.

—No sé qué habría hecho sin ti —murmuro.

—Sobrevivirías. Eres más fuerte de lo que crees.

—No tanto —susurro, negando con la cabeza.

—Sí, Nadia. —Su voz es firme—. Pero a veces incluso los fuertes necesitan una mano que los sostenga.

Alzo la vista hacia él. Sus ojos grises me miran con una ternura que me desarma por completo.

Me acaricia la mejilla con suavidad y aparta un mechón de mi rostro.

—Tu abuela estaría orgullosa —dice con un tono tan suave que casi se quiebra.

Apoyo la cabeza en su pecho. Escucho el sonido de su corazón: lento, constante, real.

Cierro los ojos.

Y por primera vez en días, dejo que la calma me envuelva.

No es la ausencia de dolor lo que siento, sino su transformación.

Como si mi abuela me hubiera dejado una última enseñanza. Que el amor, cuando es verdadero, nunca desaparece. Solo cambia de forma.

Ahora vive en ellos. En Ivantie, con su risa contagiosa. En Velkan, con su presencia silenciosa y protectora.

Y aunque sé que me tomará tiempo sanar, también sé que estaré bien.

Porque ya no estoy sola.

Me duermo así, con su mano en mi espalda y el eco de la lluvia cubriendo el mundo.

Y antes de que el sueño me venza, susurro un «gracias al cielo».

Por todo.

Por ella.

Por ellos.

VEINTIDÓS
Nadia

Llueve.

Llueve desde el amanecer, como si el cielo se negara a permitirnos un día claro para despedirla.

Las gotas resbalan por los ventanales de la habitación, dibujando líneas que se cruzan como los caminos de nuestras vidas: breves, hermosos y, a la postre, finitos.

Han pasado siete días desde su muerte.

Siete días que me han parecido un año entero.

Pero estoy de pie.

No sé cómo, pero lo estoy.

El espejo me devuelve la imagen de una mujer que apenas reconozco. Llevo un vestido negro sencillo, el cabello recogido en un moño bajo.

Velkan entró hace un rato. No dijo nada, como siempre hace cuando las palabras sobran. Solo se acercó, me rodeó por la cintura y dejó un beso en mi sien.

—Estoy aquí —murmuró.

Y lo está.

Y por primera vez en mucho tiempo, obedecí.

Andreea también ha sido un pilar. Después del funeral, retomará su vida; aceptó un puesto como enfermera en una clínica privada. Me alegra saberlo. Ella estuvo desde el principio, por eso, más que una enfermera, es mi amiga, mi familia.

Ivantie, mi pequeño sol, no ha dejado que la casa se hunda en silencio. Cada mañana llega a mi habitación con una flor distinta —las arranca del jardín, aunque su padre finja regañarlo por eso— y dice que son para que la abuela me mire desde las estrellas. No sé de dónde saca tanta sabiduría un niño de cinco años. Quizá porque en él vive la pureza que el mundo olvida.

Hoy, mientras me preparo para salir, lo escucho corretear por el pasillo. Su risa choca contra las paredes como una ráfaga de vida.

Y entiendo que, incluso en medio del duelo, la vida no se detiene.

Solo cambia de forma.

El cementerio está en las afueras, rodeado de altos pinos que susurran con el viento.

El camino está húmedo; el barro se adhiere a los zapatos, y el aire huele a tierra mojada y a flores.

El coche avanza despacio. Voy en el asiento trasero, con Ivantie dormido sobre mi regazo. Velkan se encuentra a mi lado; su mano libre descansa sobre mi rodilla, firme, recordándome que siempre está aquí.

Vasile va en el asiento del conductor y Andreea va a su lado, mirando por la ventana, perdida en sus pensamientos.

Cuando llegamos, la lluvia se convierte en una llovizna fina, casi respetuosa.

El cielo entero parece inclinarse ante ella.

La tumba está preparada junto a la de mis padres. El mármol, frío y nuevo, contrasta con la piedra desgastada de las otras dos.

Las flores blancas cubren el suelo y, entre ellas, hay un ramo de lilas. Las favoritas de mi abuela.

Siento que me tiemblan las piernas cuando bajo del coche.

Velkan me ofrece su mano. No la suelto.

Nos acercamos al ataúd.

Es pequeño, sencillo, sin adornos innecesarios. Tal y como ella habría querido.

El sonido de la lluvia sobre la madera tiene algo hipnótico.

Parece un corazón despidiéndose.

Me quedo ahí, de pie, incapaz de hablar.

Hasta que Ivantie, tomado de mi falda, levanta la vista hacia mí.

—Mami Nadia, ¿puedo dejarle esto? —me dice en voz baja.

Desde el día que le dije que aceptaba ser su nueva mamá, me ha estado llamando así, y siento que soy una estrella brillante y única cada vez que lo escucho. Me hace tan feliz; siempre quise ser madre.

Abre la mano, y en su palma hay una pequeña estrella de papel que hizo anoche.

Un nudo se me forma en la garganta.

Él se acerca y la deja sobre el ataúd.

—Para que no se pierda cuando vuele al cielo —dice con inocencia.

Y me rompe.

Me rompe de una forma que ya no duele como antes, sino que me vacía, me limpia.

Cuando llega mi turno de hablar, no miro a nadie. Miro solo al cielo gris y al pedazo de tierra que pronto la cubrirá.

El viento levanta el olor de las flores y el eco de la lluvia.

Respiro hondo.

—Mi abuela fue... —empiezo, pero mi voz se quiebra, sin embargo, continúo— fue la razón por la que aprendí a resistir. Hizo de su amor un refugio, incluso cuando el mundo se desmoronaba. Nunca se rindió, ni siquiera cuando la vida le arrebató demasiado. Me enseñó a cuidar, a dar, a no temerle a la vida.

Miro el ataúd.

—Gracias por cada noche que te desvelaste para que yo durmiera tranquila. Por cada palabra de consuelo, por cada risa compartida. Por enseñarme que el amor no es solo un sentimiento, sino también una decisión diaria.

Respiro, y dejo que las lágrimas caigan libremente.

—Descansa, *mamaie*. Ya puedes irte. Ya puedes volver con el abuelo, con mis padres... Y gracias por no irte hasta estar segura de que yo no me quedaría sola.

El viento sopla más fuerte.

Los pétalos de las flores se alzan.

Y siento —por primera vez desde que murió— una paz suave que me envuelve los huesos.

Velkan da un paso adelante, rodea mis hombros con su brazo y me atrae hacia él.

Junto con Andreea e Ivantie, somos los únicos testigos de este momento. No hay nadie más.

Pero no hacen falta multitudes para despedir a quien lo fue todo.

El sacerdote dice las últimas palabras.

El ataúd desciende, y con este, una parte de mi vida.

Pero también, de algún modo, siento que algo nuevo comienza.

Regresamos en silencio.

Al llegar a casa, el cielo comienza a despejarse. Una franja de luz se cuela entre las nubes.

Parece una señal.

El tipo de señal que mi abuela habría mencionado, sonriendo, mientras decía que los ángeles siempre dejan una rendija por donde mirar.

Subo a la habitación. Me quito los zapatos y el abrigo. Me

siento al borde de la cama, observando cómo el sol se filtra débilmente entre las cortinas.

Y por primera vez en días, no lloro.

Siento cansancio, sí, pero también una calma profunda.

Como si al fin hubiera cumplido con ella.

Velkan entra en silencio.

Trae dos tazas de café. Me ofrece una, y al hacerlo, roza mis dedos con los suyos.

El contacto es cálido, humano, necesario.

—¿Cómo te sientes? —pregunta, sentándose a mi lado.

—Vacía —respondo con honestidad—, pero viva.

Él asiente, mirándome como si esa simple respuesta fuera una victoria.

—Sé que todos estarían orgullosos de ti.

—Lo sé. —Sonrío débilmente—. Y eso me basta.

Nos quedamos así, en silencio.

El café se enfría, pero ninguno de los dos se mueve.

Solo el sonido del reloj marca el tiempo, que dejamos pasar sin prisa.

Han pasado unas horas.

El aire en la casa es distinto. Menos pesado, menos denso.

Camino por el pasillo hasta el jardín. El suelo aún está húmedo, las flores inclinadas por la lluvia.

La brisa huele a tierra, a vida.

Me siento en el banco de piedra donde solía tomar el aire con mi abuela.

Cierro los ojos y la imagino aquí, riendo, contando historias que ya me sé de memoria.

—Lo lograste, *mamaie* —susurro—. Estoy bien.

No del todo, pero lo suficiente.

He aprendido que el dolor no desaparece. Solo cambia de sitio. Se acomoda dentro, como una cicatriz que ya no sangra.

Y aunque sé que habrá días en que duela más que otros, también sé que ya no estoy sola.

Velkan me ama.

Ivantie me adora.

En la noche, cuando subo a nuestra habitación, lo encuentro acostado en la cama esperándome para dormir.

—Ven aquí —me pide.

Me recuesto sobre su pecho y escucho su corazón.

Su mano comienza a acariciar mi cabello, de una forma lenta y rítmica.

No hablamos. No hace falta.

Su calor me envuelve, y el peso del día se disuelve poco a poco.

Pienso en lo lejos que he llegado, en todo lo que perdí y en todo lo que gané.

Quizá mi abuela tenía razón: a veces la vida se encarga de vaciarnos para poder llenarnos de nuevo.

Y mientras el sueño me vence, me sorprendo sonriendo.

Porque incluso entre las sombras del duelo, hay luz.

Y porque sé —lo siento en el alma— que ella está ahí arriba, mirando cómo mi corazón vuelve, poco a poco, a latir sin miedo.

VEINTITRÉS

Nadia

Han pasado cuatro semanas desde el funeral. Días que me han enseñado, sin palabras, que la vida no se detiene, aunque el alma duela.

Dos semanas después de enterrar a mi abuela, salí de casa sin un rumbo claro. Solo sabía que no quería seguir siendo la mujer que se quedaba en casa, esperando que el silencio la devorara. Y ese mismo día, mientras pasaba frente a la universidad local, lo supe. Entré. Pregunté por las inscripciones. Ahora, dos semanas después, estoy oficialmente inscrita en la carrera de Educación Infantil.

No es una decisión impulsiva. Siempre me gustaron los niños. Su manera honesta de ver el mundo, la forma en que aprenden con una rapidez que parece magia. Cuando estoy cerca de ellos, siento que puedo construir algo que no se derrumba. Algo que deja huella.

Las clases son por la mañana, justo después de dejar a Ivantie. Camino con él hasta la puerta del jardín maternal; lleva su mochila azul y siempre me da dos besos. Uno para mí y otro para «la abuela en las estrellas». Luego me despido, lo veo correr hacia sus amigos y me voy sonriendo, aunque por dentro aún me cueste respirar a veces. Volver a estudiar es extraño. Me siento mayor entre tantos jóvenes, pero al mismo tiempo, libre. Libre de lo que fui, libre del dolor que me ataba.

Velkan se burla cada vez que me ve llegar con los apuntes en la mano. Dice que nunca imaginó que terminaría enamorado de una universitaria. Y cada vez que lo dice, no puedo evitar reír. Su humor es torpe y seco, pero sus ojos no mienten cuando me mira. Hay ternura allí, una ternura que no necesita palabras.

Mi vida ahora se divide en tres: las mañanas de clases, las tardes con Ivantie y las noches con él. La casa se ha convertido en un hogar. Andreea volvió a trabajar, pero sigue viniendo algunos fines de semana para ver cómo estoy. A veces cocinamos juntas, en otras ocasiones nos sentamos en el jardín y hablamos de todo y de nada. Ella dice que no cambiaría jamás los años que pasó conmigo y con mi abuela.

Ivantie, por su parte, se ha adaptado por completo a la rutina. Cuando vuelve del jardín maternal, lo primero que hace es correr a la oficina de Velkan. Él suele fingir molestia, gruñendo que está ocupado, pero al final termina sentando al niño sobre su escritorio mientras continúa trabajando. Cada vez que los veo juntos, siento que mi corazón podría derretirse. No imaginé amar así. No imaginé que un amor tan grande pudiera nacer del caos.

La presencia de los hombres de seguridad ya se ha vuelto parte de nuestra rutina. Hay dos apostados frente al jardín maternal, uno en la esquina de la calle y otro que sigue el coche a distancia cuando voy a la universidad. A veces me incomoda; otras, me da paz. Sé que Velkan no descansa. La amenaza del serbio sigue latente, lo percibo en su mirada cada noche.

Hoy, después de clases, paso por Ivantie. Está en el columpio, riendo con un grupo de niños. Cuando me ve, corre hacia mí y se lanza a mis brazos.

—Mami Nadia, hoy aprendí a escribir mi nombre.

—¿Sí? A ver, muéstrame.

Saca una hoja arrugada del bolsillo y me enseña las letras torcidas que forman «Ivantie Rusu». Sonrío y lo beso en la frente.

—Es perfecto, cariño.

El camino de regreso es tranquilo. El coche avanza entre calles bordeadas por árboles, y el sol se esconde detrás de las colinas. Me gusta esa hora del día, el momento en que el mundo se tiñe de oro y parece suspenderse en silencio. Cuando llegamos, la casa huele a comida recién hecha. Velkan está en la cocina, sin camisa, con el delantal negro que deja poco a la imaginación.

—Llegan justo a tiempo —dice sin volverse.

—Huele delicioso —respondo, dejando los bolsos sobre la encimera y recorriéndolo con la mirada.

Ivantie corre hacia él y lo abraza por la cintura.

—Papá, mamá Nadia cocina mejor.

—Traidor —dice riendo, mientras me acerco y él me deja un beso en los labios.

La cena es sencilla, pero perfecta. Hay pasta, vino para nosotros y jugo para Ivantie. Comemos entre risas, anécdotas y pequeñas miradas que dicen más que cualquier palabra. Y por un instante, olvido todo: la amenaza, el pasado, el miedo. Solo estamos nosotros tres. Una familia. La que siempre quise tener.

Después de cenar, dejamos los platos en el lavavajillas y nos instalamos en la sala. Ivantie se acomoda entre nosotros, con una manta hasta el cuello, mientras vemos una película animada. Sus risas llenan la habitación y, cuando al fin se queda dormido, lo cargo en brazos y lo llevo a su habitación. Velkan me sigue, apaga la lámpara y le da un beso en la frente. Nos quedamos un momento observándolo. Su respiración es suave, tiene una expresión calmada. Parece mentira que un niño tan pequeño haya logrado unir dos mundos tan rotos.

Velkan me toma de la mano mientras regresamos al pasillo.

No dice nada, pero su pulgar acaricia el dorso de mi mano, un gesto que me eriza la piel. Su amor no es ruidoso. Es constante. Y eso lo vuelve aún más profundo.

Más tarde, en nuestra habitación, me quito los pendientes frente al espejo. Lo observo a través del reflejo. Sus ojos se alzan hacia mí cuando dejo caer el cabello sobre mis hombros.

—¿Todo bien? —pregunto.

—Sí... —responde, pero sé que no—. Nathaniel me escribió. El líder serbio volverá a moverse pronto.

—¿Cuándo?

—No lo sabemos, pero está cerca; lo siento.

Sus manos se apoyan en mi cintura, y me atrae hacia él.

—Quiero que estés preparada para todo.

—Lo estoy.

—No, Nadia —dice, mirándome con una mezcla de miedo y amor—. No lo estás.

—Velkan, ya he sobrevivido a lo peor. —Le toco el rostro—. Y si algo pasa, no quiero que te culpes por ello.

Él baja la cabeza, apoya la frente en la mía. Nuestras respiraciones se entrelazan, y por un segundo, el tiempo se detiene.

—No pienso dejar que nada te pase —murmura.

—Lo sé. —Sonrío—. Por eso no tengo miedo.

Lo beso despacio, con la calma de quien ha aprendido que el amor también puede ser una forma de valentía.

La noche se estira entre nosotros, suave y cálida. Y por primera vez en mucho tiempo, no me siento una sobreviviente. Me siento viva.

Velkan

La casa está en silencio. El tipo de silencio que solo existe cuando todo está bien.

Desde mi oficina puedo ver el jardín. Nadia e Ivantie están afuera, regando las flores. Ella ríe mientras él chapotea con la manguera. Termina empapado. La observo desde la ventana. Su sonrisa es distinta ahora. No hay tristeza. Solo vida.

Nunca pensé que pudiera tener esto. Nunca creí merecerlo. Pero lo tengo. Y no pienso perderlo.

Desde que está estudiando, Nadia parece otra. Más segura, más libre. Le gusta contarme lo que aprende. Anoche se sentó en mi escritorio a explicarme algo sobre desarrollo infantil. Yo la escuché, fascinado, y fingiendo entender, solo para verla hablar con esa pasión en la mirada. Esos momentos valen más que cualquier imperio.

Mis padres la adoran. La conocieron en el cumpleaños de Ivantie y desde entonces no han dejado de hablar de ella. Mi madre me dijo que, si algún día la dejo ir, nunca me lo perdonará. Mi padre, el viejo gruñón que apenas aprueba nada, dijo que Nadia tiene «alma de familia». Y tenía razón. Ella convirtió esta casa en un hogar.

Sin embargo, la tranquilidad nunca dura demasiado. Nathaniel lleva días advirtiéndome de que el serbio está a punto de moverse. Dušan Vojinović. El fantasma. El hombre que ha estado reconstruyendo su infierno desde las sombras. Aunque no lo digo en voz alta, sé que cada día que pasa lo acerca más a nosotros.

Por eso he reforzado la seguridad. Hay hombres en todas las entradas, en las cámaras de reconocimiento, en las rutas de escape y un helicóptero en la pista privada. No pienso arriesgarlos. No a ella. No a mi hijo.

Cuando la miro, cuando veo cómo cuida de Ivantie, cómo lo acuesta, cómo practica con él para escribir... siento que mi corazón late por razones nuevas. Por ella. Por ellos.

Esa noche, la encuentro en el estudio. Está revisando apuntes, con el cabello recogido en un moño desordenado. Sus gafas se deslizan por la punta de la nariz y hay una mancha de tinta en su dedo. Me quedo observándola un rato. Es tan simple, tan real. Y al mismo tiempo, la cosa más hermosa que he tenido cerca.

Horas más tarde, Ivantie duerme y nosotros vemos una película en el sofá. Ella está recostada contra mi pecho y mis dedos juegan con su cabello. El fuego de la chimenea dibuja sombras en las paredes.

—Esto... —murmuro—, esto es lo que siempre busqué.

—¿Paz?

—No. Calma.

Y se siente como el último respiro antes de la tormenta.

VEINTICUATRO

Velkan

El día comienza como cualquier otro.

Demasiado normal, pienso ahora.

Demasiado tranquilo.

Estoy en la oficina, revisando los contratos de una nueva exportación. La luz de la tarde se cuela por los ventanales y baña los muebles con un brillo dorado. A lo lejos, escucho la voz de Ivan riendo con Nadia antes de llevarlo al jardín maternal. Saldrán juntos hoy, porque me dijo que le gustaría que le compraran un nuevo set —el de Hogwarts lo armaron hace días—. Le dije que estaba bien; que los escoltas irían detrás; que estaría segura.

El teléfono suena poco después de las cuatro. El número que aparece en la pantalla me hace fruncir el ceño: la Central de Policía de Bucarest.

—Diga.

—Señor Rusu. —La voz del capitán Ciubano suena tensa, casi quebrada—. Ha ocurrido un accidente.

El corazón me da un vuelco.

—¿Dónde? —pregunto con un hilo de voz.

—A veinte minutos de su residencia. El coche donde iba la

señorita Vasilescu y su hijo... fue embestido. La camioneta escolta que los acompañaba también fue impactada.

—¿Ellos están bien? —pregunto con el miedo oprimiéndome las entrañas.

Silencio. Escucho cómo el capitán traga saliva al otro lado de la línea y sé la respuesta mucho antes de que la diga.

—Los cuerpos de los escoltas fueron hallados... todos sin vida. Pero la señorita Vasilescu y su hijo no estaban.

—¿Qué quiere decir con que «no estaban»? —Mi voz se quiebra, es apenas un gruñido.

—Desaparecieron, señor.

Por un instante, no oigo nada. Ni mi respiración. Ni el reloj. Ni los latidos acelerados de mi corazón. Solo el silencio. Frío. Absoluto.

Desaparecieron.

La palabra se clava en mi pecho como un disparo.

Me levanto de golpe; la silla cae hacia atrás. Siento la sangre hervir, mi garganta cerrarse.

—Encuéntralos —murmuro al auricular.

—Señor, estamos movilizando unidades, pero...

—¡Encuéntralos, maldición! —grito.

Cuelgo antes de escuchar su respuesta. Mi mente se deshace por segundos. Las imágenes llegan todas al mismo tiempo: Nadia riendo, Ivantie corriendo hacia ella con los brazos abiertos, la promesa de protegerlos, la paz que creí tener.

Ahora todo está hecho pedazos.

Marco otro número. Nathaniel contesta al tercer timbrazo.

—¿Qué pasa?

—Se los llevaron.

—¿Qué?

—A mi hijo y a Nadia. ¡Los jodidos serbios los tienen!

Silencio. Luego escucho su respiración acelerarse.

—Mierda...

—Encuéntralos. Ya. No me importa cómo. Usa todos tus contactos.

—Voy a rastrear todas las rutas desde el punto del accidente. Si los cruzaron, los detectaremos en cámaras.

—No los detectarán en Rumanía. Ya lo sabes.

—Lo sé. —Su voz suena más grave—. Te aviso en cuanto tenga las coordenadas. Prepárate.

Cuelgo. Camino hasta el bar del despacho y me sirvo un *whisky* con las manos temblando. No lo bebo. No puedo. La imagen de Nadia y de mi hijo me asfixia. Por primera vez en años siento miedo. No por mí. Por ellos. El miedo de perderlo todo.

Vasile entra sin llamar. Su rostro está pálido.

—¿Ya lo sabe?

—Sí. —Me paso la mano por el rostro—. Lucian estaba entre los escoltas.

Baja la mirada.

—Pobre muchacho. —Niega suavemente con la cabeza antes de alzar la mirada—. Dígame qué hacer.

—Prepara todo. Dos camionetas, armamento completo, chalecos y munición. Activa el protocolo de alerta. Cuando lleguen los demás, saldremos hacia Serbia.

—Sí, *şef.*

Cinco minutos después, suena el teléfono. Es Nathaniel.

—Los tengo. —Su voz llega entrecortada, con ruido de fondo —. Imágenes de cámaras fronterizas. Un convoy cruzó hacia Serbia hace treinta minutos. Dos vehículos, sin placas. Las cámaras térmicas detectaron cuatro cuerpos en el primero y tres en el segundo.

—¿Están vivos?

—No lo sé, pero los rastreadores satelitales marcan dirección a Novi Sad. Estaré ahí en unas cuantas horas. Solo tenemos este bloque de doce horas antes de que desaparezca de nuevo.

—Envíame las coordenadas —abro el mapa digital sobre la mesa—. Reuniré a los demás.

—Velkan... iremos hasta el infierno, ¿me oyes? Hasta el maldito infierno si hace falta —dice Nathaniel antes de colgar.

Envío un mensaje grupal: «Código Rojo. Reunión inmediata. Necesito a todos en casa».

Confirman uno a uno, y ahora me toca hacer lo más difícil: esperar.

Primero llega Dante. Luego Ethan y Vladimir, seguidos por Mila y Vittoria. Sí, vinieron también. Cuando las veo bajar del coche, mi instinto grita que deberían estar lejos de esto, pero Dante me detiene antes de abrir la boca.

—No iba a dejar a mi mujer y a mi hijo solos, lo sabes.

Detrás de él, Vittoria sostiene a Adriano en brazos. Se encoge de hombros cuando su mirada se encuentra con la mía.

—Sabes que si no nos tiene en su radar por mucho tiempo, se pone paranoico.

Mila se acerca despacio y me da un suave apretón en el hombro. No la veía desde hace un año.

—Estarán bien.

No tengo fuerzas para responder. Solo asiento.

Nos reunimos en el salón principal. Las ventanas están cubiertas, el mapa holográfico proyecta el territorio serbio en el centro de la mesa. Apunto con un puntero las coordenadas que Nathaniel me envió.

—Aquí —digo—. Es un antiguo complejo industrial, abandonado desde hace años. Ahora lo usan como centro de tránsito para el tráfico de personas. Tienen un perímetro de vigilancia y cuatro entradas principales. Nathaniel dice que hay al menos quince hombres fijos y otros veinte que rotan.

Ethan cruza los brazos.

—¿Sabes algo del estado de tu hijo y de tu mujer?

—No. —Mi voz se quiebra un segundo—. Pero los quiero vivos. A ambos.

Silencio. Todos lo entienden. No son solo palabras. Es una orden. Dante apoya un brazo en mi hombro.

—Los traeremos de vuelta.

La habitación se llena de planes, diagramas y órdenes. Vladimir revisa el equipo táctico, Ethan coordina las comunicaciones satelitales y Dante identifica rutas secundarias de escape. Yo escucho, pero no estoy realmente ahí. Mi mente está con ellos. Veo sus rostros una y otra vez. Sus ojos llenos de luz. Escucho el sonido de sus risas. Y después, el vacío.

Por momentos, la rabia amenaza con devorarme. Pero no es un lujo que pueda darme, así que me obligo a mantener la cabeza fría.

Nathaniel llega casi a medianoche. Trae mapas físicos, imágenes térmicas y nombres.

—La red sigue operando bajo el alias «Kovek». Es una fachada. Si los tienen, están aquí. —Golpea el punto en el mapa con el dedo.

—Entonces, entraremos ahí —digo.

Mis hombres me miran.

—No hay tiempo para estrategias extensas. —Me enderezo—. Vamos a entrar, a sacar a mi hijo y a mi mujer, y luego vamos a quemar todo lo que quede de ellos.

La lluvia empieza a caer afuera, golpeando los cristales como si también quisiera entrar en guerra. Nadie habla durante un largo rato. Cierro los ojos. Veo a Nadia sonriendo, con mi hijo dormido en sus brazos. Y juro, con todo lo que soy, que volverán a casa. No importa el precio.

Horas después, la mansión es un hervidero. Camionetas listas. Armas cargadas. Hombres formados en filas. Me coloco el chaleco, ajusto la funda del arma y reviso el cargador. Dante se aproxima.

—¿Preparado?

—Más que nunca.

Ethan me da una palmada en el hombro.

—Vamos a traerlos. Lo prometo.

Y entonces, sin mirar atrás, avanzo hacia la tormenta. En el horizonte, los truenos rugen como presagio. El aire huele a guerra.

Y por primera vez en mucho tiempo, vuelvo a ser lo que siempre fui: un depredador.

Un hombre sin miedo.

Pero esta vez, no por venganza.

Por amor.

VEINTICINCO

Nadia

El sonido del impacto todavía retumba en mis oídos. El mundo se sacude, el aire se me escapa de los pulmones y el coche gira. Solo alcanzo a soltar un grito.

—¡Ivantie!

El cinturón me corta el pecho, golpeo mi cabeza contra el vidrio y la oscuridad me envuelve. Cuando despierto, lo primero que escucho es el llanto de mi niño. Está a mi lado, cubierto de polvo, con una mancha de sangre en la mejilla. Lo abrazo con fuerza, desesperada.

—Tranquilo, cariño, ya pasó. Mamá Nadia está aquí —susurro, aunque nada ha pasado, aunque no hay calma.

Las luces de otro vehículo nos ciegan. Veo siluetas acercarse entre la neblina del humo. Hombres con armas. Todo se vuelve borroso. Trato de cubrir a Ivantie con mi cuerpo. Alguien abre la puerta, me jala de los brazos y me golpea contra el suelo. Los gritos se mezclan con el rugido de los motores. Ivantie llora, grita mi nombre. Intento alcanzarlo, pero una tela áspera me cubre el rostro. Y entonces... nada.

—————◇°†°◇—————

Velkan

Cae la noche sobre Serbia. El almacén está al borde del río, una mole de hierro y concreto que se alza como una bestia dormida. Desde la colina, lo observo a través del visor térmico.

—Tres guardias al frente, seis en la retaguardia —dice Vladimir a mi lado, su respiración apenas audible—. Dos en el techo. Posiblemente hay más adentro.

—Demasiado silencio —añado, ajustando el auricular. Algo no cuadra. Dušan sabía que vendría. Esto es una trampa, pero no me importa. Entraremos igual.

El viento sopla desde el río, trae consigo el olor del agua estancada, polvo y pólvora. A lo lejos, las luces del almacén parpadean como ojos enfermos.

—Tenemos un problema —murmura Ethan desde su posición—. Hay tanques de combustible en el lado este. Si alguien dispara ahí...

—Entonces no disparen ahí —corto, pero la tensión en mi mandíbula delata mi preocupación. Si algo sale mal, todo el lugar se convierte en un horno.

Dante revisa su equipo por tercera vez. Lo conozco. Está ansioso por entrar en acción.

—¿El plan B sigue siendo «improvisemos»? —pregunta con su usual sarcasmo.

—El plan B es que todos salgan vivos —respondo—. En diez segundos, entramos.

Cuento en silencio. Diez. Nueve. Ocho. Cada número es una plegaria. Aguanten, *comoară*. Aguanta, hijo mío. Siete. Seis. Cinco. Reviso el seguro de mi arma. Cuatro. Tres. Vladimir se mueve a mi derecha. Dos. El dedo en el gatillo. Uno.

—Ahora.

El infierno se desata.

Las primeras granadas de humo revientan contra las ventanas. El vidrio estalla en mil fragmentos que brillan bajo la luna como lluvia de cristal. Los guardias del frente reaccionan tarde, demasiado tarde. El silenciador de Vladimir escupe fuego. Dos cuerpos caen antes de que puedan gritar.

—¡Contacto en el techo! —grita Ethan.

Las balas rasgan el aire sobre nuestras cabezas. Me lanzo detrás de un contenedor oxidado. El metal vibra con cada impacto. Cuento los disparos. Cuatro. Cinco. Seis. Cuando se detienen para recargar, me levanto y disparo. El tirador del techo se desploma, su arma cae con un estruendo metálico.

—¡Avancen! —ordeno.

Corremos hacia la entrada principal. Vladimir lanza otra granada, esta vez de fragmentación, contra la puerta. La explosión sacude la tierra bajo mis pies. Cuando el humo se aclara, la entrada es un agujero irregular de metal retorcido.

Pero desde dentro, una ráfaga de AK-47 nos recibe.

—¡Mierda! —Dante se cubre tras un barril—. Hay más de los que pensábamos.

Tiene razón. Dušan nos estaba esperando. Las sombras se mueven dentro del almacén, organizándose, tomando posiciones. Esto no va a ser rápido.

Vladimir lanza una granada de aturdimiento. El estallido ilumina el interior como un relámpago. Aprovecho la confusión y entro primero. El humo me ciega, pero sigo adelante, dejando que mi instinto me guíe. Una silueta aparece a mi izquierda. Disparo sin pensar. Cae.

El interior del almacén es un laberinto de contenedores apilados y pasarelas de metal. El eco de los disparos rebota en las paredes, multiplicándose hasta que no sé de dónde viene el peligro.

—¡Dos en la pasarela superior! —grita Ethan.

Levanto la vista justo a tiempo para ver el destello del cañón. Me lanzo hacia adelante. Las balas impactan donde estaba hace un segundo. Vladimir no pierde tiempo; dispara hacia arriba. Uno de los tiradores cae desde la pasarela, estrellándose contra un contenedor con un sonido que me revuelve el estómago.

—¿Dónde está la maldita puerta? —gruñe Dante, cubriendo mi flanco.

—Tiene que ser al fondo —respondo, avanzando entre las sombras—. Dušan la mantendría lo más lejos posible.

Cada metro que avanzamos es una batalla. Los hombres de Dušan pelean como animales acorralados. Disparan desde detrás de las cajas, desde las escaleras, desde lugares que no puedo ver hasta que es casi demasiado tarde. Mi chaleco absorbe dos impactos. Siento el golpe en las costillas, pero no me detengo.

No puedo.

—¡Velkan, tu derecha! —El grito de Vladimir me salva la vida.

Giro justo cuando un hombre sale de detrás de un contenedor con un cuchillo. Bloqueo su brazo, lo golpeo en la garganta con el codo. Cae jadeando. Sigo adelante sin mirar atrás.

El tiempo se distorsiona. Segundos que parecen horas. Movimientos que ejecuto sin pensar, entrenados en mi cuerpo después de años. Disparo. Esquivo. Avanzo. El sudor me quema los ojos. El sabor del humo me llena la boca.

Y entonces la veo.

Al final del almacén, medio oculta detrás de contenedores, una puerta de metal reforzado. Sin ventanas. Sin rendijas. Completamente sellada.

—Ahí —señalo.

Pero entre nosotros y esa puerta hay todavía seis hombres. Tal vez más. Y el tiempo se acaba.

El ruido comienza como un trueno lejano.

Me tenso, abrazando a Ivantie con más fuerza. Él levanta la cabeza de mi pecho, sus ojos hinchados me miran con una mezcla de miedo y confusión.

—¿Qué es eso, mamá Nadia?

No respondo. No puedo. Porque sé exactamente qué es.

Es él. Es Velkan.

Dušan también lo sabe. Se pone de pie de golpe, maldiciendo en serbio, palabras que no entiendo, pero cuyo veneno reconozco. Saca su pistola, revisa el cargador con manos que, por primera vez, no están del todo firmes.

—*Je to hotové.*[1] —escupe. Me dedica una sonrisa burlona—. Tu hombre acaba de caer en mi trampa.

«O tal vez no», digo para mí.

Velkan es lo suficientemente listo como para saber que Dušan lo estaría esperando y ahora está aquí, vino por nosotros.

Las explosiones se acercan. Cada una hace temblar las paredes, suelta polvo del techo. Ivantie se encoge contra mí, tapándose los oídos. Yo lo acuno, susurrándole palabras que ni yo misma creo.

—Tranquilo, cariño. Ya casi termina.

Pero apenas está comenzando.

Los disparos suenan como fuegos artificiales, rápidos y violentos. Escucho gritos en serbio. Órdenes. Pánico. Dušan grita hacia una radio, pero la interferencia devora sus palabras.

—¡Dile a Mirko que cierre el flanco este! ¡Ahora!

Más explosiones. Esta vez más cerca. Tan cerca que siento la vibración en mis huesos. La puerta de metal tiembla en su marco. Una fina línea de luz se filtra por debajo, interrumpida por sombras que corren de un lado a otro.

Están peleando justo afuera.

—Mamá Nadia... tengo miedo —solloza Ivantie.

—Lo sé, mi amor. Yo también —admito, porque no puedo mentirle más—. Pero tu papá está ahí afuera. Y él nunca nos dejará.

Dušan se gira hacia mí. Sus ojos están salvajes, pero hay algo más en ellos. Desesperación. El hombre que hace unas horas se sentaba frente a mí con esa calma enferma ahora está al borde del colapso.

—Velkan está firmando su sentencia de muerte —dice, pero su voz no tiene la misma convicción.

—No —respondo, sorprendiéndome de la firmeza en mi voz —. Está firmando la tuya.

Me apunta con el arma. El cañón negro me mira como un ojo vacío.

—Entonces te mataré primero. Dejaré que sea lo último que vea antes de morir.

Mi cuerpo se congela, pero mi mente grita. No así. No ahora. No cuando está tan cerca.

Los disparos se intensifican. Un grito ahogado. Otro cuerpo que cae. El sonido es inconfundible, he aprendido a reconocerlo en estos días de pesadilla. Alguien está perdiendo. Y no es Velkan.

Puedo sentirlo.

Dušan también. Se mueve hacia la puerta, presiona su espalda contra ella como si pudiera detener lo inevitable. Su mano tiembla sobre el arma. Ya no me está mirando a mí. Está mirando la puerta, esperando que se abra de golpe.

El silencio cae de repente.

Es peor que el ruido. Porque ese silencio significa que la batalla afuera ha terminado. Y pronto, muy pronto, esa puerta cederá.

Dušan lo sabe. Respira rápido, demasiado rápido. Sus ojos saltan de la puerta a mí, de mí a Ivantie. Está tomando una decisión. Y sea cual sea, nos matará.

Me preparo. Si va a disparar, si este es el final, al menos me aseguraré de que Ivantie no vea. Lo giro, presiono su cara contra mi pecho, cubro su cabeza con mis manos.

—Te amo, cariño —susurro—. Pase lo que pase, recuerda que tu mamá Nadia te ama.

—Lo haré sufrir —dice Dušan, y ahora su voz es puro odio—. Te mataré frente a él.

El cañón del arma se alinea con mi frente.

Y entonces, sucede.

VEINTISÉIS

Velkan

—¡La puerta está blindada! —grita Ethan, golpeándola con la culata de su rifle—. Necesito explosivos.

—No hay tiempo —gruño, disparando al último guardia que intenta flanquearnos desde la pasarela.

Vladimir ya está junto a la puerta, colocando cargas de C-4 en las bisagras. Sus manos se mueven con una precisión que solo da la experiencia.

—Treinta segundos —dice.

Treinta segundos. Una eternidad. Cada instante que pasa es un instante donde Dušan puede cumplir su amenaza. Donde puedo perderlo todo.

—Dense prisa —ordeno, aunque sé que no pueden ir más rápido.

Dante cubre nuestra retaguardia. Sus disparos son metódicos, calculados. Tres balas. Tres cuerpos. Pero siguen viniendo. ¿Cuántos hombres tiene Dušan aquí?

—¡Veinte segundos!

Un disparo pasa tan cerca de mi cabeza que siento el calor. Me lanzo detrás de un contenedor. El metal absorbe una ráfaga completa. Cuando el tirador recarga, me asomo y disparo. Acierto en el hombro. Cae, pero otro toma su lugar.

—¡Diez segundos!

El corazón me late en los oídos. Cada latido es el nombre de mi hijo. Ivantie. Ivantie. Ivantie. Y el de ella. Nadia. Nadia. Nadia.

—¡Cinco!

—¡Cúbranse! —grito.

Nos tiramos al suelo. Vladimir presiona el detonador.

La explosión es ensordecedora.

La onda expansiva me golpea aunque estoy a cubierto. Siento el calor, huelo el metal fundido. Cuando levanto la cabeza, la puerta está retorcida, colgando de una sola bisagra. El humo negro sale del interior.

No espero. Me lanzo hacia adelante.

—¡Velkan, espera! —El grito de Vladimir se pierde detrás de mí.

No puedo esperar. No cuando están ahí dentro.

Cruzo el umbral. El humo me ciega. Toso, mis ojos arden, pero sigo adelante. Busco formas en la oscuridad, cualquier señal de vida.

Y entonces lo veo todo.

Nadia

El mundo se detiene.

Dušan me apunta. Su dedo se tensa sobre el gatillo. Veo la decisión en sus ojos. Va a disparar.

Pero antes de que pueda hacerlo, algo dentro de mí explota. No es miedo. No es desesperación. Es algo primitivo, salvaje. Una madre protegiendo a su hijo. Una mujer que se niega a morir.

Me abalanzo hacia adelante.

La sorpresa en su rostro es total. No esperaba que me moviera. No esperaba resistencia. Colisionamos. La fuerza del impacto lo hace tambalear hacia atrás. El arma dispara, pero la bala se pierde en el techo. Caemos juntos al suelo.

—¡Mamá! —El grito de Ivantie atraviesa el caos.

—¡Aléjate, Ivantie! ¡Aléjate! —grito mientras ruedo sobre el suelo con Dušan.

Él es más fuerte, más pesado. Me golpea en las costillas. El aire escapa de mis pulmones en un jadeo doloroso. Veo estrellas. Pero no suelto su muñeca, la mano que sostiene el arma. Si la suelto, si apunta de nuevo, estaremos muertos.

Suelta el arma y sus dedos buscan mi garganta. Presiona. El mundo comienza a oscurecerse en los bordes. Siento mi pulso latiendo contra su palma, cada vez más débil. Pero con mi mano libre, busco a tientas. Busco el arma que cayó en la pelea.

Mis dedos rozan metal frío.

Dušan se da cuenta demasiado tarde. Tira de mí, intenta alejarme, pero logro agarrarla. El arma está entre nosotros ahora. Ambos la sostenemos. Ambos jalamos. Su rodilla se clava en mi estómago. Grito. Él aprovecha para intentar arrancarme el arma de las manos.

Pero yo no la suelto. No puedo. Si la suelto, morimos.

Rodamos de nuevo. El cañón del arma apunta hacia todos lados. Hacia el techo. Hacia la pared. Hacia nosotros. El dedo de Dušan encuentra el gatillo al mismo tiempo que el mío.

Y entonces, la explosión.

El retroceso del disparo me sacude todo el brazo. El sonido me perfora los oídos. El cuerpo de Dušan se arquea sobre mí. Por un instante terrible, pienso que la bala me atravesó a mí también. Pienso que ambos vamos a morir aquí.

Pero es su peso el que se desploma sobre mí. Su sangre la que siento caliente sobre mi ropa. Su último aliento es el que escucho.

Con un esfuerzo que me arranca un gemido, lo empujo. Su

cuerpo rueda hacia un lado. Veo la mancha oscura expandiéndose en su pecho, la vida escapando con cada latido débil de su corazón.

Silencio.

Solo mi respiración entrecortada. Solo el llanto lejano de Ivantie. Solo el olor a pólvora y muerte.

Miro mis manos. Están cubiertas de sangre. No toda es mía. El arma todavía está en mi mano derecha, pesada, caliente. Nunca había matado a nadie. Nunca pensé que sería capaz.

Pero lo hice. Y no me arrepiento.

Porque en este momento, mirando a Ivantie encogido en una esquina, sano y salvo, sé que volvería a hacerlo. Mil veces.

Y entonces, la puerta explota.

El humo inunda la habitación como una ola gris. Toso, protegiéndome con un brazo mientras con el otro busco a Ivantie. Lo jalo hacia mí, cubriéndolo.

Pasos. Rápidos. Decididos. Una sombra atraviesa el humo.

Y lo veo.

Velkan.

Su rostro está cubierto de hollín, hay sangre en su ropa, pero sus ojos... sus ojos me buscan con una desesperación que me rompe el corazón. Cuando me encuentra, cuando ve que estamos vivos, algo en su expresión se quiebra.

—Dios... —susurra, y su voz está rota—. Creí que iba a perderlos.

Se arrodilla frente a nosotros. Sus manos nos tocan, nos recorren, verificando que estemos enteros. Ivantie solloza el nombre de su padre una y otra vez, aferrándose a él como si fuera la única cosa real en el mundo.

Y yo... yo solo puedo mirarlo. Este hombre que atravesó el infierno por nosotros. Este hombre que amo más de lo que pensé que era posible amar.

—Estamos bien —susurro, aunque mi voz tiembla—. Estamos bien.

Me abraza. Nos abraza a ambos. Y en ese abrazo hay alivio, terror, amor, todo mezclado en una sola emoción imposible de nombrar.

Miro sobre su hombro. El cuerpo de Dušan yace inmóvil. El fantasma que lo persiguió durante años. Muerto por mi mano.

Velkan sigue mi mirada. Ve el cuerpo. Ve el arma todavía en mi mano. Entiende lo que pasó.

No dice nada. Solo toma mi rostro entre sus manos y me mira a los ojos.

—Lo siento —dice—. Siento no haber llegado a tiempo.

Las lágrimas que he contenido durante horas finalmente escapan. Ruedo por mis mejillas, dejando rastros limpios sobre el polvo y la sangre que me cubren.

—Llegaste —susurro—. Siempre llegas.

Pero hay algo más. Algo que ha estado creciendo en mi pecho desde que desperté en esta habitación, desde que escuché las explosiones, desde que pensé que nunca volvería a verlo. Las palabras se agolpan en mi garganta, desesperadas por salir.

—Velkan... —Mi voz se quiebra. Trago saliva, intentando encontrar las palabras correctas, pero no existen palabras correctas para esto—. Cuando pensé que no saldríamos de aquí, cuando creí que iba a morir en este lugar... solo podía pensar en una cosa.

Sus ojos se clavan en los míos. Espera.

—Solo quería decirte... —Las lágrimas me ciegan, pero no las limpio. Necesito que salga, necesito que lo sepa—. Lo único que lamentaba era no habértelo dicho antes. No haberte dicho que te amo.

Siento cómo su cuerpo se tensa contra el mío. Su respiración se detiene.

—Cada segundo que pasaba aquí, con el miedo oprimiéndome el pecho, pensaba en ti. En que tal vez no volvería a verte. En que nunca sabrías lo que siento. —Las palabras salen ahora en cascada, imparables—. Y me aterraba, Velkan. Me aterraba más que Dušan, más que su arma, más que la muerte misma. Porque si moría sin decírtelo, si te dejaba sin que lo supieras...

Mi voz se rompe completamente.

—Te amo —digo, y es como si algo dentro de mí se liberara—. Te amo con todo lo que soy. Te amo de una forma que me asusta, que me consume, que me hace sentir viva y aterrada al mismo tiempo. Y necesitaba que lo supieras. Necesitaba decírtelo, aunque fuera lo último que hiciera.

El silencio que sigue es absoluto. Solo el llanto suave de Ivantie entre nosotros, ya más calmado, aferrado a su padre.

Velkan me mira como si acabara de decir algo imposible. Como si las palabras no tuvieran sentido. Y entonces, lentamente, una sonrisa rota aparece en sus labios. Sus ojos se llenan de algo que nunca había visto en él. Vulnerabilidad. Alivio. Amor puro.

—*Comoară* —susurra, y su voz es tan suave que apenas la escucho—. Mi tesoro. Creí que nunca lo dirías. Creí que tendría que amarte en silencio por el resto de mi vida.

Me besa. No es un beso desesperado ni violento. Es suave, casi reverente. Como si estuviera sellando una promesa. Como si estuviera grabando este momento en su memoria para siempre.

Cuando nos separamos, apoya su frente contra la mía.

—También te amo —dice—. Desde el primer momento en que te vi. Desde siempre. Y te amaré hasta que mi corazón deje de latir.

Epílogo I

Nadia

Un año después

El cielo parece una pintura esta noche, una cúpula de terciopelo azul oscuro salpicada de estrellas tan nítidas que parecen al alcance de la mano. El jardín está iluminado por pequeñas luces doradas que cuelgan de los árboles y se reflejan en la superficie del lago como constelaciones caídas. La brisa huele a jazmín y a verano, a promesas no dichas y a futuros por escribir.

Frente a mí hay una mesa redonda cubierta con un mantel blanco inmaculado, dos copas de vino que brillan bajo la luz de las velas, y un plato que parece digno de un chef profesional. Pero lo que realmente me deja sin palabras, lo que hace que mi corazón se acelere con ternura, es saber que él lo cocinó. Velkan está junto a la parrilla, concentrado en el último toque del postre, con esa intensidad que pone en todo lo que hace. Lleva una camisa blanca arremangada y el cabello un poco despeinado, ese tipo de descuido perfecto que me desarma cada vez que lo veo.

—No sabía que también sabías hacer esto —digo, divertida, mientras él coloca el plato frente a mí con un cuidado casi reverente.

—Lo descubrí cuando quise impresionarte —responde con una sonrisa apenas perceptible, esa que le suaviza todo el rostro y lo hace parecer años más joven.

—Lo lograste —admito, sintiendo el calor subir por mis mejillas.

—No he terminado aún —dice con un tono tan seguro que me hace reír, una risa ligera que se mezcla con el sonido del viento entre las hojas.

Ha pasado un año desde que todo cambió. Doce meses desde aquella noche en Serbia que selló nuestras vidas para siempre, desde que el miedo y la muerte nos enseñaron el verdadero valor de estar juntos. Y cada día con él ha sido distinto, más humano, más profundo, más nuestro. Mi vida ya no se parece en nada a la que tuve antes, y cuando miro hacia atrás, apenas reconozco a la mujer que era.

Sigo estudiando Educación Infantil. Estoy en el segundo año de la carrera y cada clase me confirma que elegí el camino correcto. Amo estar rodeada de niños, aprender sobre su forma de mirar el mundo, sobre la paciencia y la ternura que requieren. Cada vez que veo a uno sonreír, cada vez que logro calmar el llanto de un pequeño o encender la curiosidad en sus ojos, siento que mi abuela estaría orgullosa. A veces pienso que desde donde esté, me ve con una mezcla de sorpresa y alegría, sonriendo con esa sonrisa suya que siempre me hizo sentir amada.

Sigo extrañándola, claro. El dolor ya no es una herida abierta que sangra con cada recuerdo, sino una cicatriz suave que me acompaña, una presencia que no duele sino que guía. Y sé que mis padres también están allí, junto con ella, observando esta nueva vida que jamás imaginé tener, esta felicidad que a veces todavía me cuesta creer que es mía.

Velkan ha sido el faro en todo este proceso de sanación. Me ha ayudado a reconstruirme, a creer otra vez en la bondad del mundo y en la posibilidad de un futuro sin miedo. Nunca impuso su fuerza ni trató de arreglarme como si estuviera rota; simplemente estuvo ahí, constante, presente, con esa paciencia silenciosa que tiene. Me enseñó que ser amada no significa ser rescatada constantemente, sino tener un lugar seguro donde descansar cuando el mundo pesa demasiado. Y ese lugar, ese refugio que tanto busqué sin saberlo, es él.

—¿En qué piensas? —pregunta, sirviendo vino en mi copa con movimientos precisos.

—En lo mucho que ha cambiado todo —respondo, observando cómo el líquido rojo danza en el cristal.

—¿Para bien o para mal?

—Para bien —le sonrío—. Aunque a veces todavía me cuesta creerlo.

—Yo tampoco lo creo del todo —admite, sentándose frente a mí con esa gracia tranquila que lo caracteriza—. Pero si es un sueño, no quiero despertar jamás.

Comemos entre risas y pequeñas historias que se entretejen como hilos de oro en la noche. Le cuento que una niña del preescolar me regaló una flor de papel porque, según ella, tengo la voz bonita, y él dice, con fingida seriedad, que si Ivantie se entera, se pondrá muy celoso. Entonces pregunta, con ese tono casual que no engaña a nadie, si otros niños me han regalado flores. Le digo que no, que solo ella, y su sonrisa se vuelve una de esas que me derriten por completo, cálida y posesiva a la vez.

Después de la cena, apoya los codos sobre la mesa y me observa en silencio. Su mirada tiene algo distinto esta noche, algo que no logro descifrar del todo. No es deseo ni melancolía, ni preocupación. Es calma, pero una calma cargada de significado, como si estuviera memorizando este momento para guardarlo para siempre.

—¿Recuerdas la primera vez que cenamos juntos? —pregunta con voz suave.

—Sí. Fue en tu casa cuando apenas comenzaba a trabajar contigo —respondo, dejándome llevar por la nostalgia—. Estaba tan nerviosa que apenas podía sostener los cubiertos.

—Y no sabías si ibas a quedarte.

—No, porque alguien me tenía a prueba —digo riendo—. Pero al final, conseguí el puesto.

—Sabía que eras la indicada desde el principio —admite con esa honestidad brutal que a veces me sorprende—. Solo quería asegurarme de ello.

—Y al final no solo me gané a Ivantie —digo, guiñándole un ojo—. Me gané mucho más.

El sonido de pasos pequeños sobre la hierba me hace girar la cabeza. Ivantie aparece detrás de los arbustos con una sonrisa traviesa que ilumina toda su cara. Viste un esmoquin negro diminuto que me derrite el alma, con una pajarita roja ligeramente torcida que le da un aire adorablemente despeinado. Lleva en las manos una bandeja plateada que sostiene con la seriedad de quien cumple una misión importante.

—Señorita —dice con toda la elegancia que puede reunir un niño de su edad—, su postre.

No puedo evitar reír; el corazón se me hincha de amor por este pequeño que se ha vuelto tan mío como si lo hubiera traído al mundo.

—Vaya, qué camarero tan elegante tenemos esta noche.

—Papá me dijo que tenía que hacerlo bien —responde con orgullo, enderezando la espalda.

—Y lo estás haciendo perfecto, cariño —añado sin poder dejar de sonreír, extendiendo una mano para acariciar su mejilla.

Coloca la bandeja frente a mí con cuidado exagerado. Tiene

una campana plateada encima, como las que usan en los restaurantes elegantes. Miro a Velkan, que finge indiferencia mientras toma un sorbo de vino, pero no logra ocultar la felicidad que le brilla en los ojos ni la leve tensión en los hombros.

—¿Puedo destaparlo? —pregunto, sintiendo que algo importante está a punto de suceder.

—Es tu postre —dice él con voz casual, pero hay un temblor casi imperceptible en sus palabras.

Levanto la tapa despacio y me quedo completamente sin aire. Dentro no hay ningún postre. Hay una pequeña caja de terciopelo azul que descansa sobre un cojín de seda blanca. Mis manos tiemblan cuando la tomo y el corazón late tan fuerte que estoy segura de que pueden escucharlo en todo el jardín.

Ivantie se acerca a mí, me toma la mano libre y me mira con esos ojos brillantes, llenos de ilusión infantil y de amor puro.

—Mamá Nadia —dice con una seriedad que contrasta con su corta edad, y mi corazón se detiene por completo—, ¿te gustaría casarte con papá?

Las lágrimas me llenan los ojos al instante, nublando mi visión. No puedo hablar, no puedo moverme, apenas puedo respirar.

—¿Qué...? —es lo único que logro susurrar.

Velkan se levanta despacio, con esa gracia controlada que nunca pierde ni siquiera en los momentos más vulnerables. Rodea la mesa y se coloca frente a mí, tan cerca que puedo ver cada detalle de su rostro a la luz de las velas. Toma la caja de mis manos temblorosas, se arrodilla sobre la hierba húmeda sin importarle arruinar sus pantalones, y la abre con dedos que apenas tiemblan.

Hay un anillo de oro blanco con un diamante que brilla como una estrella caída, capturando la luz de las velas y devolviéndola multiplicada. Es hermoso, pero no tanto como el hombre que lo sostiene.

Su voz suena baja, temblorosa por la emoción contenida, pero al mismo tiempo firme como una promesa grabada en piedra.

—Nunca fui bueno para las promesas, Nadia. He roto muchas en mi vida, he fallado más veces de las que puedo contar, pero esta no. Esta promesa no la romperé nunca.

—Velkan... —susurro, las lágrimas rodando libremente por mis mejillas.

—Te prometo cuidar de ti, de nuestro hijo, de este hogar que construimos juntos con tanto amor y paciencia. Prometo ser el hombre que mereces, no el que el mundo quiso que fuera, no el que mis cicatrices me obligaron a ser. Y si me dejas, si me das ese honor... quiero pasar el resto de mi vida a tu lado. Quiero despertar cada mañana contigo, ver cómo nuestro hijo crece y construir nuevos recuerdos que borren los viejos. Quiero envejecer junto a ti y seguir mirándote como te miro ahora, como si fueras lo único real en este mundo. ¿Te casarías conmigo, *comoară*?

Mi corazón late tan fuerte que apenas puedo respirar, pero la respuesta brota de mis labios sin vacilación, clara y segura como el sol que sale cada mañana.

—Sí... —afirmo con la voz temblando de emoción pura—. Sí, quiero. Mil veces sí.

Él se pone de pie en un movimiento fluido y me abraza con una fuerza que habla de todo lo que las palabras no pueden expresar. Por un instante, el mundo entero desaparece. Todo lo demás se disuelve como humo: el pasado doloroso, el miedo que nos persiguió, las cicatrices que ambos llevamos. Solo quedamos nosotros tres, unidos, completos, formando algo nuevo y hermoso de las ruinas de lo que fuimos.

Ivantie se mete entre nosotros con esa facilidad que tienen los niños para encontrar su lugar en el amor de sus padres, y nos abraza también con sus bracitos pequeños pero fuertes.

—Ahora seremos una familia para siempre —dice con una

seriedad tan dulce que me rompe de ternura—. ¿Verdad, mamá Nadia?

—Sí, mi amor —le respondo, acariciando su cabello mientras las lágrimas siguen cayendo—. Para siempre.

El resto de la noche pasa entre risas que resuenan en el jardín, besos robados cuando Ivantie no mira y recuerdos compartidos que se entretejen formando la historia de nosotros. Después de acostar a Ivantie, que se quedó dormido con una sonrisa satisfecha, como quien sabe que ha cumplido su misión perfectamente, salimos otra vez al jardín. Las velas se han consumido casi por completo, dejando apenas pequeños puntos de luz parpadeantes, pero las estrellas siguen ahí, vigilantes, cómplices de nuestra felicidad.

Velkan me toma de la mano, entrelazando sus dedos con los míos de esa forma que ya se ha vuelto tan natural como respirar.

—¿Sabes algo? —dice con una sonrisa que tiene un toque de timidez poco común en él—. Últimamente he estado soñando con una hermosa niña de ojos grandes y cabello oscuro. Me pregunto de quién habrá heredado esa belleza. —Me dedica una sonrisa radiante que ilumina toda su cara—. Tal vez, después de que termines tus estudios, podamos ir en busca de esa niña.

Río, una risa suave y llena de amor, sabiendo desde hace mucho tiempo que él sueña con ser padre de una niña a la que pueda consentir y proteger con esa ternura feroz que solo él sabe dar.

—Estoy segura de que Ivantie no estará muy feliz con eso al principio —digo, imaginando la carita de nuestro hijo cuando se entere.

—Él lo entenderá —responde con convicción—. Y terminará siendo el mejor hermano mayor que esa niña podría tener.

Río de nuevo y apoyo mi cabeza en su hombro, inhalando su aroma familiar que siempre me hace sentir en casa. El anillo pesa en mi dedo, un peso dulce que me recuerda que esto es real, que no es un sueño del que vaya a despertar.

—Gracias —susurro contra su camisa.

—¿Por qué? —pregunta, besando mi cabello con ternura infinita.

—Por todo. Por quedarte cuando era más fácil irte. Por no rendirte cuando yo misma quería hacerlo. Por enseñarme que el amor no siempre destruye, sino que también puede sanar y construir. Por darme una familia cuando pensé que nunca volvería a tener una.

—Y gracias a ti por enseñarme que se puede sanar, que el pasado no tiene que definir el futuro, que incluso alguien como yo merece ser amado —responde con voz ronca de emoción contenida.

El silencio se acomoda entre nosotros, pero no es incómodo ni vacío. Es paz, la clase de paz que uno solo encuentra cuando todo en su vida por fin encaja en su lugar. Cierro los ojos y pienso en mi abuela, en cómo solía decirme que el amor verdadero siempre encuentra su camino. Pienso en mis padres, en cómo habrían amado a Velkan e Ivantie. Pienso en cómo la vida, de forma retorcida y milagrosa, me trajo hasta aquí a través del dolor y la pérdida, pero también a través de la esperanza y el amor.

Si alguien me hubiera dicho hace dos años que terminaría aquí, comprometida con el hombre que un día me pareció el más distante e inalcanzable del mundo, lo habría llamado loco. Y, sin embargo, aquí estoy, con su anillo en mi dedo y su amor en mi corazón. Amada profundamente. Completa de una forma que nunca supe que fuera posible.

—¿En qué piensas? —pregunta él, besándome el cabello una vez más.

—En que si la agencia no me hubiera enviado a tu casa ese día, jamás te habría conocido. Todo esto habría sido imposible.

—Entonces supongo que le debo la vida a esa agencia —dice

con ese humor seco que tanto me gusta—. Debería enviarles una carta de agradecimiento.

—Y yo les debo el amor de mi vida.

Lo beso despacio, sin prisa, con la certeza de quien ya no tiene miedo del futuro ni del pasado. El aire de la noche es fresco contra nuestra piel, el lago refleja las estrellas como un espejo perfecto, y el futuro se siente luminoso e infinito, lleno de posibilidades con las que antes no me atrevía ni a soñar.

Ya no hay fantasmas que nos persigan. Solo promesas cumplidas y días por vivir juntos.

Cuando volvemos a entrar, la casa está en silencio, ese silencio cálido de los hogares donde el amor vive. En el pasillo, la luz suave de la lámpara baña los retratos colgados en la pared: Ivantie en el columpio del jardín con su sonrisa desdentada, mi abuela sonriendo en una foto vieja que rescaté de entre mis pocas pertenencias, y nosotros tres en una playa de Grecia el verano pasado, con el mar azul de fondo y la felicidad pintada en nuestros rostros.

Camino hasta nuestra habitación, me dejo caer en la cama y observo mi anillo de compromiso durante un largo instante. El diamante brilla con un resplandor cálido bajo la luz de la luna que entra por la ventana, como si atrapara la luz de todas las estrellas de la noche y la guardara solo para mí.

—No puedo creer que me hayas pedido que me casara contigo con ayuda de nuestro hijo —digo, divertida, girándome para mirarlo—. Usaste a un niño de cinco años como cómplice.

—Tenía que asegurarme de que dijeras que sí —responde con una sonrisa traviesa mientras se acuesta a mi lado.

—Eso fue una trampa emocional, Velkan Rusu.

—Trampa funcional —corrige él con ese tono satisfecho que me hace reír.

Me río, el sonido llena nuestra habitación como música. Y mientras me acomodo a su lado, con su brazo alrededor y su respiración llenando el espacio con ese ritmo constante que me tranquiliza, entiendo que no hay palabra suficiente para describir lo que siento. No es solo amor, aunque el amor está ahí, profundo y constante. Es hogar. Es destino. Es vida en su forma más pura y hermosa.

Y antes de quedarme dormida, lo miro una vez más, memorizando cada línea de su rostro a la luz plateada de la luna.

—Te amo —le digo, las palabras saliendo apenas como un suspiro.

—Yo más, *comoară*. Siempre —responde, besando mi frente con una ternura que me desarma.

Cierro los ojos, sintiéndome completamente en paz. Afuera, las estrellas siguen brillando en su danza eterna. Y por primera vez en mi vida, sé con certeza absoluta que el futuro no asusta. Porque ahora sé cómo se siente la eternidad cuando te encuentras en el lugar correcto, con las personas correctas, viviendo la vida a la que siempre estuviste destinada.

Epílogo II

Velkan

Seis meses después

El sonido de las campanas se mezcla con el murmullo del viento, creando una sinfonía que parece hecha solo para este momento. El cielo de Bucarest se ha vestido de un azul sereno, ese azul perfecto que anuncia buenos presagios y días memorables. Desde los ventanales de la vieja iglesia, los rayos de luz atraviesan los vitrales centenarios y pintan el suelo de mármol con tonos ámbar, carmesí y zafiro, como si el mismo cielo bendeciera esta unión. No hay un solo rincón de este lugar sagrado que no respire calma, una paz antigua acumulada en estas paredes durante más de un siglo. Y aun así, a pesar de toda esa serenidad que me rodea, mi corazón late con la fuerza de una tormenta.

Han pasado seis meses desde aquella noche bajo las estrellas, desde que Nadia dijo «sí» con lágrimas brillando en sus ojos y el corazón temblando entre mis manos. Seis meses desde que comprendí que algunas promesas no necesitan ser dichas en voz alta para cumplirse, que el amor verdadero se construye tanto en los silencios compartidos como en las palabras. Hoy, ella se convertirá oficialmente en mi esposa. Hoy, frente a Dios y ante todos los que amamos, sellaremos lo que nuestros corazones ya sabían desde hace tiempo.

Vittoria —como la buena organizadora que es— ha transformado este lugar en una verdadera obra de arte. La iglesia data del siglo XIX, construida en piedra clara con arcos góticos que se elevan hacia el cielo como plegarias arquitectónicas. En los pasillos cuelgan guirnaldas de flores blancas entrelazadas con hojas de olivo, símbolo de paz y de nuevos comienzos. El aire está impregnado del aroma de lirios frescos y madera pulida, una combinación que resulta casi embriagadora. Los bancos están cubiertos con lino marfil que cae en pliegues elegantes y, al final del pasillo central, se aprecia un altar sencillo, pero hermoso, decorado con velas altas cuyas llamas bailan suavemente, donde una cruz dorada refleja la luz del mediodía con un brillo casi celestial.

Pero hay algo que me aprieta el pecho cada vez que lo veo. Tres asientos vacíos permanecen en la primera fila, justo al lado izquierdo, reservados con un silencio reverente. Sobre cada uno descansa una rosa blanca, perfecta e inmaculada. Son los lugares de los padres y la abuela de Nadia, aquellos que ya no están, pero cuya presencia se siente tan real como la de cualquier invitado. Cuando lo hablamos, ella no lloró. Solo dijo con voz serena: «Quiero que estén ahí, de alguna forma. Que vean que por fin soy feliz, que todo el dolor valió la pena». Y yo entendí entonces, con una claridad que me golpeó como un rayo, que el amor verdadero, incluso el que ya no se puede ver ni tocar, nunca deja de acompañarnos.

—Velkan —dice Dante, acercándose y dándome una palmada en el hombro que es mitad afecto, mitad burla—, respira. Estás más pálido que el mármol de esta iglesia.

—No estoy nervioso —miento descaradamente, aunque mi voz no suena tan convincente como me gustaría.

—Claro que no. Solo te estás ajustando el cuello de la camisa por quinta vez en los últimos diez minutos —se ríe, acomodando su propia corbata con ese aire despreocupado que siempre tiene —. Relájate, hermano. Ella ya dijo que sí. No va a huir.

A su lado, Vittoria entra al recinto con esa elegancia natural que la caracteriza, como si flotara en lugar de caminar. Su vestido de color vino contrasta hermosamente con el ambiente claro de la iglesia, y su porte sereno llena el espacio con una autoridad tranquila que solo ella posee. Se acerca a nosotros con una sonrisa satisfecha, los ojos brillando de orgullo.

—Está todo perfecto —dice, sonriendo mientras hace un último recorrido visual por el lugar—. Cada flor en su lugar, cada nota del cuarteto ensayada, cada detalle exactamente como debía ser. Esta será una boda que nadie olvidará.

—Gracias, Vittoria —digo con sinceridad—. No habría podido hacerlo sin ti.

—Siempre es un gusto organizar bodas —responde con un guiño—. Especialmente cuando son para personas que realmente se aman.

A lo lejos, escucho la risa cristalina de Mila mezclándose con la voz grave de Ethan, que probablemente está contando alguna historia exagerada. Nathaniel está sentado en la segunda fila, tan serio como siempre con su traje impecable, pero hay una expresión de satisfacción en su rostro que pocas veces he visto. Mis padres se sientan justo detrás de los asientos vacíos, tomados de la mano como lo han estado durante toda su vida, con lágrimas discretas brillando en sus ojos. Mi madre me mira y asiente, una bendición silenciosa que me llega al corazón.

Y ahí, de pie cerca del altar, está Vasile. El hombre que un día fue solo mi mano derecha y ahora es mucho más que eso: es familia, es hermano, es el padre que Nadia merece tener a su lado en este día. Él será quien la entregue, quien camine con ella por ese pasillo y la ponga en mis manos. Cuando se lo propuse hace meses, su mirada se llenó de lágrimas que intentó ocultar sin éxito. Solo logró decir con voz quebrada: «Será un honor, *şef*. El mayor honor de mi vida».

La música cambia de repente, y siento cómo todo mi cuerpo se tensa. Los acordes suaves del violonchelo llenan el espacio sagrado, anunciando su llegada como un coro de ángeles. Todos los invitados se levantan como una sola ola, girándose hacia la entrada con anticipación palpable. El murmullo cesa por completo, reemplazado por un silencio expectante que hace que cada respiración sea audible.

Y entonces, la veo.

Nadia aparece al final del pasillo, enmarcada por la luz dorada que entra por las puertas abiertas, y por un instante que parece eterno, todo se detiene. El aire deja de moverse. El sonido se convierte en un zumbido distante. El tiempo mismo se congela. Es como si el universo entero hubiera decidido pausar todo solo para permitirme grabar este momento en mi memoria para siempre.

Su vestido es un sueño hecho realidad, una visión que apenas puedo creer que sea real. De tul y seda ligera, con un corte princesa que la hace parecer salida de un cuento de hadas, pero sin excesos ni exageraciones, porque ella no necesita nada más que su propia belleza natural. Los bordes de encaje brillan como nieve fresca bajo la luz filtrada de los vitrales. Sus hombros están descubiertos, mostrando la delicada curva de su cuello, y el escote en forma de corazón enmarca su rostro como si hubiera sido diseñado solo para ella. Una fina cinta plateada marca su cintura, simple pero elegante. Su cabello oscuro cae en ondas suaves sobre sus hombros, adornado con pequeñas flores blancas que parecen haber crecido allí naturalmente. Y sus ojos, esos ojos que me salvaron de mí mismo, brillan con lágrimas de felicidad contenida.

Vasile camina a su lado con paso firme y orgulloso, aunque

puedo ver cómo sus propios ojos se humedecen mientras avanza. Ella lo toma del brazo con confianza y cariño, y cada paso que dan juntos parece una promesa. Una promesa que me atraviesa el alma y me recuerda que algunas cosas están destinadas a ser, sin importar cuánto caos haya que atravesar para llegar a ellas.

Ivantie camina delante de ellos, concentrado en su tarea, llevando una pequeña almohadilla de terciopelo con nuestros anillos. Su pequeño traje es idéntico al mío, solo que en miniatura, y la seriedad con la que desempeña su rol arranca sonrisas contenidas de todos los invitados. Cuando pasa junto a mí, se detiene un segundo para guiñarme un ojo con complicidad y tengo que contener la risa. Mi hijo. Nuestro hijo. El niño que nos unió antes de que siquiera supiéramos que estábamos enamorados.

Cuando Vasile finalmente me entrega a Nadia, colocando su mano en la mía con una reverencia que habla de todo el respeto y amor que siente por ella, tengo que hacer un esfuerzo consciente para no temblar. El sacerdote nos da la bienvenida con una sonrisa cálida, su voz grave y amable resonando entre los muros antiguos de la iglesia. Mientras habla de la unión sagrada, del amor que perdura y de la fe que sostiene, apenas puedo concentrarme en sus palabras. Solo la miro a ella. A la mujer que transformó cada sombra oscura de mi vida en un amanecer lleno de luz y posibilidades. A la mujer que me enseñó que incluso alguien como yo merece ser amado.

—Ahora —anuncia el sacerdote con solemnidad—, los votos.

Nadia toma aire profundamente, y puedo ver cómo sus manos tiemblan ligeramente entre las mías, pero cuando habla, su voz es clara, dulce y sorprendentemente firme. Es la voz de alguien que ha encontrado su verdad y no tiene miedo de proclamarla.

—Velkan —dice, mirándome directamente a los ojos con una intensidad que me desarma—, durante mucho tiempo creí que el amor solo traía dolor. Que era una promesa vacía hecha por personas que no sabían el peso real de esas palabras. Pero tú me enseñaste que no, que el amor real no se impone con fuerza, ni se mendiga con desesperación, ni se teme como si fuera un enemigo. Me enseñaste a volver a confiar cuando pensé que nunca podría hacerlo, a sonreír sin miedo al día siguiente. Me diste un hogar cuando no tenía dónde ir, un hijo cuando creí que nunca sería madre, una familia cuando pensé que estaba completamente sola. Eres mi paz después de cada tormenta, mi refugio cuando el mundo se vuelve demasiado.

Hace una pausa, y veo cómo traga saliva con dificultad antes de continuar, su voz dejando escuchar un pequeño quiebre que la hace aún más hermosa.

—Tú me salvaste —continúa con emoción contenida—. De mí misma, de un pasado que me perseguía, del miedo que amenazaba con consumirme. Y ahora, frente a todos los que amamos, prometo caminar contigo, incluso cuando el camino se vuelva incierto y oscuro. Prometo amarte no solo por lo que eres, sino también por todo lo que somos cuando estamos juntos, por la forma en que nos completamos. Prometo ser tu refugio así como tú eres el mío, tu fortaleza cuando la tuya flaquee, tu luz cuando la oscuridad regrese.

Sus ojos se llenan de lágrimas que amenazan con desbordarse, pero no las retiene. Las deja caer libremente, hermosas y sinceras.

—Te amo, Velkan Rusu —dice con voz firme a pesar de las lágrimas. Y nunca, jamás, dejaré de elegirte. Cada día, cada momento, te elegiré una y otra vez.

El silencio que sigue es absoluto y sagrado. Solo quedan el sonido de las respiraciones contenidas, el crujir suave de las velas y el eco de su voz resonando en mi corazón. Mi pecho arde con una emoción tan intensa que, por un momento, tengo que apartar la mirada hacia el techo de la iglesia para no quebrarme por completo frente a todos.

—Tu turno —murmura Dante a mi lado, dándome un codazo suave que me devuelve a la realidad.

Tomo aire profundamente, tratando de controlar el temblor en mi voz. La miro, esos ojos que conocen todos mis secretos más oscuros y aun así me aman, y dejo que el corazón hable sin filtros ni defensas.

—Nadia... —Mi voz se vuelve áspera por la emoción, pero no intento esconderla porque ella merece mi verdad completa—. No soy un hombre fácil de amar. Nunca lo he sido. He hecho cosas en mi vida que no merecen perdón; he cometido errores que todavía me persiguen en las noches oscuras. Viví años enteros creyendo que la mejor forma de proteger a los que amo era manteniéndolos a distancia, desconfiando de todo y de todos los que se acercaban, construyendo muros tan altos que nadie podía escalarlos.

Hago una pausa, buscando las palabras correctas para expresar lo inexpresable.

—Y entonces llegaste tú —continúo, sintiendo cómo mi voz se suaviza—. Con tu risa que iluminaba habitaciones enteras, con tu terquedad que nunca me dejó alejarme completamente, con esa manera única que tienes de mirar el mundo, como si todavía hubiera esperanza a pesar de todo el dolor que has vivido. No solo entraste en mi vida y en la de mi hijo, sino que la llenaste de una luz que no sabía que necesitábamos tan desesperadamente. Me enseñaste que la vulnerabilidad no es debilidad, que amar no significa perder el control, que confiar es el acto más valiente que existe.

Los ojos de Nadia se llenan de más lágrimas, y puedo ver las mías reflejadas en ellos.

—Prometo que cada día de mi vida voy a cuidar de ti y de nuestro hijo con todo lo que soy —digo con toda la convicción de mi ser—. Que cuando el miedo regrese —porque sé que lo hará, porque así es la vida—, estaré aquí, sosteniendo tu mano, recordándote que el amor puede ser un refugio seguro en medio de cualquier tormenta. Prometo ser el hombre que mereces, no el que las circunstancias intentaron hacer de mí. Y, sobre todo, prometo amarte con la misma intensidad absoluta con la que un día juré no volver a confiar en nadie. Eres mi redención, mi paz, mi hogar.

Puedo ver cómo las lágrimas de Nadia finalmente se desbordan, rodando por sus mejillas como diamantes líquidos, y siento las mías haciendo lo mismo. El sacerdote nos observa con una sonrisa llena de calidez y comprensión, como si reconociera el tipo de amor poco común que estamos sellando.

—Que los anillos sellen lo que las palabras han prometido con tanta belleza —dice con voz solemne.

Ivantie da un paso al frente, muy serio y orgulloso de su papel, sosteniendo la almohadilla con las alianzas como si cargara el tesoro más valioso del mundo. Se las entrega al sacerdote con reverencia, quien las toma, las bendice con una oración en latín, y luego las coloca suavemente sobre nuestras manos unidas.

Tomo el anillo de Nadia con los dedos que no puedo evitar que tiemblen ligeramente. Lo deslizo en su dedo con cuidado infinito, como si estuviera sellando no solo una promesa sino toda una vida de promesas futuras. Ella hace lo mismo conmigo, con sus dedos delicados pero firmes mientras coloca mi alianza en su lugar. Y cuando por fin nuestras manos se entrelazan, con los anillos brillando bajo la luz de las velas, el mundo parece suspenderse, como si solo existiéramos nosotros dos.

—Por el poder que me concede la Santa Iglesia —dice el sacerdote con una sonrisa amplia que ilumina su rostro—, los declaro marido y mujer. Lo que Dios ha unido, que no lo separe el hombre.

El murmullo contenido se transforma instantáneamente en una explosión de aplausos, risas alegres y suspiros de felicidad que llenan cada rincón de la iglesia. Pero yo no espero a que termine la celebración. No puedo esperar ni un segundo más. La tomo por la cintura, atrayéndola hacia mí, y la beso. Lento al principio, saboreando el momento. Profundo después, dejando que todo lo que siento fluya a través de ese contacto. Es el beso que esperé toda una vida, sin saber que lo esperaba. Es el beso que sella no solo esta ceremonia sino todo lo que vendrá después.

Cuando finalmente nos separamos, ambos sin aliento, la iglesia estalla en vítores. Ivantie nos abraza las piernas, riendo y gritando de felicidad. Y mientras caminamos juntos por el pasillo, ahora como marido y mujer, veo las rosas blancas en los asientos vacíos y siento que de alguna manera, todos los que ella amó están aquí, celebrando con nosotros.

La recepción se celebra en un jardín del antiguo monasterio, un espacio que Vittoria ha transformado en algo mágico. El lugar está cubierto con carpas de lino blanco que flotan suavemente con la brisa y miles de luces colgantes crean un cielo artificial de estrellas doradas. En el centro hay una pista de madera pulida que brilla bajo las luces, rodeada de mesas decoradas con flores blancas y velas flotantes. Una mesa larga y elegante ocupa un lugar de honor, donde todos nuestros seres queridos ríen, beben y celebran nuestra unión.

Dante y Vittoria bailan con Adriano, dormido entre ellos, el pequeño acunado con amor, mientras sus padres se mueven al ritmo de la música. Mila y Ethan también están en la pista de baile, completamente perdidos en la mirada del otro, como si el resto del mundo hubiera dejado de existir. Mis padres conversan animadamente con Nathaniel, quien, sorprendentemente, parece relajado, casi humano, con una copa de whisky en la mano y algo parecido a una sonrisa en los labios. Y en una esquina, Vasile observa todo con una expresión de profunda satisfacción, con una copa de vino en la mano y los ojos ligeramente húmedos, como si estuviera viendo cumplido un propósito que había alimentado durante años.

El brindis lo hace Dante, por supuesto, porque nunca dejaría pasar la oportunidad. Se pone de pie con su copa en alto, esperando a que el murmullo se calme.

—Por el amor —dice con una voz firme que alcanza cada rincón del jardín—. El amor verdadero, el que no huye ante el primer problema ni se esconde cuando las cosas se complican. El que te roba la calma, pero a cambio te da algo mejor: un propósito, una razón para despertar cada mañana. Por Velkan y Nadia, que nos recuerdan que incluso las almas más rotas pueden sanar cuando encuentran a la persona correcta.

Todos alzan sus copas, y el sonido del cristal al chocar se mezcla con los aplausos y las felicitaciones. Bebo de la mía, pero apenas siento el sabor del champagne. Solo puedo mirar a Nadia a mi lado, hermosa en su vestido de novia, con el anillo brillando en su dedo y una sonrisa capaz de iluminarlo todo.

La música cambia de nuevo, esta vez a algo más lento y romántico. Es nuestra canción, la que ella tarareaba aquella tarde en la cocina sin saber que yo la escuchaba, la que he asociado con ella desde entonces. Nadia me toma de la mano, sus dedos entrelazándose con los míos con una familiaridad que ya se siente como si siempre hubiera estado ahí, y caminamos juntos hacia la pista de baile. Su vestido se mueve como un río de luz bajo las farolas colgantes, creando patrones hipnóticos que me roban el aliento.

Bailamos despacio, sin prisa, dejando que el mundo gire a nuestro alrededor mientras permanecemos en nuestro propio universo. Mi mano descansa en su cintura, la suya en mi hombro, y nuestros cuerpos se mueven en perfecta sincronía, como si lleváramos años haciéndolo.

—Hace años, creí que no me casaría nunca —le susurro al oído, lo suficientemente bajo para que solo ella pueda escucharme—. Pensé que el matrimonio era para hombres que no tenían un pasado como el mío. Solo me faltaba la razón correcta para cambiar de idea.

—¿Y la encontraste? —pregunta con voz suave, apoyando la cabeza contra mi pecho.

—La razón me está pisando los pies ahora mismo —digo con una sonrisa.

Se ríe, ese sonido que se ha convertido en mi favorito en todo el mundo, y apoya su cabeza aún más firmemente contra mi pecho, justo sobre mi corazón. Y todo, absolutamente todo, en mi vida tiene sentido por fin.

Las estrellas reales comienzan a aparecer en el cielo nocturno, uniéndose a las luces artificiales en una danza de luz. La música continúa, los invitados ríen y bailan, y yo sostengo a mi esposa, a mi Nadia, mientras giramos lentamente bajo ese cielo que parece haberse creado solo para nosotros.

Y entonces, en medio de ese momento perfecto, ella levanta la cabeza para mirarme, sus ojos brillan con un amor tan profundo que me hace sentir indigno y bendecido al mismo tiempo.

—¿Sabes qué pensaba? —susurra, su aliento cálido contra mi cuello—. Cuando estábamos en Serbia, cuando creí que todo terminaría ahí, pensaba en todas las cosas que no había dicho. Pero sobre todo pensaba que nunca me arrepentiría de haberte conocido, de haber caído por ti tan completamente.

—¿Y ahora? —pregunto, mi voz ronca de emoción.

—Ahora sé que tenías razón aquella vez —responde con una sonrisa de pura felicidad—. Cuando dijiste que algunas cosas están destinadas a suceder. Yo estaba destinada a llegar a tu vida, a enamorarme de ti y a construir lo que tenemos.

La beso de nuevo, suave y dulce, un beso que promete miles más en los años venideros. Y cuando nos separamos, ella se acurruca de nuevo contra mí, y bailamos hasta que la música termina y comienza otra, y luego otra, perdiendo la cuenta de las canciones y del tiempo.

Mientras la sostengo así, con el jardín iluminado por mil luces y rodeados del amor de nuestra familia, entiendo que esta es mi redención. Nadia es mi redención. Después de años de vivir en sombras, de caminar por caminos oscuros, de creer que nunca merecería algo puro y hermoso, ella llegó y lo cambió todo. Me enseñó que incluso alguien como yo puede ser amado, puede tener una familia, puede construir algo hermoso sobre las ruinas de su pasado.

Y mientras la música sigue sonando y las estrellas nos miran desde arriba, mientras Ivantie duerme en brazos de mi madre y nuestros amigos celebran a nuestro alrededor, me doy cuenta de algo con una claridad cristalina que me golpea como un rayo:

Durante toda mi vida, construí muros de hielo para protegerme, para mantener a todos a distancia, convencido de que el frío era más seguro que el calor. Pero Nadia llegó como una llama imposible de apagar, derritiendo cada defensa, cada excusa, cada miedo. Y al final, me di cuenta de que no estaba siendo destruido por ese fuego. Estaba siendo purificado, transformado, salvado.

Ahora lo entiendo todo. Entiendo que el amor no es algo que deba temerse, sino algo por lo que vale la pena arriesgarlo todo. Entiendo que no estoy atrapado en las llamas. Estoy bailando en ellas, feliz de dejarme consumir.

Porque al final, esto es lo que significa amar a Nadia, lo que siempre ha significado desde el primer momento en que la vi: estar completamente, irrevocablemente, gloriosamente ardiendo por su amor.

Y no cambiaría este fuego por nada en el mundo.

FIN

Prepárate para la próxima dosis de romance, peligro y pasión con el nuevo capo del Priesthood. ¡Resérvala ahora y sé la primera en vivirla!

https://rxe.me/P73Z69

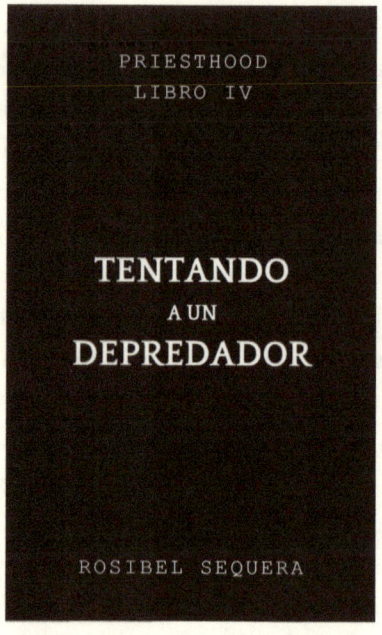

Suscríbete a mi lista de correo y mantente informado de mis nuevas publicaciones: https://bit.ly/ListaGeneralRS

Notas

PRÓLOGO

1. «Jefe» en rumano.
2. «Sacerdocio» en inglés. Se refiere a una organización criminal.
3. «Mierda» en rumano.
4. «¡Que te jodan, maldito rumano!» en serbio.

1. NADIA

1. Es parte de la educación secundaria superior; es lo equivalente al bachillerato.
2. Es una forma cariñosa de decir «abuela» en rumano.
3. Moneda de Rumanía.

9. VELKAN

1. «¡Métete en los muertos de tu madre!». Es una forma muy agresiva de insultar. En el contexto rumano, este tipo de insulto es considerado muy vulgar y violento, usado en situaciones de extrema ira o conflicto.

13. VELKAN

1. «Mi tesoro» en rumano.

15. VELKAN

1. «Ríndete» en serbio.
2. «Tesoro mío» en rumano.

16. NADIA

1. «¿Hola? ¿Quién habla?» en italiano.
2. «¿Eh... buenos días?» en rumano.

17. VELKAN

1. «Tesoro» en rumano.

19. VELKAN

1. «Este niño» o «el niño este» en rumano.
2. «Señora» en rumano.

25. NADIA

1. «Ya está hecho» en serbio.

www.ingramcontent.com/pod-product-compliance
Lightning Source LLC
Chambersburg PA
CBHW032029240626
47154CB00003B/843